ダ・ヴィンチの右脳と左脳を科学する

LEONARDO'S BRAIN LEONARD SHLAIN

レナード・シュレイン

日向やよい［訳］

ブックマン社

図 1

『モナ・リザ（Mona Lisa)』1503-06 年頃（油彩、板）

フランス、パリ、ルーヴル美術館所蔵／ジロードン／ブリッジマン・アート・ライブラリー

Louvre, Paris, France/ Bridgeman Images through Tuttle-Mori Agency Inc., Tokyo

図2
『アルノ川の風景 (Arno Landscape)』 1473年8月5日（ペンとインク、紙）
イタリア、フィレンツェ、ウフィツィ美術館所蔵／ブリッジマン・アート・ライブラリー
Gallaria degli Uffizi, Florence, Italy/ Bridgeman Images through Tuttle-Mori Agency Inc., Tokyo

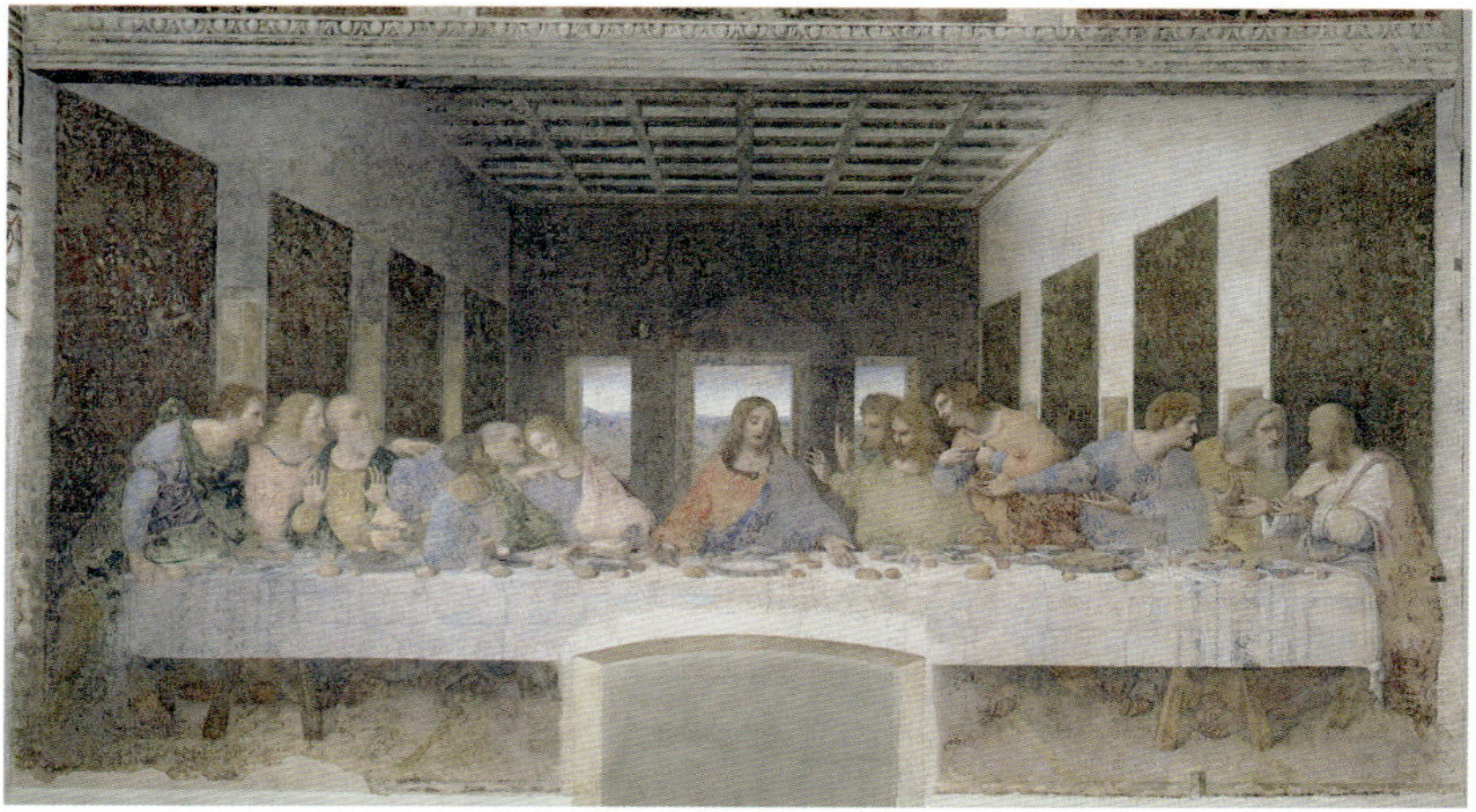

図3
『最後の晩餐（The Last Supper)』1495-97 年（フレスコ画）（修復後）
イタリア、ミラノ、サンタ・マリア・デッレ・グラツィエ修道院所蔵／ブリッジマン・アート・ライブラリー
Santa Maria della Grazie, Millan, Italy/ Bridgeman Images through Tuttle-Mori Agency Inc., Tokyo

図4
『白貂を抱く貴婦人：チェチリア・ガッレラーニ（The Lady with the Ermine）』、
1496 年（油彩、胡桃板）
ポーランド、クラクフ、チャルトリスキ美術館所蔵／ブリッジマン・アート・ライブラリー

図5
エドゥアール・マネ『草上の昼食（Le Déjuner sur L' Herbe)』1832 - 83年（油彩、カンバス）
フランス、パリ、オルセー美術館所蔵／ジロードン／ブリッジマン・アート・ライブラリー

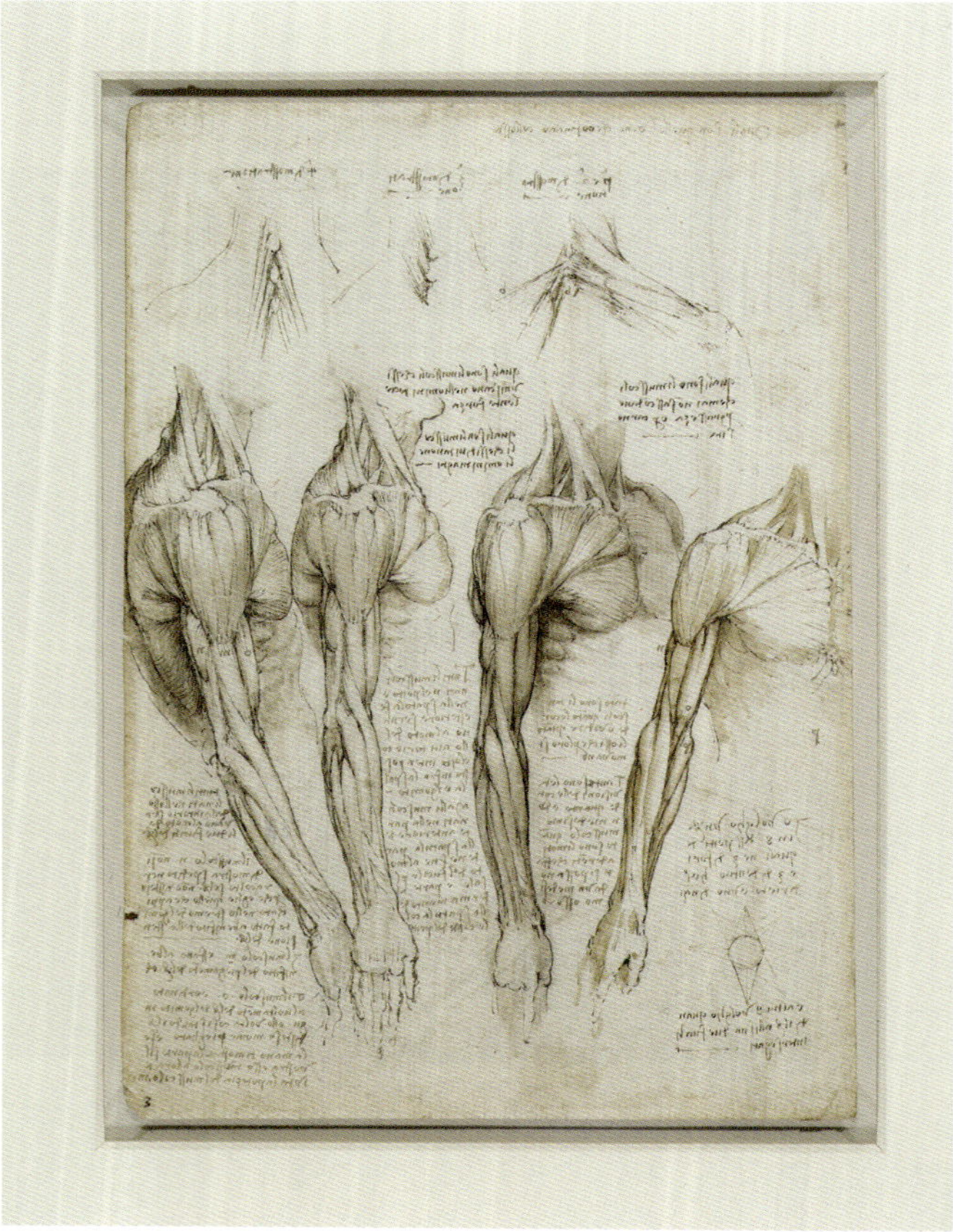

図6
『首、肩、胸、腕の筋肉（The musles of the shoulder, arm and leg）』1510 年頃（ペンとインクおよび黒チョークの上に淡彩、紙）
王室コレクション所蔵 ©2014 エリザベス２世／ブリッジマン・アート・ライブラリー

図 7
『東方三博士（マギ）の礼拝（The Adoration of the Magi）』1481-82 年（油彩、板）
イタリア、フィレンツェ、ウフィツィ美術館所蔵／ブリッジマン・アート・ライブラリー
Gallaria degli Uffizi, Florence, Italy/ Bridgeman Images through Tuttle-Mori Agency Inc., Tokyo

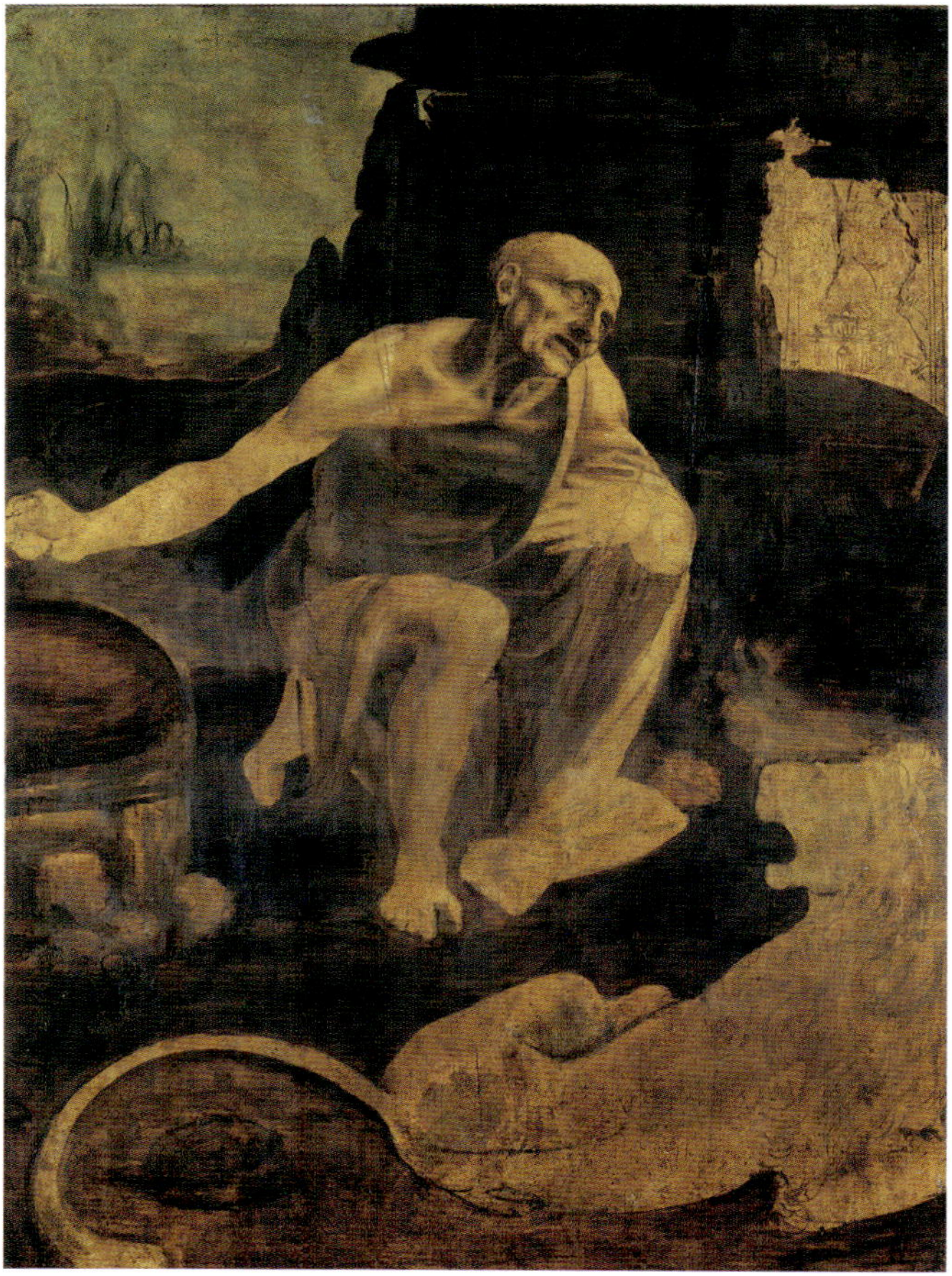

図8
『聖ヒエロニムス（St.Jerome）』1480-82 年頃（油彩とテンペラ、胡桃材）
バチカン市国、バチカン博物館・ギャラリー所蔵／ド・アゴスティーニ・ピクチャー・ライブラリー／G・ニマタラー／ブリッジマン・アート・ライブラリー
Vatican Museums and Galleries, Vatican City De Agostini Picture Liblary/ G. Nimatallah/ Bridgeman Images through Tuttle-Mori Agency Inc., Tokyo

図9
『岩窟の聖母（Vergin of the Rocks）』1478 年頃（油彩、板、カンバスに移植）
フランス、パリ、ルーヴル美術館所蔵／ブリッジマン・アート・ライブラリー
Louvre, Paris, France/ Bridgeman Images through Tuttle-Mori Agency Inc., Tokyo

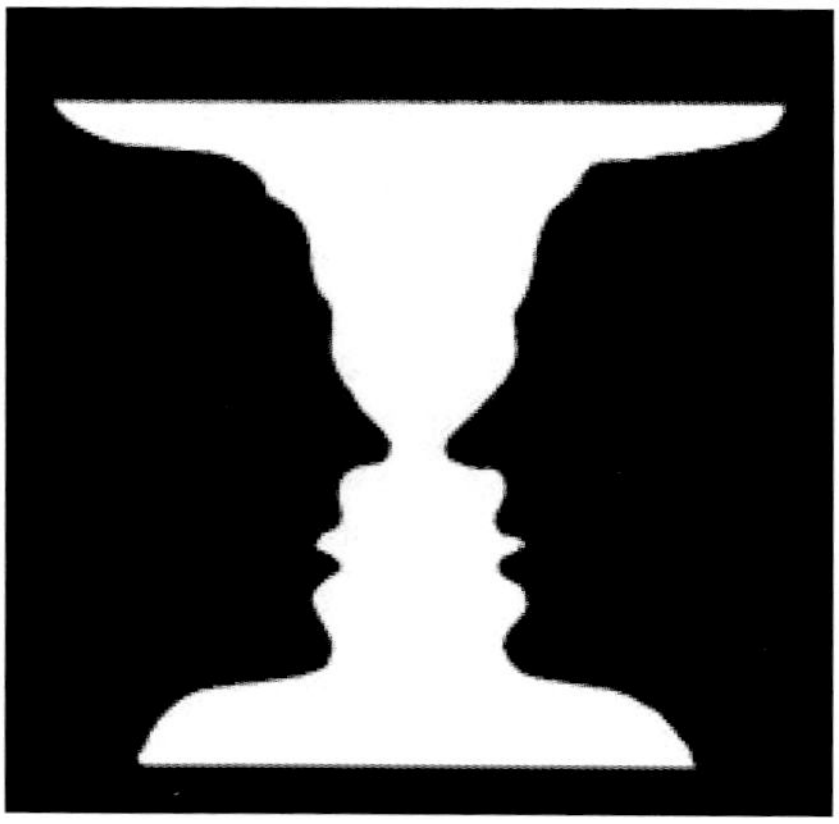

図 10
ルビンの壺

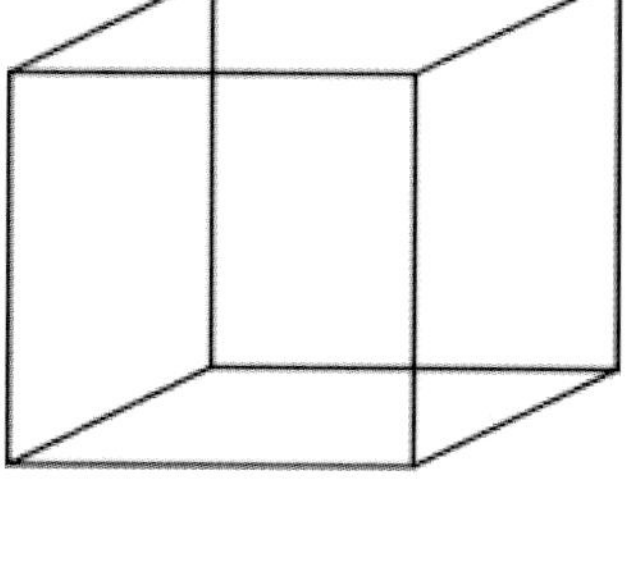

図 11
ネッカーの立方体

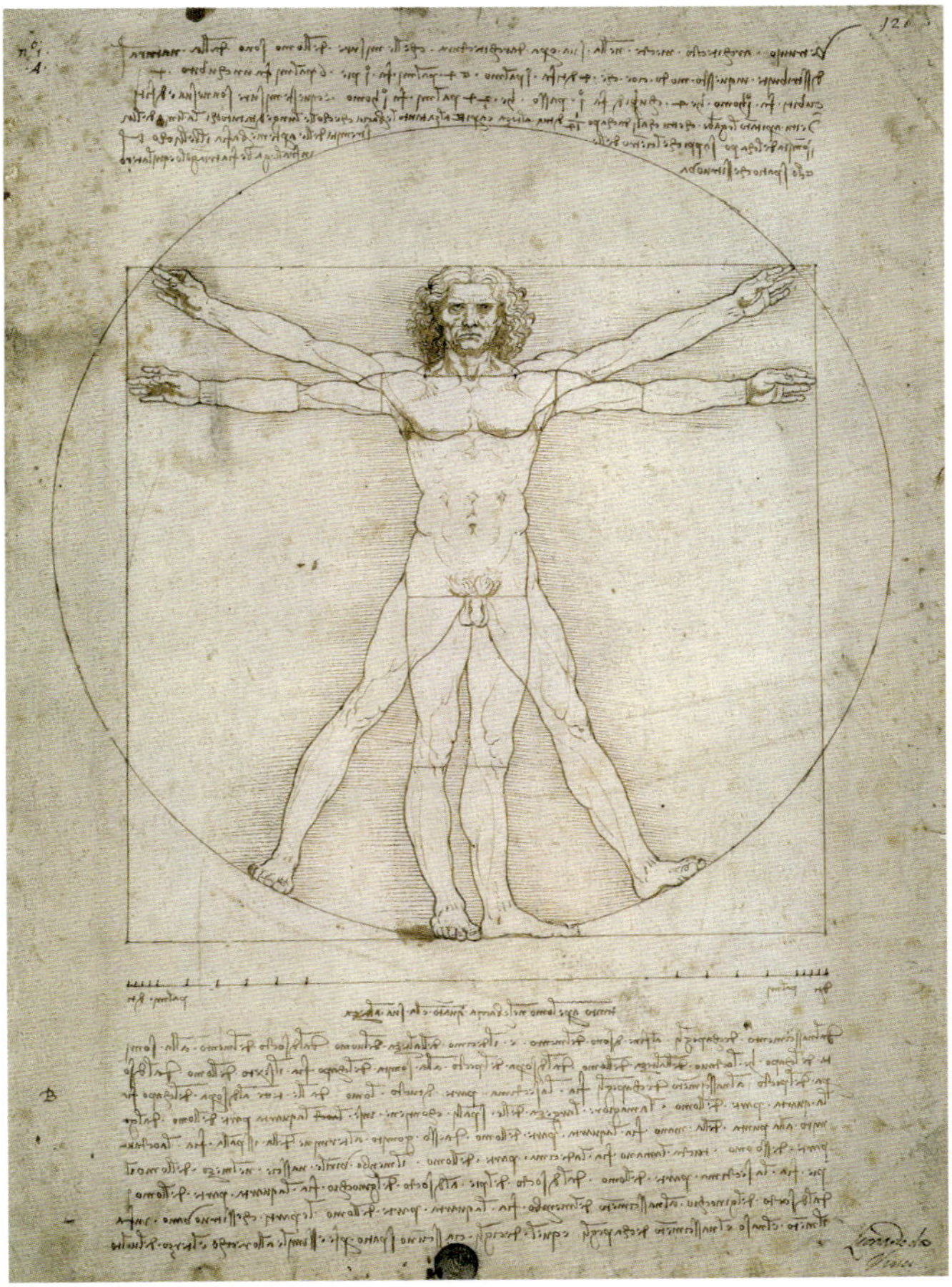

図 12

『ウィトルウィウス的人体図（The Vitruvian Man）』、1492 年頃（ペンとインク、紙）

イタリア、ヴェネツィア、アカデミア美術館／ブリッジマン・アート・ライブラリー

Galleria dell' Accademia, Venice, Italy/ Bridgeman Images through Tuttle-Mori Agency Inc., Tokyo

図 13

『花を持つ聖母（ブノワの聖母）(Madonna with a Flower, or The Benois Madonna)』、1478-81 年（油彩、カンバス）

ロシア、サンクトペテルブルク、エルミタージュ美術館所蔵／ブリッジマン・アート・ライブラリー
State Hermitage Museum, St. Petersburg, Russia/ Bridgeman Images through Tuttle-Mori Agency Inc., Tokyo

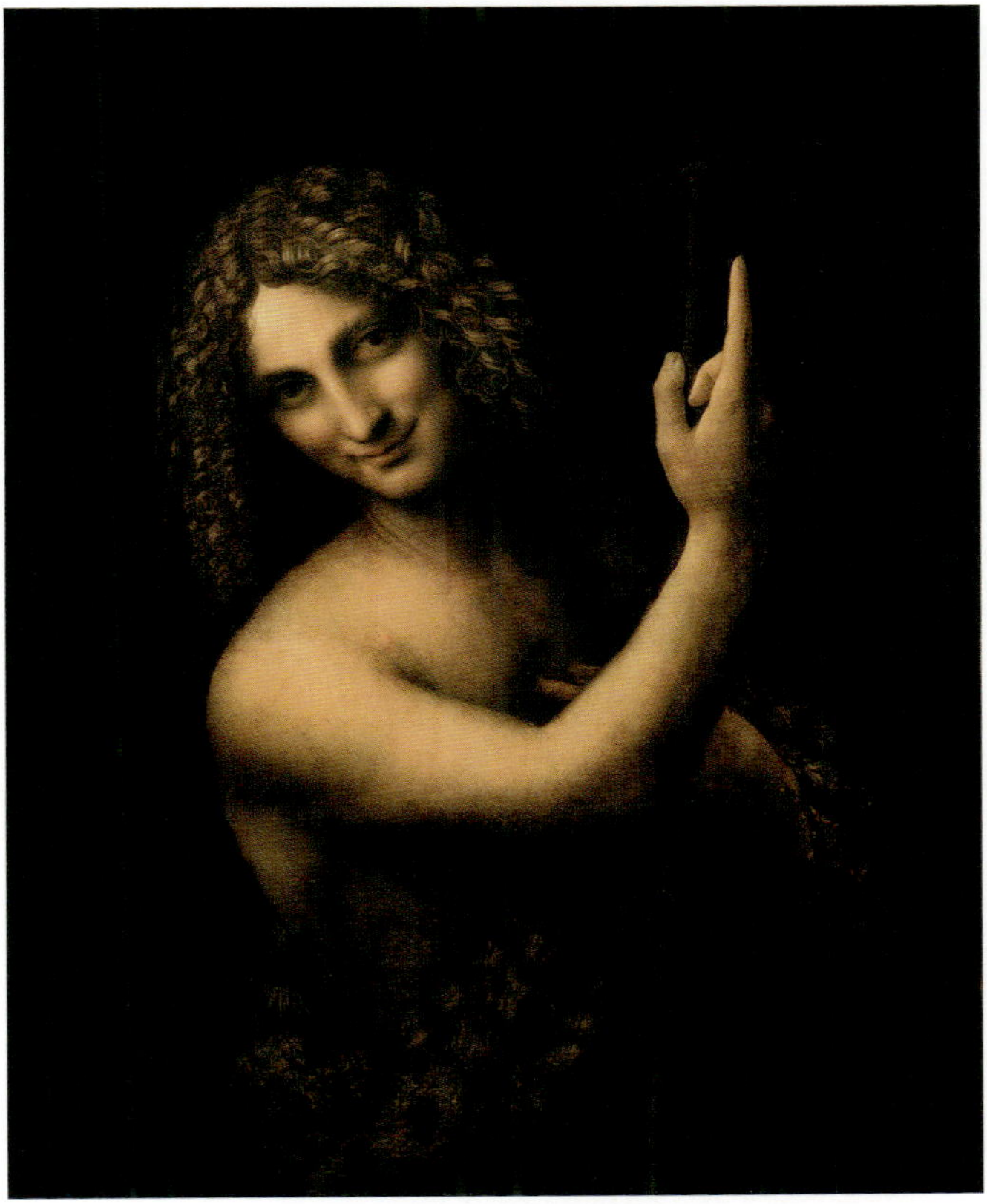

図 14

『洗礼者ヨハネ（St. John the Baptist)』1513-16 年（油彩、カンバス）

フランス、パリ、ルーヴル美術館所蔵／ブリッジマン・アート・ライブラリー

Louvre, Paris, France/ Bridgeman Images through Tuttle-Mori Agency Inc., Tokyo

図 15

『ヴァル・ディ・キアーナの地図（A map of the val di chiana）』1503-4 年頃（ペンとインク、チョークの上に w/c およびグワッシュ）

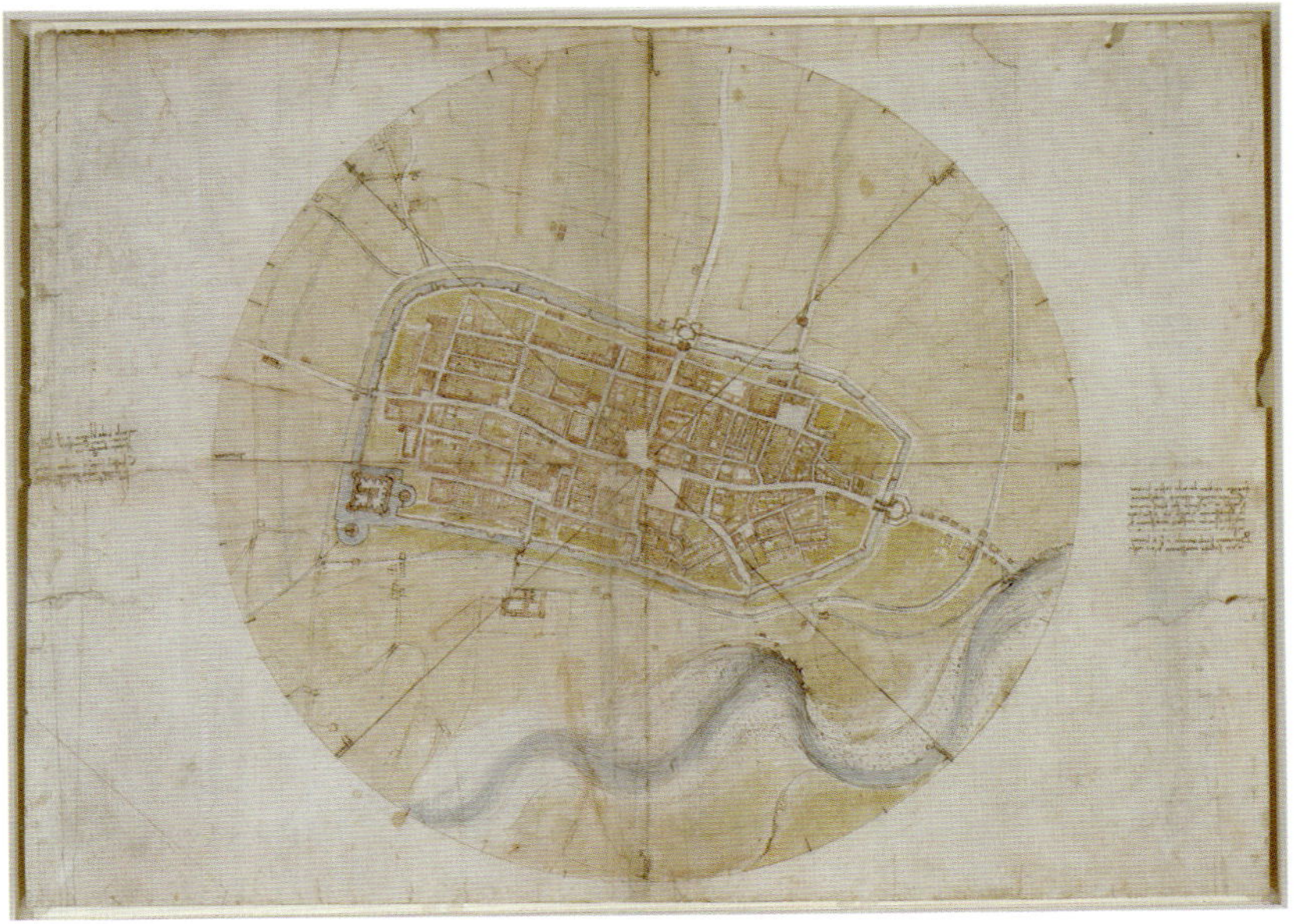

図 16
『イモラ市街図（A plan of Imora）』1502 年（ペンとインク、淡彩とチョーク、紙）

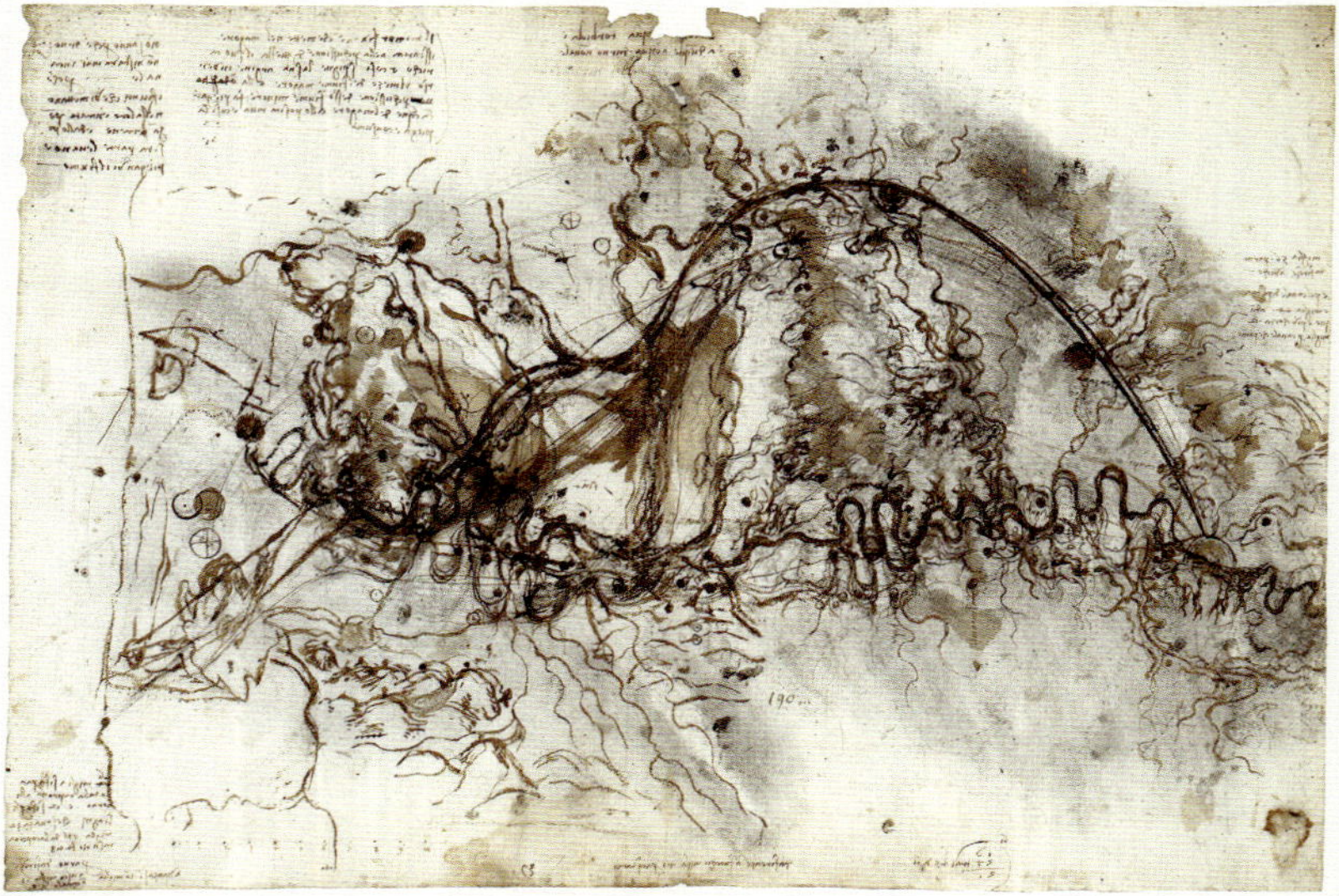

図 17

『アルノ川に副水路を設けるための運河計画図（A scheme for a canal to bypass the Arno）』1503 年頃（絵筆と黒チョークの上にインク、紙）

目次

はじめに

二〇〇八年九月六日、わたしたちの父は緊急手術を受け、ステージ4の脳腫瘍で余命九カ月と診断されました。父はわたしたちにとってとても大きな存在であるだけでなく、愛情深く活動的な人でもありました。そんな父を失うかもしれないと思うと、一瞬、息が止まりそうになりました。その運命の日まで、父は七年もの間、こつこつと一冊の本に取り組んでいました。それが本書です。

あの日から、一緒に食事をし、脳腫瘍の特効薬を探し、放射線治療と血液透析を繰り返し、この本を執筆して、わたしたちの日々は過ぎていきました。何かを読んだり話題にしたりするとき――それが父の仕事のことであろうと、何とかして縮小を試みている父の頭のなかの腫瘍のことであろうと、わたしたちはいつも、何らかの形で、本書について話し合っていたことになります。

あの日々のことは、何もかもが格別に鮮明に残っています。

何年もご無沙汰だった人たちに連絡を取りました。彼らは父を訪ねて来ては、グラスワインつきの素晴らしい昼食に連れ出し、旧交を温めてくれました。そのあと、父は病院の血液透析用の椅子に座ってから、帰宅して執筆に戻るのでした。間に合わなくなる前に、自分のあらゆる考えと知識を本書に書き残そうとしていたのです。

父が執筆を終えたのは二〇〇九年五月三日、月曜日のことです。それはまるで、長距離ランナーがゴールを踏む瞬間を見るようでした。五月六日木曜日、わたしたちは父がお気に入りの文章を書き溜めていた膨大なリストから引用文を選んで、夜のひとときを過ごしました。各章の冒頭に好みの引用を二つ三つ入れる作業はまるで、日本の茶の湯で、床の間に活けた蘭の葉に露のしずくに見立てた水滴を散らすのに似ていました。

五月七日金曜日、妻であり、わたしたちの義母であるアイナが、子供たち三人全員と父の親友を、父の枕元に呼びました。父からわたしたち全員に何か言いたいことがあるというのです。みんなでベッドを囲むように集まりましたが、父はもう、話すことができませんでした。それでも、父の目を見ていると、その脳裏をさまざまな想いがよぎるのがわかりました。父は言葉を見つけられず、もどかしがっているようでしたが、ふいに驚異の念に打たれたかのように、繰り返し、「おお」と声を上げ始めました。やがて父は、眠るようにこの世を去りました。

二〇〇九年五月十一日、午前五時四〇分のことでした。

本書は、父のこれまでの著作である『Art & Physics（芸術と物理学）』、『The Alphabet Versus the Goddess（アルファベット対女神たち）』、『Sex, Time and Power（性と時間と権力）』と同様に父の壮大な知的探求の旅の一つですが、それに留まらず、父を生かし続けてくれた作品でもあります。

父は何よりも、分かち合いの精神を大事にしていました。

その父の子として、この本を皆様と分かち合えることを光栄に思います。

キンバリー・ブルックス（旧姓シュレイン）
ジョーダン・シュレイン
ティファニー・シュレイン

著者よりメッセージ

親愛なる読者の皆様へ

二〇〇八年九月六日という日を迎える何カ月も前から、わたしは右手で袖口のボタンがうまく留められないのに気づいていました。右利きなのに、左手でやるより難しいのです。

そしてついに、運命の朝、朝食におりていくと、言葉を発することがほとんどできなくなっていました。妻のアイナが慌てて息子のジョーダンに電話をかけ、医者であるジョーダンが緊急のMRIを手配してくれました。

MRIから出てみると、友人で神経外科医のブライアン・アンダーソンがベッドの傍にいました。そして深刻な声で、二時間以内に緊急の脳手術をする必要があると言うのです。

手術の結果、脳の腫瘍は大きくて悪性のものでした。話したり、体の右側を動かしたりするのがとても難しいのは手術の副作用で脳が腫れているせいだとわかってはいたものの、そのときは、果たして回復するかどうか、あまり自信がありませんでした。しかしありがたいことに、そうした症状は回復しました。

こうしたいきさつを読者の皆様にお話しするのは、どんなことがあってもこの本を完成させようと、固く心に決めていたことを知っていただきたいからです。

近所に暮らしている末娘のティファニーが、必要ならいつでも駆けつけるからと言ってくれました。大部分は書きあがっていましたが、残りの数章はまだ頭のなかでした。もともと、できるだけ正確な本にしようと、あらゆる事実や日付を細かく見直し、誤りが一つもないようにするつもりでいました。ところがいかんせん、わたしにはとてもそんなことをする時間は残されていないようです。ですから、もし細かな事実が違っていたり、註が抜けていたりしても、ご容赦願いたいと思います。

これはわたしの精魂込めた一冊です。

レオナルド・ダ・ヴィンチについて、また脳の進化的発生について、膨大な量の参考資料を読み、それらの情報を一つにまとめ上げた成果を述べたものです。

この本でわたしは、心理学や芸術史、科学の分野の研究者がこれまで注意を向けなかったレオナルドの生涯（そして脳）のさまざまな側面を編み込んだ独自の説を示すつもりです。それが、レオナルドについてのみならず、人類についての新たな考え方が生まれるきっかけとなるよう、願っています。

二〇〇九年四月

カリフォルニア州ミルヴァレー

レナード・シュレイン

偉大な芸術は、理解されることを待たずに自ら語りかけることができる。

——T・S・エリオット

真実と美の問題を追求していくと、実は最も深いところで科学と芸術とを繋いでいる根っこに出くわすように思われる。

——量子物理学者、デヴィッド・ボーム

芸術家は人類の触覚である。

——エズラ・パウンド

第1章

芸術／科学

優れた画家が描かなければならない重要なものが二つある。それは人間と、その心の意図である。前者を描くのは容易く、後者を描くのは難しい。後者は身振りや手足の動きから表現せねばならないからだ。そうしたものは口の利けない人から学ぶことができる。彼らはどんな種類の人間よりも、身振りが巧みだからである。

――レオナルド・ダ・ヴィンチ

天才を示す真のしるしとは、完璧さではなく、独創性、すなわち新たなフロンティアの開拓である。いったん開拓されれば、征服された領土は人類共通の財産となる。

――アーサー・ケストラー

科学も芸術も、何世紀も経るうちに、ある人間的な言語をこしらえる。それを使うことで、我々は実在のうちでもより遠く離れた部分について語ることができる。物理学の首尾一貫した概念一式と、芸術の各種の様式は、互いに異なってはいるものの、言葉の限界を想像によって補うものなのだ。

――ヴェルナー・ハイゼンベルク

もしもの話、あなたが毎年ただ一人にメダルを授与するノーベル賞選考委員会の委員長だったとしたら……と想像してほしい。ただし、このノーベル賞は、芸術と科学、両方の分野の業績を兼ね備えた人に贈られる。最も優れた芸術作品を創造するだけでなく、科学の分野にも目覚ましい貢献をしていなくてはならない。選考対象は生存している人か歴史上の人物かを問わないし、正確な伝記の残っていない時代に生きた大勢の人々も、受賞の対象に入れていいことにする。

歴史を紐解《ひもと》けば、いったん分岐した芸術と科学の流れは時代とともに遠ざかり、天才も明確に区分されていくことがわかる。芸術の流れは、曲がりくねった科学の流れとはめったに交わらなかった。人類の歴史には素晴らしい芸術家も卓越した科学者も大勢いるのに、「両方の」分野に貢献したと見なせる候補者は不足しているというのが、動かしがたい厳しい現実だ。じっくり考えてみてほしい。あなたなら、芸術と科学両方の分野で賞をもらえる人として、誰の名を挙げるだろうか。

短い候補者リストには、イタリアルネサンス期に活躍した偉人が不釣合いなほど多く挙がることだろう。想像力に富む理論が実験での観察と結びついて、近代科学のしっかりした基礎が形成されたのがこの時代だった。そうした発展が社会の在り方を徹底的に変えたが、これはまた、芸術への同じく革新的な取り組みとも軌を一にしていた。とは言え、歴史の記録は偏っていることもありうる。たとえば、十二世紀のペルシャの詩人オマル・ハイヤームは『ルバイヤート』の作者として有名だ。代数学の発展に貢献した数学者としても高い信望を得ていたのだが、これはそれほど知られていない。

個人という概念は比較的新しいものなので、世界の多くの文化において、個々の発明家や芸術家はほとんど知られていない。宋朝の優美な磁器の釉薬《うわぐすり》の製法を考案した中国の科学の天才が、見事なシルクスクリーン版画や不朽の名詩の作者と同一人物だったとしても、わたしたちには知りようがないのだ。記録の乏しさと、個人が手柄を主張することを嫌う文化的背景のせいで、芸術と科学の両分野で業績があったことを認めてもらえず、候補者になりそこねた人物が大勢いたかもしれない。ただ、審査員にとってのせめてもの慰めは、記録の少ないこうした比較的静かな世紀には、候補者となるべき人物が実際にいなかった可能性が高いということだろう。

自信を持って推薦できる人物として、ルネサンスの建築家、彫刻家、数学者であるレオン・バッティスタ・アルベルティの名を挙げてもいいかもしれない。幾何学と科学に関する一四三五年の論文では、人物を正しい遠近法で描く方法を説明している。この論文で科学者としての資格は十分だし、彼の美しい建築の数々は偉大な芸術作品と言える。ブルネレスキも、両方のリストに確実に名前が挙がるだろう。彫刻の腕前と、フィレンツェのサンタ・マリア・デル・フィオーレ大聖堂に丸屋根を載せた卓越した工学技術で、彼も魅力的な候補者の一人となる。ダビデ像やピエタ、システィナ礼拝堂の天井画などの作品があるミケランジェロに芸術賞の資格があることについては、誰も異論はないだろう。建築や工学上の難問の多くを解決したことで、科学部門の資格も確実にある。

一般にはブラマンテという名で知られている建築家のドナト・ダグノロにも、十分チャンスがある。彼の建築には並外れた優美さがあり、また数学、幾何学、工学の分野で独創的な問題解決手法を導入しているからだ。

ガリレオ・ガリレイは科学への非凡な貢献によって、科学面での受賞資格は確実である。あまり知られていないが、文筆家としても優れた仕事をしている。当時の難解な科学論争を彼がわかりやすい文章で解説してくれたおかげで、門外漢であってもある程度教養があれば、地動説をめぐって紛糾する十七世紀ヨーロッパ科学界の興奮を味わうことができた。

しかしながら、イタリアルネサンスを過ぎると、候補者は次第に少なくなる。芸術と科学は分かれ始める。一部の人々によれば、これは人間活動のあらゆる分野で知識の超インフレが起こった結果だという。芸術と科学の間の急速に高くなりつつある壁を突破しようとした数少ない人の一人が、十七世紀ドイツの作家であり詩人であるヨハン・ウォルフガング・フォン・ゲーテだった。文学への貢献と、科学の発展を促した多くの研究・実験によって、候補者資格への賛同は確実に得られるはずだ。

ジークムント・フロイトは、精神分析の創始者であるという最もよく知られた業績のほかにも、数多くの科学的な発見を行っている。人の意識を載せている土台の構造を理解しようとした試みは、彼に科学界の巨人としての地位を与えるだろう。明快でイメージ豊かな大量の著作は文学作品として十分に通用するレベルにあり、彼を魅力的な候補者にしている。

しかし悲しいかな、綿密に調べていくと、芸術と科学担当の二つの委員会は協議の末にある合意に達する可能性が高い。ここまで挙げたどの名前についても、二つの分野のいずれにしろ、彼らの貢献は質的に見てノーベル賞の厳しい基準を満たしていないのだ。主に芸術家として知られている人々は、科学の分野への貢献が、科学者として有名な人のレベルほどではなかった。同じように、もしある候補者の主な活躍分野が科学なら、その芸術作品は芸術家の競争相手の質には届かなかった。この奇妙なジレンマをアレキサンダー・ポープは次のように要約している。

一人の天才にはたった一つの専門分野がふさわしい
人の為すわざはあまりにも広く、人の才覚はあまりにも狭い

ところが、両方の分野でやすやすと賞をとれそうな人物が一人だけいる。芸術分野では革新的な絵画を遺し、科学分野では多くの原理を発見するとともに大量の技術的発明を構想した。その唯一無比の人物こそ、レオナルド・ダ・ヴィンチである。

進化によって生み出されるものは、どんなものであれ、この世でたった一つということはない。どんな技術や特質であろうと、奇形や千里眼であろうと、複数の個人に表出しなかったものはないのだ。バイオリンの神童、数学の天才高校生、超自然的な運動神経を持つスポーツマンなどがときおり現れ、その稀な特性で世間の注目を浴びる。しかしどのケースも、その才能は飛び抜けたもの

ではあるが、同程度の才能を示したものがこれまでいなかったと言えるほど特異なものではない。

では、全歴史を通じて、レオナルドが唯一無比の地位を占めていることをどう説明したらいいのだろう。彼のユニークさは、彼が亡くなった一五一九年以降、五世紀近くも研究者を魅了し続けている。

レオナルドの脳機能

五百回目の命日が近づくにつれ、レオナルドに対する関心は現実にますます高まりつつある。博士号を持つ専門家の紛れもない大群が、レオナルドのとりとめのない手稿のページに熱心に取り組み、翻訳し、並べ替え、この休むことのない精神がわたしたちに何を伝えようとしたかったのかを、読解しようとしてきた。美術批評家は彼の全作品を入念に調べ上げ、予想もしなかった新たな細部を続々と明るみに出し続けている。芸術作品の段取りをつけ、制作するにあたって、一人の人間の心がこれほど多くの要素に気を配ることができ、しかも同時に無数の科学的探求に没頭していたなどということは、ほとんど不可能に思えるほどだ。

芸術も科学も高度な創造力を要求するが、この二つには明確な違いがある。

夢想家が芸術の領域で変化を起こすには何か画期的なことをしなければならないが、それは後世の人々の目を通してしか、評価することができない。

これに対して、偉大な科学は未来を予見できなければならない。もしある科学者の仮説が未来の研究者によって立証され法則となることができないなら、それは科学的に妥当とは言えない。次のような対比もできる。すなわち、芸術と科学の違いは、「being：何かであること」と「doing：何かをすること」の違いである。

芸術の存在理由は何らかの感情を引き起こすことにある。科学は知識の増進によって問題を解くことを追求する。ここで思い出されるのがキャンダス・パートの言葉だ。わたしたちは科学に並々ならぬ好奇心を抱くくせに、自分たちを「human doing ではなく human being」と呼ぶのだという。

科学の領域で最も芸術に近いのは純粋数学である。どちらも、あまり実用的ではない。芸術家と数学者は美と優雅さの価値を称える。有名な『ある数学者の生涯と弁明』（柳生孝昭訳、丸善出版、二〇一四年）のなかでG・H・ハーディは、「まず試されるのは美しいかどうかだ。醜い数学がこの世に永遠に留まることはできない」と述べている。

レオナルドの物語がわたしたちを圧倒し続けるのは、わたしたち凡人がなんとか到達したいと努力する最高水準を彼が体現しているからだ。それは知性、創造性、豊かな感情のすべてが申し分なく調和した状態である。人類の歴史上、芸術と科学の両方でこれほど卓越した地位を獲得した個人はほかにいない。人一倍好奇心が強く、ろくに教育も受けていない、ヴィンチ村出身の非嫡出子の少年が、それを成し遂げたのだ。

この非凡な人物についてはすでにあまりにも多くのことが書かれている。その天才ぶりを理解するという思い上がった試みに費やす紙のためにさらに木を切り倒すなど、厚かましいようにも思える。だが、わたしが提案するのは、多少、型破りな視点からの取り組みである。レオナルドという複雑に入り組んだ茂みに思い切って飛び込み、その脳の物理的構造を再構築して、茂みから抜け出そうと思うのだが、その際に使うのが、死後の脳スキャンとでも呼ぶべきものなのだ。

歴史的文献には、レオナルドの脳機能に関する独特の手がかりという正真正銘の金鉱が埋もれている。彼は左利きのとても器用な男性だった。歴史上、文字を逆向きに書いたことが知られている唯一の人物である。伝記を書いた人のなかには、彼は同性愛者だったが、性的欲望に身を任せることはなかったと考えている人々もいる。彼は作曲家で演奏家でもあり、いくつかの言語を話したり書いたりした。

晩年に脳卒中を患って右手が麻痺したという報告もある。レオナルドの脳の謎について最も有力な情報を記録したこの信頼できる観察者によれば、彼はこの後遺症のせいで絵画を断念し、晩年は科学的な探求に没頭したのだという。レオナルドの神経系の特徴に関するこの短い記録は情報の宝庫であり、そこから、彼の創造力の大本《おおもと》である脳の構造とそのユニークな配線図（神経回路）についての推測分析に取り掛かることができる。

ほかにも、レオナルドの神経系の構造に関する興味深い謎はたくさんある。彼が神経学的に見ていかに特異な人物だったかは、生涯を詳細に記録した広範囲にわたる歴史的文献からも浮かび上がってくる（それにしてもなんという詳細な記録だろう！）。レオナルドは生前から天才として知られていたため、同時代の多くの人が、自らの印象を書き残そうとしたのだ。それに、レオナルド自身の手になる情報の宝の山もあり、五千ページを超える手稿が残っている。代書人にきちんと清書してほしいという気持ちが非常に強かったにもかかわらず、結局、公表しようとはしなかった。

思いついたことを最後までやり遂げないという、同じように苛立たしいパターンが彼の芸術にも見られる。すべて（または一部）が彼の手になることが確かな絵画は一五点ほど残っている。多くの彫刻も、音楽作品も、一つとして現存していないが、幸いなことに、そうした作品の多くについてはかなりのことがわかっている。じかに見た（あるいは聴いた）同時代人が、細部にわたって描写したいという気持ちに駆られたためである。また彼のノートには、のちの主要作品の準備段階のスケッチが何百も含まれている。さらに、レオナルドの失われた傑作は多くの優れた芸術家に強いインパクトを与えたため、破壊されたり、行方不明になったり、改作されたりする前にそれらを見る機会のあった彼らが、レオナルドの原作の忠実な写しを作っている。

絵画のほかに、レオナルドの多数の素描が失われずに残っている。多くはのちの絵画の下敷きとなるスケッチで、創作過程を知る貴重な資料となっている。彼の発明品や装置の実物の多くも現存しないが、たとえそうであっても、科学への広範な興味に関するおびただしい覚え書きやスケッチが、同じように彼の心の働きを知る手がかりをくれる。

天才は女性嫌い!?

彼のノートは女性との密接な関係については多くを語っていないものの、女性に対する知識や審美眼が全くなかったと考えるべきではない。実際、レオナルドの絵画や素描をじっくり見れば、正反対の印象が浮かんでくる。女性の謎めいた微笑み、わが子に対する母の愛、高名な画家のためにポーズをとる美しい女性の自信といったものを、これほど巧みに表現した男性画家がかつていただろうか。一人の男性がただの絵の具から女性の最も微妙な秘密を引き出し、それでいて、そうした親密な関係を文字でほのめかすことなく、まして、誰か女性を「知っていた」ことに言及しないなどということが、果たしてありうるだろうか。とてもそうは思えない。レオナルドが女性嫌いだという数多くの論評は、彼の文書を曲解している。

レオナルドは菜食主義者だったが、彼を取り巻いていたのは、食べるために動物を殺すことを何とも思わない文化だった。肉食に加わりたくないのは、どんな動物にしろ、その不快感や死に加担したくないからだと、彼は説明している。生命を優先する考えをあらゆる生き物に広げ、あらゆる命とつながっているという感覚をはっきり表明したが、これは狩猟を美化する時代にあってはきわめて稀なことだった。

左脳優位か右脳優位か

もう一つ、矛盾しているように見えることがある。史上、ほかのどの芸術家も、遠近法という技術を幾何学的に詳しく解明することにこれほどの時間とエネルギーを費やしてはいない。彼のさまざまな冊子本には何ページにもわたって、芸術家が出くわす遠近法の問題に関する複雑なスケッチが繰り返し現れる。彼は画家に向けて、影の境の部分をどう描くべきか、遠近法に厳密に従うには構図のなかで物体を互いにどう配置すべきかについて、明確な指示を与えている。ところがレオナルドの絵画を注意深く調べると、いささか混乱させられる発見がある。どの絵にも、遠近法を巧妙に逸脱した部分が見つかるのだ。一体これをどう説明したらいいのだろう。こうした変則についてはあとの章で詳しく論じる。レオナルドは、遠近法を正しく表現することに取りつかれた、桁外れに左脳優位の学究肌の人物だったが、同時に、見る者を遠近法の奇術で騙して喜ぶ、いたずら好きな右脳優位のペテン師でもあったのだ。

レオナルドの芸術作品とノートを交互に見ていると、ペンを動かしている手は、絵筆を握っている手のしていることを知らず、またその逆も言えるのではないかという疑いが湧いてくる。もしも神経科学者が彼の膨大なノートを熟読し、その後、彼の絵画を研究したとしたら、たぶん次のように結論づけるだろう。

彼の脳の二つの半球は、ごくわずかな神経線維束でつながっているに過ぎないと。けれども、レオナルドの脳梁——脳の二つの半球を結びつけている神経線維の太い束——の状態に関するこの神経科学者の評価は、彼が左利きだったという、わたしたちが知っている事実と相容れない。利き手は、どちらかの半球が優位であることを示すかなり正確な予測因子なのだ。レオナルドは日常的に逆向きに文字を書いていた。つまり鏡文字を書く珍しい物書きだった。レオナルドの手稿を読みたいなら、まずページを鏡にかざす必要がある。ヨーロッパのあらゆる言語は左から右に書くのが普通だが、彼は右から左に書くことを選んだ。わたしたちから見れば逆向きである。そして彼は文字を書くには左手を使った。

問題をどうしようもなく混乱させているのが、彼が文章の途中でときどき書き方を切り替えているという事実である。ある方向に書いていたと思ったら、次の言葉から反対向きになっている。神経学的に興味深い事実がもう一つある。彼の手書き文字の二つのサンプルを細かく調べたところ、右から左へと逆向きに書かれたものは、逆向きになっていないものと見分けがつかないのだ。

レオナルドの特異な書法は、彼の脳の二つの半球が桁外れに緊密に結びついていたことを強く示唆する。片方の半球がもう片方に君臨するという従来の優位パターンは、レオナルドの脳には当てはまらないようだ。レオナルドと同じく鏡文字が書ける人々の脳を調べてわかったことから推定すると、それぞれの半球が他方のやっていることを十分に知っているようにしておく、太い脳梁が存在したことは明らかだ。

レオナルドの脳梁が、半球同士を結びつける過剰なニューロンでかなり膨れ上がっていたことを示す証拠がもう一つある。彼が芸術と科学に焼きを入れ、切れ目なく繋ぎ合わせたことだ。おびただしい数の神経科学の研究によって、主に芸術、音楽、イメージ、暗喩、感情、調和、美、それに比率に対する審美眼に関係するユニットが、右利きの人では一般に右半球にあるとされている。右利きの人の左半球にあるのが、論理的かつ線型に順序よく分析するのに必要なスキルで、文法や構文、推理、数学などに欠かせない。神経科学者なら、芸術と科学というきわめて異なる機能を見事に調和させた被験者を目の当たりにした場合、これほど恵まれた個人は並外れて頑丈な脳梁を持っているに違いないと考えることだろう。

それでは、大脳半球の緊密な統合を示すこうした事実と、レオナルドの書いた言葉の内容と芸術作品の偶像的なイメージとの間に一見明らかな食い違いがあるという先の観察とに、どうやって折り合いをつけさせればいいのだろうか。こうした神経学上の難問は、レオナルドの脳の暗号を解読する試みのなかで解明を目指す難問のほんの一部である。

第2章

メディチ家／教皇

野望に燃える専制君主たちに包囲されたなら、わたしは何らかの手段を見つけて、自然からの最高の贈り物、つまり自由を守る。（中略）自由を失うくらいなら死んだほうがいい。雛が籠に囚われると、ゴシキヒワはトウダイグサ（毒草）を運んできてやる。

——レオナルド・ダ・ヴィンチ

レオナルドは、それまでヨーロッパでは一度も見られなかった一種の空間を創り出した。単に人物像のための場所であるだけでなく、時間のように、画面の登場人物と観客を結びつけ、無限の広がりのなかに投げ込む空間である。

——アンドレ・マルロー

本当の発見の旅とは、新しい風景を探すことではなく、新しいものの見方を持つことである。

——マルセル・プルースト

脳は二つの因子に従って自らを編成する。自然と養育環境である。人体のあらゆる器官のなかで、脳は最も可塑性が高い。子宮にいる間や出産時、生後数年の間に起こる出来事が、脳とその脳が収まっている体の持ち主の形成に計り知れない役割を演じる。たとえば、妊婦の喫煙といった好ましくない出来事は、脳の発達に悪影響を及ぼすことがある。出産時の損傷も、たとえば赤ちゃんに酸素の供給がほんの数分断たれただけでも、一生続くほどの変化を脳機能にもたらすことがある。

脳のニューロン数は生後八カ月のときが最大である。まるで、「自然選択」がわたしたちひとり一人に有り余るほどのニューロンを与えて、「さあ、行って何かを学びなさい」と言いながら、この世に押し出すかのようだ。その後、一〇年にわたって劇的な刈り込みが起こり、生後八カ月でピークに達していた神経回路の約四〇パーセントが失われる。どのニューロンが生き残ってどのニューロンが萎縮するかは、わたしたちが何を学ぶかで決まるのだ。

神経認知研究で繰り返し唱えられる言葉に次のようなものがある。

「つながったニューロンは一緒に発火する。つながり損ねたニューロンはシンクロし損なう」

こうした形成期に子供がどんなことを学び、どんなものに曝《さら》されるかが、さまざまな神経機能に用いられる神経回路網の多くの強さと形を決めるのだ。このように人生最初の数年間が重要であることから、レオナルドの幼少期にしばしば注意を向けたいと思う。

レオナルドの六九年あまりの生涯のうちでも、成長期のことが一番ぼんやりしている。それでも、ヴィンチ村とフィレンツェの課税台帳に、一連の推測を裏づけるのに十分なだけの情報が残っている。かつてトルストイはこう語った。

「五歳の子供からいまのわたしまではほんの一跨《また》ぎだ。しかし、生まれたばかりの赤ん坊から五歳の子供までは、恐ろしく遠い」

乗り越えなければならなかった多くの重大な障害を列挙して行くと、レオナルドの勝利がいっそう驚くべきものであることがわかる。それに、子供時代にどのような辛い思いをしたのかがわかれば、その人となりや心理をさらによく理解する助けになるかもしれない。幼少期の精神的な混乱が、大人になってからの世界の見方に重要な役割を演じたことは明らかだ。

レオナルドの幼少期

レオナルドは、都会育ちの裕福な青年であるセル・ピエロ・ダ・ヴィンチとヴィンチ村の貧しい小作人の娘との間に生まれた。二人は正式な夫婦ではなかった。ヴィンチ村はトスカーナの丘陵地帯にある絵のように美しい小さな村で、フィレンツェの中心部から徒歩で数日の距離にあった。村にピエロの家名がついていることと、ピエロがセルという敬称を使う特権を持っていたことから、レオナルドの父の社会的地位がうかがわれる。

一方、母親のラストネームは記録になく、カテリーナという名前しかわかっていない。このことからも、村の社会的な序列のどのあたりに彼女が位置していたかがわかる。レオナルドの父は野心満々の公証人で、活気のあるフィレンツェで過ごすことを好んだ。十五世紀半ば、この都市国家は権力と富と創造性と、イタリアルネサンスを特徴づけていた洗練された趣味の中心地だった。地元の娘の一人といちゃついた挙句、彼女のおなかが膨らむという結果になったと知って、ピエロがあまり喜ばなかったことは間違いない。公証人には謹厳さが求められる。遺言や証文、契約書を作成し、その証人となるのが仕事なのだから。自分の子がおなかにいるとわかってもピエロがカテリーナと結婚しなかったのは、社会的身分にあまりにも大きな隔たりがあったためだろうと、歴史学者は説明している。妥当な解釈と言えるだろう。

レオナルドがいつものよそよそしい調子を離れ、子作りにおける愛の役割について彼らしくない観察をノートに洩らしたとき、ひょっとすると彼は両親の関係について直観的に察していたことを述べたのかもしれない。思いにふけるように、こう書いている。

攻撃的でぎこちない性交をする男は、怒りっぽくて信用できない子供を作る。しかしもし性交が両者の大きな愛と欲望のもとに行われるなら、その子は知能が高く機知に富み、活発で誰からも好かれる子供になるだろう。

これは自分のことを言っているのだろうか。ノートの別の場所では、自分は幸福な満ち足りた人間だと、しばしば書いている。

この頃、レオナルドはもっぱら、田舎に住む母親に育てられていたようだ。と言っても、父親が完全に手を引いていたわけではない。彼もしくはヴィンチ家の誰かが世話して、カテリーナを別の男性と結婚させている。新しく夫となった男性のもとに母親が移る際には、レオナルドも一緒について行った。

レオナルドが五歳前後の頃、父のセル・ピエロは、身分の釣り合う十六歳の娘と結婚した。レオナルドは父のセル・ピエロと新しい花嫁の住む家で暮らすようになった。若い継母は自分自身がまだ少女と言っていい年頃で、跡継ぎとなる男の子を産もうとしたものの、うまくいかなかった。十五世紀のイタリアでは、息子を産むことが妻の最大の務めとされていた。健康な継息子《ままむすこ》がいつも傍にいることは、自分の不妊に対する暗黙の非難のように感じられたに違いない。ほどなくレオナルドはまた住まいを変えることになった。今度はヴィンチ村にある一家の農場で、そこには祖父のアントニオと、叔父でピエロの弟のフランチェスコがいた。ピエロの妻はついに妊娠したが、出産の際に赤子もろとも死んでしまう。するとピエロはすぐに再婚し、結局、計三人の妻との間に十人の子をもうけた。

レオナルドの最初の挫折

生きとし生ける者すべてと身の回りに溢れる美に対する愛が、この思いやりのある叔父によって育まれたことに疑いの余地はない。ノートでフランチェスコに触れているくだりは、レオナルドが真の優しさを見せている数少ない個所にあたる。

レオナルドのノートに、幼少期に関するわずかな手がかりが見られる。特定の女性への言及はごく僅かだが、四十代のときにカテリーナという女性について触れている。家政婦の名前という可能性もあるものの、ミラノに来て一緒に暮らすために年老いた母を呼び寄せたのだと考えるに足る理由がある。カテリーナの死に際して葬儀費用を出したという、彼自身の記載があるのだ。この記載とノートにあるそのほかの手がかりは、レオナルドが生涯にわたって母親と連絡を取り続けていたことを示唆している。

フランチェスコとの間に温かい絆が生まれたといっても、幼少期の母親との別離は、人生最初の、そして最も重大な挫折だったと思われる。現代の心理学者も家族法の専門家もこぞって同意することだが、よほど特別な事情がない限り、ごく幼い子供を母親から引き離すべきではない。その結果味わう失望と不安は、子供の精神を損ないかねない。感情的に打ち解けず、親密な関係に不信感を抱き、再び傷つけられたり失望したりすることを恐れるあまり、他人を寄せつけない。そんな大人になってしまう可能性がある。

レオナルドには、一見、気さくで愛想が良いにもかかわらず、超然としたよそよそしさを感じさせるところがあった。これは伝記作者が繰り返しほのめかしている、レオナルドの心理構造の特徴である。

この知の巨人がなぜ、感情的にこれほど不毛な人生を送ったのだろうか。納得のいく説明がほしければ、その子供時代を詳しく知れば十分だ。

非嫡出子だったことで、レオナルドの進路は大幅に制限された。教会は、結婚していない両親から生まれた子供が主要教会付属の聖堂学校に入ることを禁じる布告を出していた。家庭教師という法外に高くつく方法を別にすれば、こうした学校の一つに入学することが、チャンスの扉を開く秘密の暗号を学ぶ唯一の手段だった。

エリートに馬鹿にされて

ルネサンスとは「再生」を意味する。

古代ギリシャ人やローマ人の英知の再発見が、古代人の書いたものを研究したいという知識人の飽くなき欲望を目覚めさせた。アリストテレスやプラトンの著作でイタリア語に正確に翻訳されたものはほとんどなかったから、この時代の「スリリングな高揚感」を共有したいなら、ラテン語とギリシャ語の知識が欠かせなかった。少年たちが聖堂学校で学ぶ秘密の暗号とは、古代ギリシャ語とラテン語、特にラテン語の読み書きにほかならなかった。なんだかんだ言っても、ここはイタリア。栄えあるローマ帝国が興ったのと同じ土壌なのだ。法律や医学、銀行業を学んだり、市政の舵取りをしたり、聖職者の階層を昇ったり――こうした成功を握るチャンスはすべて、ラテン語の知識のあるなしにかかっていた。死んだ言語が生きている人間に権力を与え、少数者への権力集中を可能にしていたのだ。そうした少数者の偏見は、レオナルドへの態度にもはっきり表れていた。自分の発見を無視するこうした輩に対するレオナルドの反応は手厳しいものだった。

わたしが読み書きを習ったことがないから、論じたいことを適切に表現できないと、彼らは言うだろう。わたしの扱うテーマの説明には他人の書いた言葉より経験が必要なのだということを、彼らは知らないのだろうか。それに、経験こそが女主人であって、その女主人に向けて、わたしがあらゆる懇願を行っていることを。

こうした貴族たちは下の階級と自分たちをきっぱり分けておくことを望んだが、フィレンツェで商業が盛んになったことで、この区別は急速に消えつつあった。そこで貴族たちは「奢侈《しゃし》禁止令」なるものを考え、それぞれの階級が着用していいものを、色や布地、毛皮の裏地に至るまで指定した。また、ラテン語の知識が依然として、下層階級の新興成金をその地位に留まらせる最大最強の手段だった。

十四世紀までに、ヨーロッパの主要な国はすべて、自国語を改良していた。スペイン、英国、フランス、ポルトガル、ドイツ地方、イタリア半島では、それまでの三世紀で、それぞれの言語の文法や綴り、なめらかさなどに磨きをかけた。こうした表現力豊かな新しい自国語にあと必要なのは、書かれた文章を安く手軽に庶民の間に配布する手段だけだった。ヨハネス・グーテンベルクによるヨーロッパへの可動活字の導入が一四五〇年頃のことで、この発明が、印刷と翻訳を手ごろな価格で行うことに決定的な役割を果たした。

もし並行宇宙を覗くことができるなら、レオナルドが非嫡出子でなく、ラテン語の教育を受けていたとしたらどのような道に進んだか、たどることができるかもしれない。興味深い体験になることだろう。大学を出て、書見台の前に立つようになり、そこで発表される彼の意見が敬意をもって迎えられることになっただろうか。もし、熱意溢れる大勢の学生を従え、彼らに仕事を割り振ることができて、何もかも自分一人でコツコツ仕事をしなくてもいい人生だったとしたら、現代の科学には最終的にどんな影響が出ただろうか。

世界がずっと早く彼の先見性を知ったかもしれないし、人類の進歩が芸術と科学の両輪で促進され、啓蒙主義の到来が早まったかもしれない。

もし彼が、高貴な血筋や、すごい人脈を持つ人物からの尊敬や資金、手助け、正しい評価を意のままにできたとしたら、この巨匠の手から、どれほど多くの完成された絵画が生み出されたことだろう。広いアトリエを与えられ、そこではたっぷり給金をもらっている熱心な弟子たちが、名実ともに認知された親方のもとで仕事に励んでいたとしたら？　見栄っ張りのパトロンの傲慢なお楽しみをお膳立てするという、骨の折れる仕事から解放されたとしたら？　この働きすぎの貧乏な天才はほかにどんな独創的な発見を成し遂げたことだろう。もし、エラトステネスやユークリッド、アルキメデス、アリストテレスなど過去の偉人の見識に触れることを邪魔されなければ、どれだけ多くの装置を、自分で考案しなくて済んだだろう。

とは言うものの、強力な反論が可能なことも事実だ。

当時の学校で教えられていた絶対的な教義を植えつけられなかったからこそ、彼は精神的な制約から自由だったのだ。教育のある人々の目を曇らせていた数々の誤った考えというお荷物がなかったから、レオナルドは重要な問いを発し、斬新な答えを求めることができた。彼は次のように請け合っている。学術書の引用はできないかもしれないが、「わたしは遥かに偉大で、もっと価値あるものを引き合いに出そう。それは経験、すなわち学術書の著者たちに君臨する女主人である」。彼は「ほかの人々の著作を吹聴し、暗唱する者たち」を軽蔑し、「大きな嘘より小さくても確かな事実のほうがマシ」という独自の格言に従って生きようとした。彼は自分をオモ・サンザ・レッテレ、つまり「無学の徒」と呼んだ。大学に入れるような一般教養科目の学校教育を受けなかったからである。三十代の終わりから四十代初めにかけて、レオナルドはラテン語を独学で学ぼうと猛烈に努力した。ノートに単語の長いリストが見られる。大人になってから外国語を学ぼうとした人なら誰でも、それがどれほど難しいかわかるはずだ。

息子の経歴にとって一生続く障害となるだろうとわかっていたに違いないのに、それを取り除く労をセル・ピエロが取りたがらなかったことは、レオナルドを失望させたに違いない。セル・ピエロがその気になりさえすれば、有力なコネのある父親が非嫡出子を嫡出子に変更できる術はいくらでもあった。しかし彼は、何らかの理由で、こうした努力を一切しなかった。

息子の才能に気づいたピエロ

ルネサンスが非常に多くの優れた芸術家を輩出したことから、将来、この黄金時代を形作った芸術家の非凡な生涯に興味を持つ世代が現れるに違いないと考えた人物がいた。

その男、ジョルジョ・ヴァザーリは芸術家としてはあまり知られていないが、このテーマの最初の本を書いたことで、美術史の行く末に影響を与えた。残念ながら、ヴァザーリが『The Lives of the Most Excellent Painters, Sculptors, and Architects(1550)』(画家・彫刻家・建築家列伝)を書いたのは主役の多くが死んだあとだったので、直《じか》に知りえたことより間接的な情報源に頼らざるを得なかった。この障害を克服するため、彼はこうした人物についてまだ人の口にのぼっている話を集めた。

ヴァザーリは、レオナルドがまだ十代の頃から、芸術家としての頭角を現していたという話を紹介している。ある小作農が彼の父、ピエロに近づき、盾の装飾をする芸術家を雇うように頼んだ。ピエロはその仕事を息子レオナルドにやらせた。レオナルドは真面目に仕事に取り組み、真に迫った怪物を創作して盾の正面を飾った。完成した作品を物置に置いたのだが、ドアが開いたときに「柔らかな光」しか当たらないよう、入り口近くの考え抜いた位置に置いたという。レオナルドの作品があまりにも真に迫っていたため、ドアを開け薄暗がりのなかで一瞥したピエロは、怪物が待ち構えていると思い込んで、ぞっとして後ずさりしたほどだった。のちほど冷静になってから、ピエロは盾の素晴らしい出来栄えをじっくり検分した。そしてひそかに盾をすり替え、装飾を注文していた男には市場で買っておいた別の盾を渡した。息子の作品は、フィレンツェで売れば遥かに高値がつくと考えたのだ。

息子は職人の道へ進むべきだと確信したピエロは、フィレンツェでも最も繁盛した工房の一つの親方であるアンドレア・デル・ヴェロッキオを探し出した。

ヴェロッキオはレオナルドを十四歳から預かった。こまごまとした仕事の手伝いからはじまり、やがてレオナルドは熱心な弟子となって、ブロンズ像を鋳造したり、完成した絵画のためのワニスを混ぜたり、鐘楼の鐘を引き上げたりといった多くの技術をヴェロッキオから学ぶことになる。芸術の面でも、レオナルドはヴェロッキオの監督のもとで実力を発揮した。

彼の最初の真剣な仕事として知られているのは、主にヴェロッキオによる大作、『キリストの洗礼』（一四七二－七五）の画面向かって左下の隅に、天使の一人を描いたことだった。レオナルドの描いたその天使が、絵のなかで飛び抜けて素晴らしい出来であることは一目瞭然で、ヴェロッキオは絵を描くことを諦め、ほかの芸術に打ち込むことにしたという。

その後まもなく、レオナルドは初めての依頼作である『受胎告知』（一四七二）を描き、続いて『ジネヴラ・デ・ベンチの肖像』（一四七六頃）を描いた。『ブノワの聖母』（巻頭図13参照）も完成させている。

レオナルドの徒弟時代、フィレンツェは勃興しつつある文化の中心地で、やがてその文化がルネサンスを特徴づけることになる。そのフィレンツェを治めていたのが、当主ロレンツォ（偉大なるロレンツォ）に率いられた教養豊かな一族、メディチ家であった。フィレンツェはイタリア半島で最も傑出した都市国家だった。複式簿記の発明が市の銀行業と商業を発展させた。フィレンツェはあらゆる芸術を奨励したことでも有名で、数多くの文豪や知識人を輩出した。

『神曲』（一三二〇頃）の作者であるダンテ・アリギエーリも、『デカメロン』（一四六七）の作者であるジョヴァンニ・ボッカッチョもフィレンツェの人で、地図製作者のパオロ・ダル・ポッツォ・トスカネッリもそうだった。トスカネッリは一四七四年、コロンブスの有名な航海の十八年も前に、西へ航海することによって極東に到達できると説明した地球地図をジェノアの船乗りに送っている。優れた建築家のフィリッポ・ブルネレスキも、ほとんどの人間が不可能と見なしていたことを成し遂げた。一四三六年にフィレンツェの大聖堂の上に丸屋根を載せたのである。やはりフィレンツェ人であるレオン・バッティスタ・アルベルティは、ブルネレスキが発見していた遠近法に磨きをかけ、このテーマに関する論文を一四三五年に発表した。二次元のカンバス上に三次元の物体を写実的に表現する方法を、大勢の芸術家に教えるものだった。

同性愛の疑惑

非嫡出子として生まれたこと以外にも、レオナルドには、出世を妨げる背景があった。同性愛の噂である。当時それは御法度であり、死をもって罰せられる罪とされていた。この法令を促したのは教会だ。しかしこの法令については、適用よりも違反のほうが目立っていたのも事実である。レオナルドをゲイと断定した当人であるジョヴァンニ・ロマッツォが、「同性愛」はフィレンツェでは広く見られると書いている。実際、ドイツ人は男色行為を言い表すのにフロレンツァー（フィレンツェ人）という言葉を使っていた。教会の説教壇からは決まって、同性愛を非難する言葉が述べられた。と言っても、説教者がすべて、サン・ベルナルディーノ・ダ・シエナのように極端なことをしたわけではなかった。この人物は、サンタ・クローチェ聖堂の床に唾を吐いて「燃やせ！　男色者はみな火あぶりにしろ！」と叫ぶよう、信者たちに強く訴えた。「一四八四年にはさらに事態が悪化した」とチャールズ・ニコルは書いている。「この年、ある教皇勅書が、事実上、同性愛を悪魔的所業と決めつけた。彼らの『異端の倒錯行為』は魔女がするという『悪魔との交接』を行うことと同じであると」

フィレンツェの市民は、公然と自分の性癖をひけらかす者を、汚点と見なした。それでも、歴史学者たちの主張によれば、ヴェロッキオ、ミケランジェロ、ドナテッロ、詩人のポリツィアーノ、それに銀行家のフィリッポ・ストロッツィも、同性愛行為をしていたという。過酷な法令があったため、ほとんどのゲイは慎重に振る舞っていた。ただ、一部の者、特に若者は、自分の性的指向を大っぴらにひけらかした。やはりレオナルドの同時代人であるアノニモ・ガッディアーノの記述から、彼がどのような格好をしていたかがわかる。

「当時は丈長の衣服が流行していたのに、彼が着ていた薔薇色のチュニックは膝までしかなかった。胸のなかほどまで届く美しい巻き毛は手入れが行き届いていた」

記録によれば、青春時代のレオナルドはこうした派手なゲイの一団に身を置いていたらしい。

一四七六年、レオナルドが二四歳のとき、匿名の人物が、ソドミー（不自然な性愛）の罪を犯したとして、レオナルドを含む五名の若者を告発した。当局がレオナルドに対する嫌疑を追求することはなかったが、この若い芸術家の名前からゲイの疑いが完全に晴れることもなかった。

菜食主義者

レオナルドを目立たせていたもう一つの特徴が、動物への共感と、動物を食することに理性的な嫌悪を示すことだった。彼が菜食主義を実践していたと主張する人々もいる。彼は自分と同じように、動物たちも痛みを感じることに気づいており、彼らの苦しみに加担するようなことは一切したくなかったらしい。彼に最も近い友人の一人であるトマソ・マシーニが、呆れたように書いている。

「彼はどんな理由があろうと、ノミ一匹、殺そうとしない。死んだものを着たくないからと、麻の服を好む」

また、ヴァザーリが、囚われた野生動物を見ることにレオナルドがどれほど耐えられなかったかを語っている。

「彼はあらゆる動物が大好きで、素晴らしい愛情と忍耐をもって扱った。たとえば、小鳥が売られているところに通りかかると、自分の手で籠から出してやり、売り手の言い値を支払って空へ放してやった。失われた自由を与えてやったのだ」

政治的には、十五世紀のイタリア半島はきわめて不安定だった。

都市国家間のほぼ絶え間ない分裂と融合が、性急な同盟や命懸けの小競り合い、裏切り、陰謀の扇動などを生んでいた。敵の手にかかって経済的、軍事的な敗北を喫するかもしれないという恐怖がいつもあった。このことだけでも、レオナルドが敵兵の骨から肉を引き裂き、ちぎり取り、粉々にするための兵器に関心を持ったことの説明になるかもしれない。

しかし、もう一つ考慮すべきなのは、彼が法に触れる行為をしていたことだった。レオナルドは個人的自由を何よりも大事にしており、自分からそれを奪おうとする者に対して守りを固めることが、彼の究極の目標だったのだ。これが最優先事項であるべきだと、彼は信じていた。

第3章

ミラノ／バチカン

もし画家が、やがて恋に落ちるだろう美しいものを見ることを望むなら、彼はそれらを創造することのできる主人である。そしてもし、恐怖を感じさせたり、粗野だったりする奇怪なものを見たいと望むなら、また滑稽だったり、真の同情を掻き立てたりするものを見たいと望むなら、彼はそれらの主人であり神である。

――レオナルド・ダ・ヴィンチ

だが、ほかに驚くべき発明はあまたあるなかで、どのような崇高な精神が、自分の最も秘められた考えを、たとえ時間や場所が遠く隔たっていても、ほかのどのような人にも伝えられる方法を思いついたのだろうか。それも、紙の上で二ダースばかりの小さな記号をさまざまに並べるより難しいことなしに？　これを人間の見事な発明すべての象徴としよう。

――ガリレオ・ガリレイ

エネルギーと変化のすさまじい放出を生むあらゆる大規模な異種交配結合のなかでも、文字文化と口承文化の出会いをしのぐものはない。表音文字によって人間に耳の代わりとなる目を与えたことは、どのような社会構造においてであろうと、社会的にも政治的にも、起こり得る恐らく最も過激な爆発だろう。

――マーシャル・マクルーハン

一四八一年、ローマ教皇シクストゥス四世が、フィレンツェの最も優れた芸術家の多くをローマに招聘した。ローマの栄光を称えるという目的のために選ばれた芸術家に、気前よく制作依頼をするつもりであることを知らせたのだ。ロレンツォ・デ・メディチが、招聘すべき芸術家のリストの作成を助けた。その厳選されたリストにはボッティチェリ、ギルランダイオ、ペルジーノほか、フィレンツェの多くの芸術家が名を連ねていた。ここにレオナルドが含まれていなかったのは、痛烈な叱責を意味するに違いなかった。次から次へと生まれる仕事の依頼を一つも獲得できなかったレオナルドはひどく落胆し、フィレンツェ以外の都市での新たな出発をますます切望するようになった。

レオナルドを個人的に知っていたパオロ・ジョヴィオはこう書いている。

「彼は生来きわめて礼儀正しく、教養があって気前がよく、顔立ちは非常に美しかった」

アノニモ・ガッディアーノも同じようなことを書いている。

「彼はとても魅力的で、均整がとれており、優雅で顔立ちが良かった。美しい髪は巻き毛に整えられ、胸の半ばあたりまで届いていた」

レオナルド自身、しゃれ者であったことを伺わせるように、こう書いている。

「新鮮な薔薇水を取って、それで両手に潤いを与える。次にラベンダーの花を両手で挟んで擦り合わせれば、申し分がない」

レオナルドは運動も得意で馬術に長け、きわめて壮健だった。馬の蹄鉄を片手で曲げることができたという話が残っている。

同時代の人々が驚嘆したもう一つの特徴が、彼の素晴らしい歌声であった。どこかの時点でレオナルドは記譜法を習得しており、作曲をしたことを示す確かな証拠もある。古代の人々はいくつかの音を同時に発生させるという意味での和音は使わず、単音からなるメロディを作曲した。のちに十一世紀の多声音楽が対応部を付け加え、それが二番目の旋律となったが、レオナルドを興奮させたのは、音楽に三番目の次元、すなわち和音を導入する可能性だった。

歌うときに自分で伴奏できるように、彼はいろいろな楽器を弾きこなしもした。後世の人間にとって最大の損失の一つであることは間違いないが、今のところ彼の曲は一つも見つかっていない。

三十歳でミラノへ

一四八二年、ミラノ大公のルドヴィコ・スフォルツァが、大きな騎馬像を鋳造できる宮廷彫刻家を寄越してくれるようほかの統治者たちに懇願した。ミラノの統治権に対するスフォルツァの主張は根拠が薄弱だったため、彼は父を不滅の存在とすることで、都市国家の市民に、その歴史における自分たち一族の重要性を思い出させたいと望んだのだ。この注文のことを聞いたレオナルドはすかさずチャンスに飛びついた。大公に長い自己紹介の手紙を書き、多くの才能や長所を売り込んだ。最も効果的だったのは、建築家、軍事技術者、音楽家としての技能を強調したことだった。そして、ほとんど付け足しのように最後に言及したのが、画家でもあるという一言だった。そして大公はレオナルドにその宮廷彫刻家の地位を提供した。一四八二年、三十歳の芸術家は、少年から大人へと成長した場所である都市を後に、全く新しい冒険へと乗り出した。そのときは知る由もなかったが、自分と正反対の人物の治めるミラノで、人生の次の十八年を過ごすことになるのだった。

十五世紀のミラノはイタリア半島の兵器係として名を馳せていた。この裕福な都市国家は二十世紀半ばのアメリカにおけるデトロイトと似たような位置を占めていた。鍛冶場は精巧な武器を製造した。街の通りや広場には、固い守りに安心しきった成金たちがそぞろ歩いていた。

大公の一族、スフォルツァ家は、メディチ家のような文化的、知的、美的影響力は持ち合わせていなかった。大公は色黒だったことから「イル・モーロ」（ムーア人）と呼ばれていて、敵の多くからは強奪者と見なされていた。戦争、セックス、食物、陰謀、仰々しい宴会が好きなことで有名だった。絶えず対外戦争を企み、親族の結婚を同盟強化のための政治的な道具として利用した。

腺ペスト（ノミやネズミから感染するペストのこと）の流行が一四八四年から一四八五年にかけて数回にわたってミラノを襲い、五万人以上の市民が死んだ。レオナルドが大公の宮廷芸術家としての活動を始めたのは、この混乱のさなかのことだった。

ルネサンスのこの時期、芸術が、威信を表す通貨としての役割を果たすようになる。どの都市国家も自分たちの芸術家を大切にした。支配者たちは広場やロッジア（屋根付き柱廊）を彫刻で飾り、宮廷の奥の間を高価なタペストリーや絵画で飾った。背景にある思惑は明らかだった。もし、傭兵からなる軍隊や堂々たる要塞の建設に財宝を費やし、それでもまだ、都市を美しく飾るに足るだけの資金と人材が残っているとしたら、この贅沢は敵に強烈な印象を与えるだろう。こう考えた支配者の間で健全な競争が起こり、それがはからずも、将来の芸術愛好家に大きな恩恵を与えることとなったのだ。

だが、レオナルドにとって不幸なことに、スフォルツァ大公が彼の非凡な才能を完全に理解することはついぞなかった。レオナルドに宮廷近くの部屋を与えたものの、財政的にはいつも苦しい状態に置いた。報酬の支払いが不規則だったために、レオナルドは未払い分の支払いを懇願しなければならなかった。

彼が従者に加えた者のなかに、美しい十歳の少年がいた。名をジャコモといい、オレノのジョバンニ・ピエトロ・カプロッティなる人物の息子だった。レオナルドは少年にサライと名づけたが、これは「小悪魔」という意味だった。この少年との関係は彼にとって非常に苛立ちを伴うものだった。サライは定期的に、盗みを働き、嘘をつき、悪さをした。それにもかかわらず、サライはレオナルドの晩年を除いてずっとそばにいた人物である。その後、些細な口論がもとで決闘になり、サライは死んだ。

レオナルドが弟子として雇ったもう一人の少年が、十四歳のフランチェスコ・メルツィである。メルツィはサライとは対照的に貴族の生まれで、本人が優れた芸術家となることを心から望んで、弟子入りを志願した。彼はレオナルドの一番の親友となり、やがて、絵画のほとんどと貴重なノートを委ねられる相続人となった。師匠の死に際し、メルツィは心からの賛辞をレオナルドに捧げ、自分にとっては父のような存在だったと述べている。

レオナルドの所帯が大きくなるにつれ、気まぐれな大公のために働くことからくる問題も大きくなっていった。彼のパトロンたる大公は、愛人の肖像画を描くよう求めるかと思えば、結婚式などの催しの指揮をしろとも言う。レオナルドは大公が開く数多くの贅沢な宴会のたびに、衣装や舞台装置のデザインをし、飾り付けを用意し、余興を計画することを期待された。こうした軽薄な務めにたまりかねて、レオナルドは幾度か大公に苦情を漏らしている。

「遺憾ながら、わたしが困窮していることに気づいてくださるべきだったと思います。それに、(中略)わたしは生活費を稼がなければならないため、閣下が任せてくださった仕事に専念する代わりに、仕事を中断して、より重要でない事柄に注意を向けざるを得ないのです」

花開く才能――『最後の晩餐』

宮廷の要求に時間を取られたうえ、科学的な研究に何時間も費やしていたにもかかわらず、ミラノでの滞在はレオナルドの芸術的才能の全盛期をもたらした。

レオナルドは宮廷画家としてのキャリアを、大公の十六歳の愛人、チェチリア・ガッレラーニの肖像を描くことで始めたが、これは非常に型破りな様式で描かれていた(『白貂を抱く貴婦人』、巻頭図4参照)。次に描いたのが最初の『岩窟の聖母』(巻頭図9参照)で、聖家族を見事な構図にまとめている。しかしこれらの作品は前奏曲に過ぎなかった。

この後に、一人の芸術家によってかつて創作された最も複雑な傑作であることが間違いない作品が控えていた。大公はレオナルドに、ある修道院の聖職者たちの要望で、壁の高いところに壁画を描くよう依頼していた。選ばれた壁は修道士が夕食を食べに集まる食堂にあった。キリストと弟子たちの過越《すぎこし》の祭りの晩餐は、過去、何百人もの画家によって描かれたテーマだったが、レオナルド版はこれまで誰も見たことがないようなものだった。数多くの巧妙な仕掛けや新機軸の分析に、美術史家の紛れもない大群を何世紀も忙しくさせている。

しかし、『最後の晩餐』は完成後すぐに劣化し始めた。

食堂の壁に絵の具を塗る際、レオナルドが実験的な手法を用いていたからである。この絵の具の調合はまずい選択だったことが判明し、作品のくっきりした細部はまもなく色あせて剝がれ始めた。レオナルドの傑作の噂はヨーロッパ中に広まり、同時代の多くの芸術家が、一目見ようとやって来た。後世の人々にとって幸いなことに、彼らはこの傑作を模写していた。そうした模写作品を総合して、美術史家はレオナルドのオリジナル作品のかなり正確な予想図を作り上げることができた。

こうした並外れた絵画を完成させていた時期に、レオナルドは建築と公衆衛生という全く異なった方面での事業計画にも取り組み、広範な科学的研究も行った。

彼のノートには、生涯の大きな夢の一つが、空を飛ぶ最初の人間になることだったと伺わせる記述がある。しかし、ついに実現することはなかった。彼の書いたものは一つも出版されなかった。絵画の作品数は限られており、ほとんどは未完成か、経年劣化がひどい。だが、ミラノでの十八年

像の運命だった。間で一番苦い思いをさせられたのは、彼の最も野心的な計画であるスフォルツァの父親を記念する

ミラノに着いた瞬間からレオナルドは、いまだかつてない巨大な青銅の騎馬像を鋳造するための設計図と技術的な詳細のことで頭がいっぱいだった。馬の体の構造を学び、これまでなかったほど精密な馬のスケッチを描いた。正確な縮尺で再現した馬の粘土模型がついに完成すると、広場で公開した。遠方からも人々が押しかけ、見事な芸術作品に見入った。

『騎馬像』の制作は普通の男性なら全精力を吸い取られてしまいそうな仕事だが、レオナルドはミラノ滞在中に折に触れ、周りの町を訪れてもいる。こうした訪問の結果、数人の指導的な知識人と知り合った。数学者のルカ・パチョーリとの付き合いを通じて数学の明快さに魅せられ、パチョーリの幾何学図形の本に精緻なスケッチを寄稿した。また工学技術に関するあらゆる事柄にも興味を持つようになった。ノートは、手書きのものとしてはかつてないほど精密な歯車式伝導装置で埋め尽くされた。

ミラノ滞在中に彼が興味を持ったのは工学技術や建築、数学だけではなかった。少し例を挙げただけでも、地質学、水文学、植物学、比較解剖学などを学んでいる。それまで誰も行わなかったほど細かく、鳥の飛翔を観察した。光学も学び、光と影の効果を研究した。また、きわめて好奇心旺盛な解剖学者になったが、この時代にはまだホルムアルデヒドの防腐効果が発見されていなかった

ため、死体が腐敗し始める前に解剖を終わらせるべく、窮屈な閉めきった部屋で手早く仕事をしなければならなかった。

どれも一生を捧げてもいいほどの大仕事だが、こうした数々の活動のうえに、さらに絵画に関する論文や格言の本、寓話の本、なぞなぞの本、言葉遊びの本を書いてもいる。予言を集めた小冊子も書いた。一度も行ったことのない場所についての紀行文まで書いている。

軍事戦略家としての才能

こうした非凡な業績にもかかわらず、レオナルドの運命は裏表のある支配者と密接に絡み合っており、それが彼のキャリアに悲惨な影響を及ぼすことが明らかになる。スフォルツァ大公はフィレンツェ、ナポリ、教皇領に対して戦争覚悟の陰謀を画策中だったが、自分でも、不安定な立場にあることがわかっていた。そこでフランス国王ルイ十二世を招いて力添えを願おうとする。ミラノにやって来た国王は、都市のこれみよがしの富に嫌でも気づかされた。パリに戻ると、フランスがミラノおよび周辺のロンバルディの田園地帯に対し、先祖から伝わる権利を持っていたことを都合よく思い出す。つまり、大公の目論見はすっかり裏目に出て、フランスは一四九九年に今度は敵意を抱いて戻って来た。ミラノを制圧し、大公を退位させて地下牢に閉じ込めたのだ。大公は何年か後にそこで獄死する。

圧倒的に優勢なフランス軍がミラノに近づくと大公軍は散り散りになり、市民は逃げ出した。市内に入ったフランス傭兵部隊はレオナルドの粘土模型を破壊した。

レオナルドは、己の時間と精力をこれほどまでに注ぎ込んだこの都市ミラノに、もはや留まれないことを悟る。ミラノを出た後、マントゥア、次いでヴェネツィアに赴く。当時ヴェネツィアは大敵オスマン帝国と命懸けの争いをしていた。スルタンは一四五三年にすでにコンスタンチノープルを制圧していたが、彼の軍隊は動きを止めず、イタリア半島のすぐ対岸のアドリア海西岸へと進軍中だった。レオナルドが訪れたとき、ヴェネツィアではトルコの脅威が最大の関心事だった。

軍事戦略家としてのレオナルドの評判はなかなかのものだったので、ヴェネツィアの人々はトルコ人をヴェネツィア議会に近づけないためのアイディアを彼に求めた。レオナルドは独創的な方法を考え出した。ダムを建設して、市への陸路を守るというものだ。侵入してきた敵が陸からヴェネツィアを攻めようとしたら、ダムの水を放出して溺れさせればいい。レオナルドは市の指導者たちにそう説明した。確かに、その規模においてきわめて独創的な計画ではあったが、ヴェネツィア人にしてみれば、実行に移すにはあまりにも現実離れした構想だった。

ヴェネツィアを離れた後、レオナルドはミラノの南にあるメルツィ家の領地に一時滞在し、次の落ち着き先をじっくり考えた。彼にとっては憂鬱な時期だったに違いない。後援者もいなければ家もなく、収入もなかったのに、生計を彼に頼る弟子たちの面倒を見なければならなかったのだ。仕方なく、フィレンツェに戻る決心をする。一五〇〇年のことだった。

フィレンツェは彼の若い頃とはすっかり様変わりしていた。

もはやメディチ家は権力の座になく（一四九四年にメディチ家政権は崩壊）、その強いリーダーシップとは打って変わって、弱くて議論好きな大衆が実権を握っていた。レオナルドが不在の間に、狂信的な雄弁家の聖職者ジローラモ・サヴォナローラに率いられた独善的な神権政治がフィレンツェを支配していたのだ。サヴォナローラは富の蓄積という罪を激しく非難し、教会の命令を厳格に守る質素な生活への回帰を要求した。罪深く、敬神の念を損なうものであるとして、メディチ家が保護していた芸術作品の多くを焼却処分にした。恐怖政治を行ったわけだが、やがて民衆が反旗を翻し（フランチェスコ修道会による火の裁判）、一四九八年に広場で絞首刑に処せられた。

ライバル、ミケランジェロとの出会い

いざフィレンツェに戻ってみるとレオナルドは、自分に匹敵するほどの才能を持った人物と競わなければならないことを発見する。それが、ミケランジェロ・ブオナローティである。

一五〇〇年、ミケランジェロは二五歳、レオナルドは四八歳だった。若き彫刻家は、わずか二一歳で完成させた『ダビデ像』でフィレンツェ市民を感動させていた。レオナルドはさらに若い天才少年、ラファエロとも競争しなければならなかった。この芸術家に市当局は高額の注文を惜しみなく出していた。

ミケランジェロはレオナルドのことをあからさまに嫌った。絵画芸術は彫刻より遥かに上であるとレオナルドが断言していたからだ。

「彫刻家の顔は大理石の粉まみれで、まるでパン焼き職人のように見える。それに引き換え、画家はゆったりくつろいで仕事をする。身なりがきちんとしている。繊細な色合いの絵の具に浸した軽い絵筆を動かし、好みの衣装で身を飾る」

このような彼の論評が感受性豊かなミケランジェロに好かれるわけがなかった。

幸い、すぐにレオナルドは「聖家族」を描くという注文を受け、マリアの母アンナ、マリア、幼子イエスを全く新しい構図でまとめる仕事に取り掛かった。しかし例によって、ついに完成することはなかった。彼だけに未完成の非があるわけではない。かつてもそうであったように、悪名高くいかがわしい人物だらけの時代にあって、最も悪名高くいかがわしい人物の一人が、軍事顧問兼主任技師としての高報酬で名誉ある仕事を彼に差し出したのだ。それがチェーザレ・ボルジアで、教皇アレクサンデル六世の息子だった。

アレクサンデルには不名誉な子供が二人いた。一人が悪名高いルクレツィア・ボルジア、もう一人が並外れた残酷さで知られるチェーザレだった。アレクサンデルはチェーザレが十七歳のときに枢機卿に任命したのだが、すぐに、息子が聖職者に向いていないことに気づく。そこで、聖職者の誓いから解放し、アドリア海沿岸に沿ったロマーニャの名ばかりの統治者にした。ミラノの南にあってラヴェンナの周りに広がる領地だが、境界線が曖昧だった。教皇は都市国家ロマーニャの現在の統治者に、彼らがいまやボルジア家の人間の支配のもとにあることをわざわざ知らせてはいなかった。これが重大な結果を招く。彼の命令が、地元の住民の間に一連の戦争を引き起こすこととなった。住民たちは、整った軍備と豊富な資金にものを言わせて支配権を強奪しようとするボルジア家の侵略者に抵抗した。

レオナルドの生涯における多くのパラドックスの一つと言えようが、戦争を「ウナ・パッツィア・ベスティアリッシマ」（最も野蛮な愚行）と呼び、暴力を憎んだ人間が、そのような破廉恥で暴力的な人物に雇われていたのだ。チェーザレ・ボルジアの提供する地位を受けたことは、レオナルドがどれほど切実に金を必要とし、フィレンツェを離れたいと思っていたかを示してもいよう。

レオナルドが地図製作に集中したのはボルジア家に雇われていた時期だった。最初に描いたのがイモラの町と周囲の田園地帯の地図で、これは地図の宝石とも言うべきものだった。やがて北イタリアの地図に取り組み、視点をどんどん高くし、より詳細な地図を作った。どのようにして、それほどの高みから見た空中写真さながらのイタリア地図を描くことができたのか、まだ十分に説明がついていない。

思いがけないことに、チェーザレとのつながりがルネサンスのもう一人の重要な思想家との友情をもたらした。

マキャベリとの出会い

一五〇二年に、若き行政官兼連絡係としてチェーザレの陣営に加わっていたニコロ・マキャヴェリと出会い、長く続く交友関係を築いたのだ。二人はイモラの町にあるチェーザレ・ボルジアの邸宅で出会った。マキャヴェリが有名な『君主論』を書いたとき、モデルとしたのはチェーザレ・ボルジアだったと歴史学者は推測している。

チェーザレに雇われている間に、レオナルドとマキャヴェリはフィレンツェの支配者たちから商売敵の都市国家ピサの打倒に手を貸してもらえないかという打診を受ける。そしてレオナルドはひどく突飛な土木工事を思いつく。アルノ川の流れをピサから遠ざけ、都市国家の活力源を奪おうというのだ。このアイディアには魅力的な副次効果があった。一連の運河を浚渫《しゅんせつ》して広げれば、アルノ川をフィレンツェへの船の航行が可能な河川にできるかもしれない。マキャヴェリは市の長老たちにこの金のかかる計画への資金供給を納得させたが、レオナルドの計画によくあるように、これも悪運や資金不足、権限を任せた人々の技量不足に悩まされた。フィレンツェの支配者たちがかなりの時間と資金をつぎ込んだにもかかわらず、計画は失敗した。レオナルドもマキャヴェリも、その後の文書ではこの事業についてほとんど触れていない。

再びフィレンツェへ――『アンギアーリの戦い』

レオナルドの友人だった部下をチェーザレが手ずから絞殺したと知った後、レオナルドは彼のもとを去り、再びフィレンツェに戻る。ミケランジェロもチェーザレのもとを去って、いまはフィレンツェ議会のための仕事をしていた。つまりフィレンツェは地元出身の有名な芸術家二人を同時に抱えることになったのだ。なんとフィレンツェは二人に、自軍が勝利を収めたアンギアーリの戦いの、別々の戦闘場面を描かせることにした。市民は皆、この競争に興味津々だった。二人が互いに嫌っていることが広く知られていたからよけいに話題となった。レオナルドとミケランジェロのなりふり構わぬ対立は、すぐに「最後の戦い」と呼ばれるようになる。

レオナルドが自分の実物大下絵（最終的な作品のためのひな型として使うスケッチ）を展示すると、驚きが広がった。噂が広まり、遠くから見物人がやって来た。

しかし、彼のそのほかの事業の多くがそうだったように、これも完成が妨げられる運命にあった。フランス王ルイ十二世とその息子のフランソワ一世が側近のシャルル・ダンボワーズに指示して、レオナルドをフィレンツェでの義務から解放してミラノのフランス宮廷に即刻送り返すよう、フィレンツェ議会に命じさせる。最初フィレンツェ側はレオナルドを送り出すことを渋ったが、ミラノで勝利を得たばかりのフランスは大軍を擁しており、イタリア人としては従うしかなかった（ミケランジェロも依頼作を完成させていない。教皇ユリウス二世にローマへ招かれ、システィナ礼拝堂の天井画を描くことになったからだ）。

別の事業も未完成のまま、レオナルドは荷物をまとめてミラノへ向かった。北へ向かう旅に持って行ったものの一つに、『ラ・ジョコンダ』（一五〇四）という、名前しかわかっていないフィレンツェ女性の書きかけの肖像画があった。これはのちに、『モナ・リザ』（巻頭図1参照）として知られる美術史上最も有名な絵画となる。

前回のミラノ滞在とは違い、今回のレオナルドの務めは容易いものだった。二十年前に始めた事業に再び手をつけ、『岩窟の聖母』の二作目（一五〇六）を描いた。今回のミラノ滞在は短かかった。ヴェネツィアとスペインの同盟軍が、教皇軍の助けもあって、フランス人をミラノから追い出すのに成功したからである。またもやレオナルドは逃げ出すことを強いられた。そしてまたもや、状況は悲惨だった。もはやスポンサーはいない。貯金もほとんどない。彼の通った後には、未完成の作品だけが足跡のように残されていた。

教皇ユリウス二世が急死し、枢機卿会がフィレンツェのメディチ家から次の教皇を選んだという知らせを聞いて、レオナルドはようやくローマで仕事を見つけられるのではないかという期待を抱く。新教皇であるレオ十世は、芸術的遺産はフィレンツェ市に置いたままにするつもりであると宣言した。レオナルドは大きな期待を胸にローマへ向かった。同郷のフィレンツェ人である教皇が気前よく与えると約束している仕事の一部を、確保できるかもしれない。

フランスでの最期

ローマに着いたレオナルドは、ミケランジェロがシスティナ礼拝堂の天井画を完成させ、ラファエロが有名な壁画の『アテネの学堂』を描き終えていることを知る。建築家のドナト・ブラマンテはサン・ピエトロ大聖堂の建築に忙殺されていた。レオナルドは実入りのよい仕事の獲得に失敗する。そのもう一つの要因として、レオナルドがこの時期、人体解剖に夢中になり、それが周囲の知るところになったことが挙げられる。彼のノートに次のように書いている。

「他人の不幸を願う者どもが、解剖をするわたしの邪魔をし、教皇の前でも病院でも、公然と非難する」

こうした状況や、腐敗しつつある死体のそばで時間を過ごしているという別の報告が教皇をひどく不快にさせたため、ローマで成功するというレオナルドの望みはますます見込み薄となるように思われた。ところがまたもや、運命が介入した。フランス王となった若きフランソワ一世はミラノで共に過ごした際にレオナルドに非常に強い感銘を受けていたため、高齢となった彼に、フランスへ来て宮廷芸術家となるよう勧めたのだ。

牧歌的なロワール川渓谷のシャンボールで、六十歳になったレオナルドはようやく平安を見出す。務めは軽く、アンボワーズにある城が与えられた。しかし同時に、彼の健康は衰えつつあった。枢機卿秘書官のアントニオ・ド・ベアティスによれば、「一五一七年には右手が麻痺していた」という。さらに、この麻痺のせいで絵が描けなくなったと述べている。

フランス王は定期的にレオナルドのもとを訪れた。なぜレオナルドを宮廷に呼び寄せないのかと周囲に問われると、レオナルドよりずっと若い王は、自分が出向くほうが、レオナルドがはるばるパリまで旅するより容易だからと答えた。

レオナルドは人生最後の数年を、いつも通り、尽きせぬ好奇心の赴くままにさまざまな事柄にかかわって過ごした。一五一九年、レオナルドはフランスで天命尽き、アンボワーズのサン・テュベール礼拝堂に埋葬された。六九歳だった。

第4章

心／脳

鉄は使わなければ錆びる。流れない水は純粋さを失い、寒さで凍る。同じように、怠惰は精神を弱らせる。

――レオナルド・ダ・ヴィンチ

人間の本質における二元性というテーマ、すなわち内心の葛藤や自己の分裂といったテーマは、何千年にもわたって、優れた文学や芸術、哲学の核心をなしてきた。分離脳はその暗喩の一つに過ぎないのだろうか。それとも、そこには何かもっと深いもの、ここにいるわたしたちそのものを表す何かがあるのだろうか。

――分離脳研究者、デヴィッド・ガリン

時間と空間は現実の存在、つまり男と女だ。時間は男、空間は女だ。

――ウィリアム・ブレイク

レオナルドの脳のユニークさを理解するには、まずわたしたち自身の脳を理解する必要がある。人間の脳は依然として、実験に頼る手法ではなかなかその秘密を明かそうとしない手ごわい相手の一つだ。科学者が天文学の地平を広げ、化学式の原子価を釣り合わせ、物理的な力を測定していた間、ホモ・サピエンスの輝かしい進化のあかしであり、最も謎めいた放射物である人間の意識は、科学的なやり方による粘り強い探索に抵抗し続けた。

脳は人体の容積のわずか二パーセントしか占めていないのに、二〇パーセントのエネルギーを消費する。灰白色でゼリー状の約一・四キログラムの宇宙であるこの並外れた器官は、何パーセクにもわたる天体地図を製作し、十の十八乗光年も隔たった銀河の位置を描き込むことができる。そのような手品顔負けの技をやってのけるのに、魅惑的な卵形をした頭蓋骨から一歩も外に出る必要がないのだ。その壁の内部では、ごくわずかなワット数の電流が縦横に流れては跳ね返っている。脳はそうした電流によって、四十億年前の地球がどんな様子だったかを想像し、詳細なジオラマを再現できる。読む者が涙するほどの感動的な美しい詩を創ることができるし、普段は理性的な人が相手の苦しみを蜜の味と思うほどの強烈な憎しみという感情を生み出すこともできるし、睦み合う恋人たちに生身の存在としての限界を忘れさせるほど、大きな愛を感じさせることもできる。

ほかの生き物とはっきり違うのは、人間の脳には、百四十億年前の「ビッグ・バン」も含め、過去、現在、未来というベクトルに沿った長い時間の流れを明確に意識する力があることだ。イヌやネコ、アザラシ、イルカ、ゾウ、チンパンジーなどは、優れた知能にもかかわらず、どんなに訓練しても、「二週間後にあそこで会おう」という約束を守らせることはできない。

ほかの動物の脳は人間と違って、過去と未来の両方向に延びる時間軸をしっかり意識し続けることができないのだ。

同じように顕著なのが、二足歩行の霊長類が空間を探索する際の自由さである。ほかの複雑な動物はみな、目に見えない本能的な鎖にしっかりつながれ、その鎖によって、一定の縄張りや飛行経路、移動ルートに閉じ込められている。それに引き換え人間の脳には、地球上どこでも自由に動き回ることが可能なGPS誘導システムが備わっているように見える。旅行好きな生き物もいないではないが、遠隔の地や過酷な環境でも進んで探検に行くという点において、人間に敵《かな》う者はいない。それに、人間以外には、押し潰されそうな深海に潜るものもいないし、地球の大気圏から脱出して、月との間の冷たい空間への旅に出るものもいない。

脳の研究の歴史

人間の脳を追究しようとした昔の科学者は、最後には「ブラックボックス」問題に直面することになった。興味の対象物を研究するのに必要な研究装置が、対象物自体だったのだ。

現代の神経科学のルーツは、頭のなかで何かとても悪いことが起きた患者を研究することで、脳機能についての情報を少しずつ集め始めた古代の人々の研究にある。しかし、こうした初期の研究者はまず、意識が生まれる場所は脳ではなく心臓だという誤った信念を捨てる必要があった。拍動して絶え間なく胸郭を叩き続ける心臓は、生き生きと活気に溢れている。

一方、グニャッとした脳は、訓練を積んでいない人の目には、何かをしている器官には見えない。そうした事情を考えると、昔の医師たちが思い違いをしたのも無理はない。その誤りを正したのが、医学の父と呼ばれる紀元前四世紀のギリシャ人、ヒポクラテスだった。「意識」という名のオーケストラの指揮者は、胸当ての後ろではなく額の後ろにある指揮台に立っているのだと、洞察力のほかには何の道具も使わずに正しく突きとめたのだ。

残念なことに、古代には死体の解剖はタブーだった。[*1]ルネサンス時代になってようやく、勇敢な一握りの人々が、教会からの非難や禁忌の心を抑えがたい好奇心で乗り越え、禁断の科学の扉が開かれた。死体解剖によって、生前に観察した臨床症状と、死後の脳のさまざまな部位に見られる病変とを比較する機会が得られたのだ。

この方法には当然のことながら不利な点があった。どんなに知りたくても、対象者が死ぬまで辛抱強く待たなければならない。死んでからようやく頭蓋骨をこじ開けて、そこに潜んでいた目に見える異常を探すことができるのだ。その後医師は、脳内に見られる明確な物質的欠損と、患者の生前に見られた神経学的欠陥との関連を調べるという難しい仕事に取り掛からなければならない。脳は複雑であるうえ、個体差が大きいことから、状況証拠とも言うべき観察結果と演繹的推理を結びつけるのは、苛立たしいほど時間のかかるきつい仕事となった。

そのうえ、脳は死後急速に分解し始めるため、古代の病理学者がどんなに研究熱心でも、仕事のできる時間はごく限られていた。また、固定液やホルムアルデヒド、顕微鏡の登場で、原始的な方法から洗練された方法へと分析法が改善されたのちも、乗り越えられない壁が依然として残っていた。死体の組織をスライドに載せて顕微鏡で覗いたり、ホルムアルデヒドで固定した脳組織の切片を調べたりしても、肝心なことはわからない。生きている脳が、エネルギーの電気化学的な激しい動きやとんぼ返りする神経伝達物質でパチパチ火花を散らしているのをリアルタイムで観察することに比べれば、死んだ後の脳など、お粗末な代用品でしかないのだ。

*1：古代文化で穿孔手術（頭蓋骨に穴を開ける手術）が行われていた証拠があり、またエジプト人が死体の内臓を調べたり取り除いたりしていたことは確かだが、古代ギリシャ以前の文化で、取り除いた内臓の機能を調べていた証拠は一切ない。こうした行いは科学的好奇心というより呪術宗教的な理由と関係があるようだ。

デカルトの哲学的断頭術

脳についてはもう一つ、研究者のあいだで誤った考え方があり、そのために脳の構造の理解が遅れた。

十七世紀の哲学者、ルネ・デカルトはこう断言した。

「わたしの観察によれば（中略）我々が二つの手、二つの目、二つの耳を持つように、脳も同じものが二つある」

脳は決して、右脳、左脳のそれぞれが互いの完全な鏡像であるほどすっきりしたデザインになっているわけではないという考えは、デカルトの頭には浮かびもしなかったのだろう。彼の考え方がどれほど深く浸透していたかは、フランスの生理学者ビシャが一八〇〇年に書いた意見書に見ることができる。

「器官の機能にとって調和は、その形状にとっての対称性のようなものである」

形が対称なら、機能も似たようなものだというわけだ。ビシャと初期の何世代もの解剖学者にとっては、右脳と左脳は対称に見えるから、相互補完的な関係で機能しているに違いないということになる。

デカルトはさらに、〝精神とは、身体とは完全に切り離された何か〟であると結論づけた。精神が形のない空気のような性質を持つことから、デカルトは精神を非物質的な霊の世界に置いたのである。彼は哲学に精神と身体の分割を導入した。そうすることではからずも、脳とその主要な副産物である意識を、首から下のもっと平凡な身体パーツ、歯車のように互いに擦り合い噛み合って連動しながらそれぞれの仕事をこなしているパーツとは、何か全く別のものとして区別することになった。

神の特別な被造物の内部にある、神の特別な器官（脳）は、本来、俗世の人間には立ち入り禁止区域だった。頭と体を切り離すデカルトの哲学的断頭術は、十九世紀半ばに画期的な発見によってその誤りが明らかになるまで、尾を引いた。

フランス人医師のポール・ブローカがこの器官の対称性を粉砕し、たった一度の大胆な一撃で、近代神経学の開始をもたらしたのだ。

ある日突然言葉を失う失語症という症状はありふれたもので、脳卒中後の患者にもしばしば起こる。彼はこの症状と脳卒中によく付随して起こる身体右側の麻痺とを結びつけ、話すという機能はもっぱら脳の片方の半球にあると、正しく位置づけた。大多数の人は右利きなので、ブローカは左半球特有の機能を特定した[*2]（脳で神経線維が交差しているため、左半球が身体の右側を制御し、右半球が左側を制御する）。

＊2：フランスの地方医師のマルク・ダクスはこれを十八世紀に観察していたが、失語症という障害と身体の片側麻痺を、話す機能と利き手の制御がどちらかの優勢な半球にあるという事実に正しく結びつけることができなかった。

脳医学の進歩

その後まもなく、カール・ウェルニッケがブローカの観察結果をさらに発展させた。ブローカ野（左脳前頭葉の領域の一部で、喉、唇、舌を使って言語を発する役目を持つ部分のことを指す。運動性言語野とも呼ばれる）と違って、耳で聞いた言葉の意味を理解することにかかわっている左半球の領域であるウェルニッケ野（大脳の領域の一部で、上側頭回の後部に位置する。他人の言葉を理解する働きをする。知覚性言語中枢とも呼ばれる）を突きとめたのだ。ブローカ野の主な目的は明瞭な言葉を発すること だった。ブローカとウェルニッケが特定の言語技能を専門に実行する脳領域を発見したことで、脳機能についてのこれまでにない考え方が導入された。

二十世紀になると、正常な人の脳をリアルタイムで調べることができるようになった。最初に登場したのは脳波の測定だった。神経系の働き者であるニューロン（神経細胞）は、電気化学インパルスを使って仕事をするため、弱い電磁場を発生させる。それが周囲の空間にも及ぶ。頭蓋骨という骨の板のすぐ下にある大脳皮質には脳内で最もニューロンが集中しており、それがいっせいに活動すると、被験者の頭皮に取りつけたセンサーでその活動の様子を測定できる。リアルタイムで吐き出される読み取り値は脳波図、またはＥＥＧと呼ばれる。この画期的な発明の後を追うようにして、捉えどころのない脳機能を調べるためのさらなる高度な手段が次々に登場した。

一九六〇年代にロジャー・スペリーが脳活動の研究に使えそうな実験モデルを見つけた。彼はネコの脳梁を手術で切り離してみた。過激な手術なだけに、外からも観察できるほどの劇的な神経学的障害が起こるだろうと予想したのだ。大脳皮質の二つの半球をつないでいる脳梁は、単一の構造としてはネコの脳で一番大きなものだ。

驚いたことに、手術後のネコの行動は正常に見えた。なぜ？　スペリーは首を傾げた。片方の半球をもう片方に結びつけている太いケーブルを切断したのに、なぜ比較的正常な行動が見られるのだろうか。当初、彼は、ことによるとネコは大きく枝分かれした進化の系統図上であまりにも人間と離れすぎているのかもしれないと考えた。

そこで今度は、同じ手術をサルに施した。手術後のサルの行動は、先のネコと似たり寄ったりだった。スペリーはますます興味を引かれた。そうした実験結果を見ても依然として、過激な切断の結果、脳機能には何かが起こったに違いないと確信していた。

同じ頃、ロスアンゼルスの二人の神経外科医、ジョセフ・ボーゲンとフィリップ・ヴォーゲルは、スペリーがネコやサルに行ったのと似た実験を人に対して行うことの是非を検討していた。交連切開術（脳梁を断ち切る外科処置）が、難治性てんかんを外科的手段で治療する効果的な方法になるのではないかと考えたのだ。

てんかん発作は、頭のなかで電気的な嵐が起こっている状態に喩えることができる。

多くの場合、その嵐は脳内の特定の病巣一つに発生したスコールとして始まる。その病巣に局所的な電導度の異常が現れるのだ。発作の開始段階で、この病巣領域で電気信号が大幅に増幅されるが、その過程はよくわかっていない。増幅された電気信号は急速に力を増して隣接する正常な領域に広がって興奮させ、そこでも不規則な電気インパルスの発火を引き起こす。すると脳は調子の狂ったピンボールマシンのようにチカチカと点滅し始め、その結果、恐ろしい発作が起こる。脳のどの場所に異常があるかによって発作の様相は異なり、その異常部位に直接支配される身体部分が、古代の人々が「悪魔のダンス」と呼んだものを始める。発作が始まると、片方の腕または脚が激しく動くなか、てんかん患者は意識を失う。脳内の嵐が神経系の表面を移動していくにつれ、やがては四肢が無意識にバタバタ動くようになる。喉からは人間離れした音声が発せられる。両目はすっかり裏返って白目になる。目の筋肉が眼球を急速に引っ張って眼振《がんしん》という動きを起こすので、まぶたが激しくはためくように震える。

こうした病気に苦しむ人々に向けてさまざまな薬が市販されるようになり、大部分のてんかん発作は改善または防止できるようになった。しかし残念ながらそれでもまだ、薬が効かない患者が一握り残っていた。ボーゲンとヴォーゲルが自分たちの過激な対処法を考えていたのは、この難治性てんかん患者たちに向けてである。理論的には、先の交連切開術は魅力的な選択肢だった。ボーゲンの考えによれば、脳梁を外科的に切り離せば、発作の引き金となる放電が脳梁を介して一方の大脳半球からもう一方の半球へと飛び移ることができなくなる。そうすれば発作は一方の半球だけにとどまり、もう一方の半球は助けを呼べるほどしっかり意識を保っていることができるだろう。さらに、発作を片方の半球だけに限定することによって、外に現れる発作はより軽くなるか、より短くなるだろう。

もちろん、そうした過激な処置が患者の行動や言語、協調運動、平衡感覚、性格、合理的思考、性行動、意識などにどんな影響をもたらすか、少しでも自信をもって言い切れる者はいなかった。ネコもサルも人もみな哺乳類だが、大きな隔たりがある。リスクは高かった。

それでも、非常に危険性の高い外科処置であることを前もって警告されたにもかかわらず、数人の患者がメスの下に身を置くことを承知した。発作のせいで彼らの人生はあまりにも混沌としていた。異常の要因をわずかでも制御できるかもしれないと思い、脳を永久にそして劇的に変えてしまうこの治験を進んで受け入れたのだ。

そして、ボーゲンとヴォーゲルが初めて交連切開術に成功したのは一九六三年のことだった。患者は生き延び、驚くべきことに、行動にも、さまざまな質問への回答にも、手術前と変わったところはほとんど見られなかった。友人や家族の証言からも、患者が普通に歩き、話し、仕事をこなしていることが裏づけられた。

これに勇気を得て、ボーゲンとヴォーゲルは手術を繰り返した。

この手術は予想通り、てんかん発作を軽くするだけでなく、なぜか発作の頻度も減少させた。限られた期間ではあったが、薬剤抵抗性の難治性てんかんに対して、分離脳手術が妥当な治療法として推奨され、千人以上の患者の脳が、この方法で分離された。この交連切開術は一九七〇年代になると人気が衰えた。新世代の薬が登場し、もっと効果的にてんかんを制御できることがわかったからだ。

スペリーはボーゲンとヴォーゲルの初期の成功を大きな関心をもって見守った。彼らの集めた患者集団が、正真正銘の宝箱であることがわかっていたからだ。そしてマイケル・ガザニガ、デヴィッド・ガリンなど多くの研究者も加わって、互いに孤立状態にある大脳半球のそれぞれを調べることのできる非常に巧妙な実験が考案された。これ以前には、脳のどの機能が主にどちらの半球にあるのかを推測できるような実験モデルは、一つも存在しなかった。
すぐに、世界中の研究所が自前の分離脳患者の集団を集め始めた。[*3]
一部の神経科学者の強い反対にもかかわらず、こうした活動の結果、真に革新的な多くの知識が得られた。若干の懐疑派が、実験モデルには欠陥があると指摘した。確かにこの指摘には一理あり、てんかん患者の脳にはもともと異常がある。分離脳集団から得られた結果を普通の集団に当てはめるのは、リンゴとオレンジを比べるようなものだ。そのうえ、手術そのものが脳の構成を根底から変えてしまう。そうした改変された脳の研究結果を大脳皮質の分離を受けていない集団の脳に重ね合わせるのは、科学的に見て正確とは言えない。

とは言え、こうした反対意見を考慮したとしても、分離脳研究によってもたらされた莫大な情報量が、人の脳の働きを覗く魅惑的な窓を提供したのは事実である。正常な被験者の脳を画像化するというさらに新しい方法によって、初期の分離脳研究者による重要な主張が事実上裏づけられている。まだわからないことは多いものの、疑いようのない事実が一つある。「自然選択」は、人の脳の半球皮質のそれぞれが劇的に異なる機能を処理するようにデザインしたのだ。

脳は非常に複雑な器官である。〝決して、常に、確実に〟というような言葉は、脳に関する議論にはほとんど出番がない。というわけで、まだ曖昧な機能のいくつかについて断定的な記述をしたとしても、話を明快にするためなので、どうかお許し願いたい。

＊3：スペリーはその革新的な仕事によって一九八一年にノーベル医学賞を受賞した。

神経伝達物質の研究

分離脳研究によってもたらされた脳機能の理解と並行して、神経生化学の分野でも同様に重要な進展があった。「神経伝達物質」と呼ばれる実に多様なメッセンジャー分子の存在がまず確認され、次いでその機能が解明され始めた。神経伝達物質のいくつかは、血液によって運ばれるホルモンであり、長い距離を越えて作用するが、局所作用性と言って遠くへは移動しないものもある。たとえば、テストステロン、インスリン、エストロゲン、チロキシン（甲状腺由来）といったホルモンは脳から遠く離れた器官から分泌されるにもかかわらず、感情や気分、精神機能に大きな影響を及ぼすことがある。ドーパミンやエピネフリン、セロトニンのような局所作用因子は、ごく微量で、その人の情緒傾向と知的明晰さに激しい変化を引き起こすことができる。

神経伝達物質は、神経系の主要な細胞であるニューロンの状態を変えることによって作用する。ニューロンはそのほかの細胞と違って、細胞本体から互いに反対方向に伸びる二本のはっきりした延長部分を持つ。短いほうは枝分かれの多い木によく似ており、先端は小枝のような突起がもつれ合った形になっていて、「樹状突起《じゅじょう》」と呼ばれる。これらの線維は神経細胞の受信側である。細胞本体から樹状突起とは反対側に伸びるのが、単独の長い幹で、「軸索《じくさく》」と呼ばれる。

人の場合、軸索のなかには一メートル近い長さに達するものもある。たとえば、足指を支配する神経は下部脊髄にある起点から大腿部と脚の長さ分だけ下って、最終的な目的地まで達しなければならない。軸索が桁外れに長い神経がもう一つある。脳に起点のある「迷走神経」の束に含まれる軸索は、首から胸、腹部を経て、最終的に骨盤内深くの肛門のレベルで終わる。その途中ずっと、もっと短い軸索が迷走神経の束から離れてそれぞれの道をたどり、心臓や肺、胃、結腸といったさまざまな内臓に達する。この神経の名称vagus《ヴァガス》は「放浪者」を意味するラテン語に因んで名づけられた。英語のヴァガボンド（放浪者）とヴェイグラント（浮浪者）も語源は同じである。

樹状突起は感度のいい風向計のように周囲の変化に反応する。たとえば、ほかの神経細胞の軸索から届く刺激といったものである。樹状突起全面に直接作用する神経伝達物質も、樹状突起を活性化することができる。シグナルがいったん樹状突起の末端から細胞本体に伝わると、即座にきっぱりした判断が下されなければならない。細胞は樹状突起末端をくすぐっているインパルスの強さに応じて、軸索を発火させるか、させないかを決める。その様子はちょうどコンピュータのマザーボードで「1」と「0」が点滅するのに似ている。

軸索を活性化させるという決定がなされた場合、その付け根のところで化学的な連鎖反応が始まり、その結果、軸索に沿って電流が流れることになる。

この電流は、光速に近い速さで銅線を伝わる電流とは性質が異なる。電気化学的な神経インパルスはもっと消化管の蠕動《ぜんどう》に似た様式で伝わる。ヘビがネズミを消化している様子を思い浮かべるといい。普通の運動神経軸索の伝達速度は毎秒約九十メートル。これに対して光の速度は毎秒約三十万キロメートルに達する。

長年にわたり、神経は段階的に発火する、すなわち、強力な刺激が強い放電を生み、弱い刺激が弱い放電を生むと考えられてきた。しかしその後、ニューロンは、発火するかしないかのどちらかであることがわかった。すべてか、無か、という現象なのだ。

神経末端は近接しているにもかかわらず、軸索も樹状突起も実際は接触していない。両者の間に、「シナプス」と呼ばれる小さな隙間がある。神経伝達物質が主に活動するのが、この隙間だ。神経伝達物質には、シナプスを渡ってインパルスが伝わるのを阻止するバリケードのような挙動をするものもあれば、インパルスの通過を促進したり増幅したりして、神経が発火する可能性を高めるものもある。シナプスは神経組織のなかにある空っぽの空間ではあるが、神経機能に決定的な役割を演じている。神経伝達物質の探求で最も不可解なことの一つは、活性のある化学物質のほとんどが、植物に見られる物資と区別がつかない分子構造を持つとわかったことだった。

もう一つの重要な進展、そしてこの分野が始まる本当のきっかけとなったものの一つが、「放射性同位元素（ラジオアイソトープ）」の利用である。これを用いて、脳のさまざまなエネルギー源に印をつければ、覚醒状態にある被験者の脳機能を観察できることがわかったのだ。

放射性同位元素を被験者の腕に注入した後、ある課題を実行するように被験者に頼む。その実行中に脳のどの部位が「輝いた」か、スキャン装置で観察することによって、脳を調べることができる。脳スキャンが、ブラックボックスを覗く計り知れないほど貴重な窓を提供することになった。

脳スキャンの数とタイプは驚くべき速さで増えており、脳活動の微妙に異なる側面がリアルタイムでモニターされている。

また、脳研究における最もわくわくさせられる進歩が、ゲノム研究分野から登場した。

DNA暗号が半世紀ほど前に解読されて以来、研究速度が飛躍的に高まり、最近になって、人の行動のさまざまな側面を制御する遺伝子が特定され始めているのだ。「FOXP2《フォックスピーツー》」という遺伝子が言語にかかわりがあるという発見は、人類特有のこの重要な特性を理解する画期的な道具となるだけでなく、過去への扉も開く。この遺伝子がいつ、どの種に出現したのかがわかれば、人類はいつ頃より発語し始めたのかという古くからの疑問への新しいヒントとなる。この分野はまだ生まれたばかりだが、さまざまな種類の精神機能を規定する遺伝子のマッピングは、神経研究の全く新しい分野を開いた。

コンピュータ、次いでインターネットの進歩が、人類の文化を根底から変えるような衝撃をもたらした。情報がどのように伝えられ、解釈され、蓄積されるかに関する一連の全く新しい暗喩や概念モデルが登場している。ある意味では、脳もコンピュータも情報処理装置である。コンピュータネットワークの発達に集中的に注ぎ込まれた資金が、意識について考える際の新しいモデルや暗喩を認知神経科学者に与えた。ニューロンと電線はそれほどかけ離れているわけではない。トランジスタとシナプスもそうだ。人工知能の開発に向けた集中的な努力が、神経ネットワークへの理解を深めている。なぜなら人工知能とは、その核心部分において、すでに脳がやすやすとこなしていることを、人工的にもっと高速で行おうとする試みにほかならないからだ。

こうしたモデルがすべて、わたしたちのテーマであるレオナルドの脳の働きを探るヒントとなる。

第5章

レオナルド／ルネサンス美術

トンボは四枚の翅《はね》で飛び、前の翅が上がるとき、後ろの翅は下がる。とは言え、それぞれの対は個々にトンボの全体重を支えることができなければならない。

——レオナルド・ダ・ヴィンチ

これは発明家としてのレオナルドに関する本ではないが、彼の飛行に関するスケッチは彼の芸術に一定の意義を持つ。なぜなら、それらは彼の視覚が桁外れに鋭敏だったことの証明にほかならないからだ。彼の視神経と頭脳は、特定の有名アスリートたちのように本当に超人的なものだったに違いない。だからこそ彼は鳥の動きを描き、記述することができたのだ。そうした動きは、スローモーション映画が発明されるまで、誰も見ることができなかった。

——ケネス・クラーク

非凡なバッティング能力で知られる伝説の四割打者テッド・ウィリアムズは、投球の縫い目が見えると豪語していたものだった。

——ビューレント・アータレイ

レオナルドの作品は息を呑むほど美しく、また強烈な独創性に満ちていたため、彼の生前にも多くの芸術家や芸術愛好家、それに単なる物好きまでが、かなり遠くからやって来ては、驚嘆の思いで彼の絵画や彫刻を眺めた。なかには、ノートのスケッチをちらりと見せてもらえたラッキーな人もいた。ルネサンス芸術家に対する彼の影響は広範囲に及び、彼の斬新なアイディアはやがて同時代の多くの芸術家の作品に見られるようになった。

レオナルドの先見性

レオナルド熱は彼の死後も長く続いた。

芸術家や芸術愛好家がヨーロッパ中からイタリアとフランスに押し寄せ、彼の傑作を研究した。こうした「巡礼者」が残した日記や手紙、また大胆にもレオナルドの絵画を複製したものや彼ら自身の作品といった一目瞭然の記録から、美術史家はレオナルドが彼らの作品に与えた影響をたどることができる。少し例を挙げただけでも、ラファエロ、ピーテル・パウル・ルーベンス、アルブレヒト・デューラーはレオナルドの新しい技法を熱心に取り入れた。

「アヴァンギャルド（前衛派）」は、もともとフランス語の軍隊用語で、戦地の最前線に位置する部隊を指す。最大の危険に曝されながら、攻撃の先頭に立つ部隊だ。美術史家はこの言葉を、時代の慣習と決別し、新しいスタイルを主導する芸術家を指す言葉として用いた。もしこの言葉がルネサンス時代にあったなら、レオナルドは間違いなくアヴァンギャルドと見なされたことだろう。それにもかかわらず、彼の新しいアイディアのどれほど多くが現代美術の特徴的なスタイルの前兆となったかを、完全な形で列挙している美術史家はほとんどいない。そうしたスタイルは十九〜二十世紀全般にかけ、美術界をおおいに困惑させたものだった。

エドゥアール・マネ、クロード・モネ、ポール・セザンヌ、エドワード・マイブリッジ、パブロ・ピカソ、ジョルジュ・ブラック、マルセル・デュシャン、ジョルジョ・デ・キリコ、サルヴァドール・ダリ、ルネ・マグリット、マックス・エルンスト、ジャクソン・ポロック、ロバート・ラウシェンバーグ、ヘンリー・ムーアなど多くの芸術家が、美術界に革命をもたらした。

そうした革命の先例を探すとき、美術史家が数世代前の画家より先まで視野を広げることはめったにない。そのうえ、ここに挙げた芸術家の手記やインタビュー、伝記（マックス・エルンストを除いて）のなかでも、自分を有名にしてくれた突破口にルネサンスの画家の影響があると述べている者は誰もいない。

しかし、レオナルドの作品と現代美術との間には、さまざまな類似点があり、そのことが、彼がいかに稀有な存在であったかを実証している。彼が自分の画像に組み入れた多くの概念が、何百年も眠っていたあとで、結局、現代を生きるわたしたちが「モダニズム」と呼んでいるものとの関連で再び現れたのだ。そのような芸術家にはレオナルドのほかには史上一人もいない。科学的な発見同様に、レオナルドの芸術は不思議な先見性を示しているが、それにはまだ説得力のある説明がない。現代美術の到来を予言するかのような側面について触れる前に、同時代の芸術家に直接影響を与えた新しい試みについて考えてみることが重要だろう。

二一歳のとき、レオナルドは生まれ故郷のヴィンチ村近くにある渓谷を見下ろす丘に佇んでいた。その場の情景の純粋な美しさに感動した彼は、ペン、インク、それに影をつけるための水彩絵の具少々を用いて、はかない一瞬を独自の洞察力で素早くスケッチした（『アルノ川の風景』）（巻頭図2参照）。

レオナルド以前の何千年もの間、南フランスの洞窟絵画に始まって古代エジプト、メソポタミア、ハラッパー（インドのインダス川流域）、古代ギリシャ・ローマ、メソアメリカ、中世ヨーロッパ、中世盛期へと続く美術史上、風景だけをテーマにした芸術作品は皆無だった。人物像や神の化身、動物などが中心だったのだ。芸術家は風景を、言わば、……まあ、単に背景として扱った。

これに対して、東洋の芸術家は、自然のさまざまな要素やその調和の取れた関係を主要なテーマにしていた。東洋の風景画の多くでは、人の姿は小さな添え物に過ぎない。これらの絵は見る者に、偉大な自然に比べれば人間など取るに足りない存在であることを思い出させるのだ。

一般に、西洋の芸術家はこれと正反対の立場に立つ。焦点は前景にいる人物にある。ただしそれはレオナルドが現れるまでのことだった。

レオナルドが一四七三年に描いたアルノ川のスケッチには、それとわかる人の姿はない。はるか遠くに小さな住まいらしきものがいくつかあるものの、東洋の芸術家が追求したものとは別物のように見える。レオナルドはただ単純に、人間ではなく自然を自作の構図のテーマとしたかったのだ。急いで描かれはしたが優美な作品に仕上がっている風景画は、やがて何世紀か後に訪れる、ホテルのおびただしい客室の壁や学校の廊下、美術館の壁、収集家の書斎を飾ることになる風景画の氾濫の始まりだった。

半世紀後に、ドイツ人画家のアルブレヒト・アルトドルファーが、動物や人間や空想上の登場人物を完全に排除した西洋初の風景画を油彩で描いた（『レーゲンスブルグ近郊のドナウ風景』一五二二－二五）。美術史家は一般にアルトドルファーに最初の西洋風景画家の栄誉を授けている。レオナルドの初期の作品がアルトドルファーに何らかの影響を与えたかどうかは、わかっていない。もし美術史家が、レオナルドのペンとインクのスケッチ以降に描かれた膨大な数の風景画を一覧表にして、彼のスケッチ以前には西洋美術にこのジャンルが存在しなかったことに気づいたとしたら、当然、美術史の決定的に重要な位置を占める彼の作品に特別の栄誉を与えることだろう。

宗教と風景画

レオナルドのスケッチをますます印象的にしているのが、三大一神教であるユダヤ教、キリスト教、イスラム教が自然を描写することにきわめて好戦的な態度を取っていたことにある。

もっと古くからあった信仰の世界では、自然界を崇拝し、官能や多産、性的欲望を尊ぶ風潮があった。これに対してアブラハムの宗教は、自然界より上かつ外にある天上の王国に住む実体のない神を崇拝した。これらの宗教は自分たちの神が自然界の創造主であると信じたが、もっと古い信仰体系の中核をなす信念では自然界を神の顕現として捉えていた。先の三大一神教は書かれた言葉を確かな拠り所としており、一神教の教義と張り合う「異教」信仰が崇拝していた自然を軽視した。初期の信奉者たちはシナゴーグや教会、モスクの内部から花や植物を締め出したのだ。第二の戒律、すなわち正しい生き方の二番目に大事な規則が、偶像を作ることの禁止であるのは、決して偶然の一致ではない。それも彫って作った偶像だけでなく、あらゆる像を作ることが禁止されたのだ。

あなたがたは、堕落して、自分のためにいかなる形の像も造ってはならない。男や女の形も、地上のいかなる獣の形も、空を飛ぶ翼のあるいかなる鳥の形も、地上を這ういかなる動物の形も、地下の海に住むいかなる魚の形も。（旧約聖書、申命記4章16節から18節、新共同訳）。

西洋の主要な宗教を代表する権力者たちは、人の手が創った、自然界のいかなる姿を描写する像も、「恥ずべきもの」と見なした。目に見えない神への信仰心を損なう恐れがあるというのだ。「汝、像を造るなかれ」というのが第二の戒律の骨子であり、「汝、殺すなかれ」が第六に当たる。しかしここで疑問が湧く。「なぜ、三大一神教はみな、殺人よりも芸術のほうが危険だとしているのか？」

紀元五世紀の古代ローマ帝国の滅亡に続く四百年は暗黒時代と呼ばれることもあり、この時期に西ヨーロッパの識字率は一パーセントにまで落ちた。当時これは悩みの種だった。もし人々が基本的に読み書きができないままなら、聖職者はどのような手段で、人気のないキリスト教の教義を植えつければいいのか。

ローマ法王の大聖王グレゴリウス（在位五九〇－六〇四）は旧約聖書の第二の戒律を事実上破棄し、教会、すなわち権限の第一の執行者が、芸術家が具体的にどのテーマを選ぶかを検閲する主導的な役割を果たすと宣言した。ルネサンスには、敬虔な信仰心がその特徴の一つとしてまだ色濃く残っていた。そういう雰囲気のなかで岩や丘、樹木、遠くの景色などの心地よい配置に注意を集中することは、芸術家にとって、型破りの感性を必要とした。そしてレオナルドは、そうした配置を的確な遠近法で描いた。

遠近法の発見

そう、ルネサンス芸術を特徴づける飛躍的進歩をもたらしたのが遠近法の発見である。これによって初めて、芸術家はますます複雑になる構図のなかで遠近の序列に従って物体を順序よく配置し、実際の光景に非常に近い効果を出せるようになった。

十四世紀の優れた画家であるジョット・ディ・ボンドーネは、陰影による立体感表現や重ね合わせによって奥行きがあるような錯覚を創り出せることを直観的に理解していた。しかしこの巨匠にも理解の及ばない点があった。自作のペンテコステ派（プロテスタント教会のうち、メソジスト、ホーリネス教会のなかから十九世紀初頭にアメリカで始まった聖霊運動から生まれた教派）の晩餐（最後の晩餐）の表現でジョットは、前景に座っている使徒が固体の後光越しにどうやって食事を食べたらいいかという遠近法の問題を解くことができなかった。

遠近法の発展を推し進めた次の人物はフィリッポ・ブルネレスキである。彼の名は、フィレンツェのサンタ・マリア・デル・フィオーレ大聖堂の壮大な丸屋根の建造者として永遠に残っている。彼の業績の一つに、物体を適切な遠近法で捉えた光景を描く方法の発明がある。一四一五年頃、彼は独創的に配置した鏡を用いていた。その一枚には覗き穴があって、そこから覗いて描いたスケッチは、装置を用いた幾何学的に正しい遠近法の最初のスケッチとなった。

レオナルド誕生の十七年前になる一四三五年、やはり建築家兼技術者である博識なレオン・バッティスタ・アルベルティが、このテーマの論文を芸術家に向けて発表している。これまでの複雑な構図に欠けていた写実的な表現を描くために習得するべき手順を提示したのだ。

そしてほとんど一夜のうちに、遠近法は西洋美術の方向を決める羅針盤となった。

その後、五百年近く、西洋のあらゆる芸術家が、この遠近法こそが絵画を有機的に構成する手法だと認めている。遠近法の規則から意図的に離れることはできたが、そうした動きは、ルネサンスの始まりから現代まで西洋美術を貫いて流れる主題からのささやかな逸脱に過ぎなかった。[*1] 遠近法の技術が未熟であれば、批評家はその画家を、ろくな訓練も受けていない素人と見なした。指導者が若い絵描きに真っ先に学ばせようとするのも、この技術だった。

ヴァザーリが、ルネサンスの偉人の一人で複雑な遠近法に関する研究に没頭したパオロ・ウッチェロの話を書いている。ある晩、画板から離れてベッドに来るようにと、欲求不満の妻に強く催促された。渋々従いはしたものの、まるでもっと魅力的な愛人を後に残して行くかのように、後ろ髪を引かれながらこう呟いたと言われている。

「おお、遠近法よ、そなたは何と美しいのだろう」

絵画的な技法の一つとなった「キアロスクーロ」(イタリア語で「明暗」の意味。光から明部と暗部の対比関係やその変化をとらえて立体感を表し、画面構成上の劇的効果を狙って用いる技法)は、光の当たった面を目立たせながら、同時に、影は実際よりも暗くする。ミケランジェロやカラヴァッジョといった芸術家、それにオランダ人画家のヨハネス・フェルメールなどがキアロスクーロを非常に効果的に使っている。遠近法とこのキアロスクーロの組み合わせが、ルネサンス絵画の写実的表現を大幅に向上させた。

レオナルドは遠近法に多くの貢献をしたが、最も有名なのはキアロスクーロにさらに磨きをかけて、「スフマート」と呼ばれる技法を編み出したことだ。これはイタリア語で「煙に変わる」という意味である。レオナルドは、大気による霞《かすみ》のせいで、はるか遠くにある物体の輪郭線が前景に近い物体の輪郭線に比べて明確でないことに気づいた。遠くの物体の色は鮮やかさが乏しく、陰影もぼやけていた。そこで彼は、遠くの光景に、紗を何枚も重ねたかのように色づけし、前景より色彩の華やかさを抑えることによって、遠近法の効果を大幅に高めたのである。遠近法の陰影に関してこのようなことを見て取った芸術家はレオナルドが初めてではなかったが、彼のスフマートの技法はどんな芸術家よりも格段に優れていたため、彼の名がこの技法と結びつけられることになった。

＊1：時折、十八世紀イギリスのウィリアム・ホガースのような画家が、意図的に遠近法の規則を破って、非常に印象的な目の錯覚を創り出した。しかし、彼の作品の一つ『遠近法の矛盾』は、彼の心の内を正しく伝えていない。画面に不条理な光景を持ち込むことで、西洋の画家にとって遠近法は重要な技法であることを改めて主張しようと考えたようだが、その思惑は裏目に出ている。

アナモルフィック技法

遠近法に精通していたレオナルドは、フランス宮廷で仕事をしていた間に「アナモルフィズム」をも考案した。遠近法を歪めて、従来のように絵の正面から見たとき、アナモルフィックな（歪められた）物体が、ひどく歪んでいるか、あるいはビックリハウスの鏡に映った像のように描く技法である。アナモルフィックな像は絵のなかに埋め込まれ、たいていは見分けがつかない。ところが、脇のほうの極端に斜めの方向から見ると、著しく歪められたメインの画像からアナモルフィックな物体が飛び出し、写実的に描かれた画像のように見えてくる。

アナモルフィック技法を実際に使うのはきわめて難しい。

遠近法と光学の法則に精通している者、そして代数学を直観的に理解する者だけが、そうした絵を創作できた。レオナルドのアナモルフィズムの例が載っているのは彼のノートであることから、ノートの数ページが回し読みされて彼の技法が芸術家仲間に広まったのか、それとも、この技法を用いている芸術家が別個に考案したのか、今のところわかっていない。わかっているのは、レオナルドの簡単な線画が、西洋美術における最初のアナモルフィックな画像であるということだ。

レオナルドの完璧主義と好奇心を考えると、遠近法の陰にある光学の研究に彼が膨大な時間とかなりのページ数を費やしたことは驚くに当たらない。

彼のノートには、まず遠近法の格子を描いてからその枠内に収まるように描いた建物やそのほかの物体の正確なスケッチが溢れている。ところで一つ、腑に落ちない点がある。彼は遠近法の規則を忠実に守るようにと画家に勧め、また、どうしたらその目標に到達できるかを詳細に解説した書物を記している。それにもかかわらずこの達人は、その規則を日常的に破っている。まるで「規則は破られるためにある」という格言を地で行くかのようだ。しかし、彼の遠近法の改ざんがあまりにも巧みなので、構図を損なうどころか、かえって引き立てている。

『最期の晩餐』に隠されたテクニック

レオナルドが特異な遠近法をまるで手品のように無数にちりばめているのが、『最後の晩餐』（巻頭図3参照）である。修道士たちがこの巨大なフレスコ画のために選んだ場所は、食堂の、彼らが食事をするテーブルの背後にある壁の上部だった。つまり、完成した作品は、下から見上げることになる。しかしレオナルドは、まるで目の高さにある絵を見ているかのように感じさせる効果を実現しようと努力した。

美術評論家のレオ・スタインバーグは著書の『Leonardo's Incessant Last Supper』（レオナルドの絶え間ない最後の晩餐）のなかで、レオナルドが自分の最高傑作に命を吹き込むために遠近法を歪めた実例を多数列挙している。スタインバーグが指摘するように、どれも不器用なミスではない。むしろ、徹底的に考え抜かれた仕掛けで、自分の構図を司祭館の部屋という制約のなかで生かすための工夫だった。

たとえば、『最後の晩餐』のテーブルについているのは十三人だが、十一人分しか食器がセットされていないように見える。ヨハン・ウォルフガング・フォン・ゲーテは『最後の晩餐』について信頼できる小論を書いているが、そのなかで、この奥行きが短縮されたテーブルに注目して皮肉な口調でこう述べている。もし、絵のなかで立っている使徒の誰かが座ろうと決めたら、ほかの使徒の膝の上に座ることになるだろうと。実は、中央に描かれたイエスの姿は共に食卓を囲む使徒たちの一・五倍の大きさがあるのだが、この遠近法の歪みはじっくり調べて初めて明らかになるものだった。晩餐が開かれている部屋は最初に見たときには長方形に見える。しかし別の方法で見ると、広がった台形になる。

また、レオナルドは、左右対称のように見える人の顔も、実は真ん中で分けると左右がわずかに異なっていることを直観的に見抜いた芸術家である。顔のそれぞれの側からくる感覚および運動神経が脳内で交差するため、脳の左半球が顔の右側の筋肉を制御し、右半球が左側の筋肉を制御する。大多数の人は左脳優位の右利きで、これは顔の右半分のほうが左半分よりも意識的にうまく制御できることを意味する。それに引き換え、顔の左半分は感情を司る右脳につながっており、より感情が表れやすい。つまり、右利きの人は顔の左半分の感情的な反応を抑え込むのが難しい。

『モナ・リザ』の美しさの秘密

最近の心理学の実験結果をここで紹介しよう。カレッジの学生が実験の内容を知らされないまま写真撮影スタジオに一人ずつ通され、家族に渡すための写真を撮ると告げられた。右利きの学生のほとんどは、無意識に、顔の左側がカメラのレンズに向くようなポーズを取った。全員がにっこりした。二回目の撮影に呼び戻されると、今度は就職申し込み写真を撮ると告げられる。すると今度は、右利きの学生のほとんどが、顔の右半分が目立つようにした。

この実験の結果は、たとえ意識はしていなくともほとんどの人が、外の世界に提示するなら顔の右側がいいと知っていることを強く示唆している。また彼らは、顔の左側のほうが本来の自分をより自然に反映することにも無意識のうちに気づいている。

レオナルドは人の表情のこうした微妙な陰影を理解していた。『モナ・リザ』は顔の左側をじっくり鑑賞すると、その美しさが一番よくわかる。その微笑みの曖昧さをいっそう強調するように、レオナルドは彼女の顔の右側にハイライトを当て、左側を影のなかに置いた。

レオナルドが編み出した新しい手法はほかにもいくつかあるが、いまではあまりにも当たり前なことであるため、当時それがどれほど革命的なことだったかを想像するのは難しい。初期の肖像画家がカンバスに収めるのは、座った人物の胸より上だけだった。十五世紀半ばに、少数のフランドルの画家がもう少し視野を広げて、モデルの手も含めるようにした。レオナルドがこの北方の同業者の仕事を見たかどうか、あるいは、肖像画に手を含めるというアイディアを独自に思いついたのか、史料からははっきりしない。とは言え、レオナルドはこの拡張された範囲を最大限に活用した。フランドルの画家たちが見逃していた点に、はっきり気づいていたのだ。それは身振りの重要性である。

レオナルドは、話し言葉の豊かな表現の代用品として、人物の手の優雅さを重視した。言葉は耳で受け止められ、内耳によって伝達される。一直線に連なって入ってくるその言葉に、左脳がせっせと対応する。そして聞き手は、話し手の顔の表情や衣服、身づくろい、ボディランゲージ、手振りに加え、瞳孔の拡張や発汗、赤面などを引き起こす不随意反射も見極めることによって、言葉には含まれていない情報を集める。場合によっては、身振りのほうが言葉より雄弁なことさえある。たとえば、らせん階段について描写するように誰かに頼んでみるといい。話し手が言葉に詰まると、必ず手が動き出し、コルク抜きのような動きをなぞるだろう。心理学者の推測によれば、聞き手はメッセージの実に八〇パーセントを言葉以外の手がかりから読み取っているという。

肖像画のなかの人間は、話すことができない。レオナルドはその人物の人格の本質を絵筆で表現する方法を探した。肖像画に手も含めることは、レオナルドの格言の重要な部分だった。すなわち、画家は被写体の姿を忠実に再現しなければならないだけでなく、その精神状態も表現するように努めなければならないと。

レオナルドがミラノ到着後、まもなく完成した肖像画が、スフォルツァの十六歳の愛人である美しいチェチリア・ガッレラーニを描いた『白貂《しろてん》を抱く貴婦人』(巻頭図4参照)である。

この絵でレオナルドは手の指を意図的に長くしている。細長い顔と相まって、指が彼女のしなやかな体つきを強調している。また彼女が白貂を抱いているところを描いているが、この動物の名にはスフォルツァ家を象徴する意味がある。さらに、この小型の哺乳類は潔癖なまでにきれい好きなことで知られており、チェチリア・ガッレラーニの高潔な気性を褒め称える暗喩となっている。また白貂はイタリア語でガラン(gallan)と言う。これもレオナルドの巧妙な言葉とイメージの遊びで、彼女の名字ガッレラーニを絵のなかに組み込んでいるのだ。

十九世紀半ばに、スイスの素描家ロドルフ・テプフェールが風刺画の微妙な表現を広く研究した。[*2]美術史家のE・H・ゴンブリッチは、テプフェールにこの形の芸術の父としての最高位を与えている。風刺画は視覚によるコミュニケーションの新たな形態というだけでなく、感情や考え方を伝える代替手段だった。風刺画家はわたしたちを笑わせ、風刺作家は考えさせる。新聞の政治風刺漫画は、そのそばにある社説よりも鋭い洞察力を見せることがしばしばだ。テプフェールの貢献はさておき、レオナルドには史上最も偉大な風刺画家を名乗る資格が十分にある。

彼のノートには、歪められ、目立つ特徴を誇張してほかは最小限にした顔が満載だ。これこそ、風刺画の原点と言えよう。この分野における彼のスケッチ画は、「グロテスク」と「滑稽」との微妙な境界線上を揺れ動いている。レオナルド以前には、これほどまでに人の顔を誇張した芸術家はいなかった。

＊２：風刺画（カリカチュア）は、歪められた顔の像を一六〇〇年頃に創作したイタリア人芸術家のアゴスティーノ・カラッチに因んで名づけられた。当時、レオナルドによる顔のスケッチのことを知っていたのはごく少数だった。確かなことはわからないものの、ボローニャ近郊に住んで仕事をしていたカラッチがそのことを知っていたと推測しても、それほど不合理とは言えないだろう。

風景画、スフマート、アナモルフィズム、風刺画、手も含めた肖像画、それに顔の表情に関する優れた観察。これらはすべて、レオナルドがルネサンスの膨れ上がる芸術の流れに忍び込ませた新機軸である。レオナルドはこの時代の芸術に多大な影響を与え、その影響は後に続く何世代もの芸術家の間に遠く、広く浸透した。しかしレオナルドにはもう一つ、それほど詳細に記述されていない側面がある。それは現代美術を支える原理を考案するという、彼の超人的な能力である。たった一人のルネサンス芸術家がなぜ、「現代美術」を規定することになるこれほど多くの爆発的で革命的な芸術運動を先取りすることができたのだろうか。

第6章

ルネサンス美術／現代美術

もしあらゆる生き物の体が絶えず死に、絶えず生まれ変わるなら、たった一瞬を刻んだり描いたりすることしかできない芸術が、どうすれば「この上なく壮麗」なものになりうるのだろうか。

――レオナルド・ダ・ヴィンチ

彼は、ほかの誰もがまだ寝ている暗いうちに、あまりにも早く目覚めすぎた人のようだ。

――ディミトリー・メレシュコフスキー

偉大な芸術には、我々がまだ何と呼んだらいいかわからず、ましてや説明などできない、ある種の透視力がある。

――美術批評家、ジョン・ラッセル

レオナルドの革新的な手法を現代によみがえらせた最初の芸術家はエドゥアール・マネだった。ほぼ五百年間、芸術家は遠近法や構図、テーマなどに関する厳格な指針に素直に従ってきた。そこへ登場して、大きな影響力を持つフランス芸術アカデミーの外で腕を磨いた新しい世代の芸術家の先頭に立ったのが、マネである。

一八五九年、二七歳のマネは自作の前に立ち、それまでに描き上げていた絵をほとんど、めちゃくちゃに破壊した。そして、仰天した友人に向かってこう宣言したのだ。

「これからは、僕らの時代にふさわしい芸術家になって、自分の見たものを描く」

しかし、彼が創作した新しい作品は手厳しい歓迎を受ける。例外も少しはあったが、批評家たちは辛辣な意見を浴びせ、不器用で洗練されていない作品と酷評した。

当時のフランスで芸術家として一旗あげられるかどうかを左右していたのは、毎年パリで開催される現代美術展覧会の「サロン」である。ここに作品を展示してもらうことがすべての芸術家の悲願であり、この大きな期待を集める公開行事の審査員を努めるのが、アカデミーの年老いた重鎮たちだった。しかし何かが変わりそうな気配があった。多くの若い芸術家が、自分たちに対する偏見があるのではないかと、審査のやり方を非難した。展示を繰り返し拒否された彼らはついに反乱を起こし、挑戦するかのように一八六三年にすぐ近くで美術展を並行開催したのだ。その名も、「サロン・ド・レフュゼ（落選者展）」として。

マネ、『草上の昼食』事件

マネも自作を数点展示したが、最大の目玉は『草上の昼食』（巻頭図5参照）だった。ショッキングな構図である。彼はお気に入りのモデル、ヴィクトリーヌ・ムーランをピクニックの敷物の上に配置した。彼女は服を着ないで平然と腰を下ろす一方、厚かましくも見物人をじろじろ見ている。その傍らには背広姿の男性が二人いて、何か会話をしている。この絵を見る者の心をさらにざわつかせるのが、この二人の男性が、すぐそばの裸体の女性にまるで関心がないように振る舞っていることだ。批評家はこの絵を猛烈に攻撃し、この構図を笑いものにした。それでも、『草上の昼食』は、観客の最大の関心事となり新聞紙上をおおいに賑わした。

『草上の昼食』への非難は、この絵は絵画にふさわしい美しさに欠けるうえ、美徳や神話、歴史、信仰への象徴的な言及があるようには見えないというものだった。ヴィクトリーヌの衣服は彼女の前に積み重ねられている。フランスでは、ヌード画を高尚な芸術の一つのジャンルに属すものとして受け入れてはいたが、神話の登場人物でもない一般市民の女性が服を脱いだとなると、これはもうポルノだった。

マネの画家としての罪には、遠近法の軽視もあった。後景に見える水浴中の女性は、もし正しい遠近法に従えば三メートル近い背丈になってしまう。さらに、マネは光源の方向と影の位置も勝手に弄《もてあそ》んでいる。

批評家は、こうした欠陥があるのはマネがエコール・デ・ボザール（国立の美術学校）で正しい絵画教育を受けてこなかったせいだとしたり、単に才能の悲しむべき欠乏による失敗作だと決めつけたりした。しかしマネはデッサンの大家であり、複雑な遠近法もよく理解していたはずである。彼は意図的に規則に逆らって、作品の面白さを高めたのだ。

マネが用いた遠近法の改変は、実はレオナルドの手法に通じる。どちらの芸術家も、このテクニックを操ることで絵に劇的な効果を生み出せることをはっきり理解していた。こうしてこの二人は、西洋の画家の想像力を遠近法が支配する時代の、始まりと終わりを示す標識となったのだ。

美術史は、『草上の昼食』をめぐる大騒ぎを繰り返し取り上げてきたが、マネがその隣の壁に同じくらい挑発的な作品を掲げていたことは、それほど知られていない。『闘牛士の扮装をしたヴィクトリーヌ嬢』（一八六二）である。

見物人が壁から壁へと移動すると、同じモデルの絵が並んでいて、片方は裸体、片方は異性の服装をしている。しかも想像しうる限り最高に男性的な衣装に身を包んでいるとあって、視覚的な衝撃はいっそう高まった。ところがマネは、この女闘牛士の下から地面を取り除くことによって、さらに観客を混乱させる（マネは性的な両義性を利用したが、これも後で述べるようにレオナルドの絵画の重要な特徴である）。背景からすると、彼女はどうやら闘牛場にいるようだが、マネは彼女が正確にどこに立っているかは曖昧にしている。まるで空中に浮かんでいるように見えるのだ！

そのほか多くの作品で、マネは遠近関係を知る手がかりを最小限にしたり、矛盾する手がかりを置いたりしながら、単独の人物を描いた（『笛を吹く少年』、『女とオウム』、『死せる闘牛士』）。女闘牛士の場合と同じく、見る側は、前景にいるそれらの人物が正確にどこにいるのか、よくわからない。背景と関連づけることができないからだ。レオナルドの最後の絵画である『洗礼者ヨハネ』（巻頭図14参照）でも、聖人がどこに立っているのかを知る助けになりそうな背景は完全に排除されている。レオナルドからマネに至る間、背景という手がかりなしに人物を描いた画家は一人もいない。[*1]

＊１：レンブラントの肖像画の多くも同じように背景がないように見えるが、よく見ると、描かれた人物がいる場所を突きとめるのに役立つ何らかの手がかりがあるのがわかる。

モネ、セザンヌが起こした絵画革命

十九世紀前半に化学の大幅な進歩によって、アルミニウムのチューブに保存できる油絵の具が製造されるようになった。絵の具はより色鮮やかに、より色褪せがしにくくなり、色の数も大幅に増えた。こうした進歩のおかげで画家は、顔料を一から混ぜて自分で絵の具を作るという、うんざりする作業から解放された。一八七〇年代初めには、絵の具が持ち運べるようになり、折り畳み画架が考案されたことから、フランス人画家のクロード・モネが、アトリエを飛び出して田園地帯に出かけ、野外で風景を描き始めた。描く場所の変化は一種の革命を引き起こした。下書きスケッチをもとにプランを練り、検討し、苦労して構図を決めたあげく、明かりの乏しい狭いアトリエでそれに色をつけるのではなく、戸外に出て、対象や光景をその場で自然な状態で描けるようになったのだ。

モネは第一印象に残った消えゆく一瞬をカンバスの上に捉えようと努め、批評家は彼の技法を「印象主義」と名づけた。これに先立つ数世紀、同じような技法を試みた芸術家はいなかった。

しかし、レオナルドが一四七三年に野外で描いたトスカーナの田園地帯のスケッチには、西洋美術史上初の「印象派」作品としての資格があるのではないだろうか。まるまる四百年も前に、レオナルドはこの十九世紀後期の大きな芸術運動を先取りしていたことになる。

いわゆる世紀末芸術家の巨人には、もう一人、ポール・セザンヌがいる。

彼は一八八〇年代末に、それまでの西洋の画家たちが描いたのとは異なる一連の静物画を描き始めた。見物人も批評家も、それらをどう「読み取る」のが正しいのか、途方に暮れて絵の前に立ち尽くした。問題は、彼らがセザンヌの作品を、何百年も基準にしてきた偏狭な枠組みのなかで見ようとしたことにあった。セザンヌは自作の構図のなかにある物体を、それぞれ別の角度から眺めたかのように描いた。要するに、セザンヌの静物画は見る者に複数の視界を同時に見る機会を与えるのだ。セザンヌのこの奇抜な遠近法解釈が、さらに過激な革命の下地となった。

レオナルドはキュービズムを先取りしていた!?

一九〇四年、二二歳のスペイン人画家パブロ・ピカソがパリに移り、別の若い画家ジョルジュ・ブラックと共同作業を始めた。彼らは美術の新しい見方を導入して、美術界を根底から揺るがした。

それは既存のあらゆるものと徹底的に決別するものだった。ピカソは「我々は現代美術を殺さなければならない」と物騒な発言をしている。

批評家のルイ・ヴォークセルがピカソとブラックの新しいスタイルを酷評し、彼らの絵は「小さなキューブ」の乱雑な集まりに似ていると言った。ここから、「キュービズム(立体派)」という呼び名が定着した。最初は多くの美術批評家や愛好家の反感を買ったキュービズムだったが、たちまち美術界を魅了していく。それとともに批評家の論評はころころ変わり、苛立つかと思えば、たとえ以前にセザンヌという予告があったことを考慮に入れたとしても、このようなものはこれまでの芸術家の作品には見られなかったと大げさに持ち上げたりもした。

パブロ・ピカソは一度、列車に乗り合わせた人に、なぜ人物を「本当の姿通りに」描かないのかと訊かれたことがある。それはどういう意味かとピカソが尋ねると、その男性はスナップ写真を取り出した。「ほら、これが妻ですよ」。ピカソはこう答えたと言う。

「ずいぶん小さくて平べったいんですね」

たぶん、キュービズム運動を一人だけ先取りしていたルネサンス芸術家など見つかるまいと高をくくったのだろう。美術批評家は過去を十分に遠くまで探していない。

レオナルドはセザンヌやピカソ、ブラックと同じく、遠近法の要求する単眼的なものの見方を窮屈に感じていた。彼は一つの対象について複数の視点からの像を同時に見せる方法を探した。各部分と全体との関係、相互の関係を見るもっといい方法を必要としていたのだ。そうした視覚上のトリックを求めるきっかけとなったのが、解剖だった。レオナルドは人体内部の包括的な説明図を描いた最初の芸術家である。本来は科学的な資料であるとはいえ、どこから見ても芸術の最高傑作であり、多くの美術史家が躊躇《ちゅうちょ》なくそう呼んでいる。

彼は、ある解剖構造のいろいろな側面を同時に見せたり、切れ目のない構造体に対する各部分の関係を明らかにしたりするにはどうすればいいかという問題を、分解立体図を考案することで解決した。同じページに一つの対象をさまざまな角度から見たスケッチを描くことで、複数の側面を同時に見られるようにしたのだ。レオナルドの解剖スケッチとピカソやブラックのキュービズム派の絵には、気味が悪いほど似たところがある。こうした作品すべての中心には、対象物の「本質（禅から言葉を借りると）」についての情報を余さず伝えるのだという信念がある。

レオナルドの芸術はどちらかといえば、解剖で得た知識を書き留めるという科学的な必要性に迫られたものだった。一方キュービズムの画家たちは見慣れた対象の美的なデフォルメのほうに関心があった。レオナルドは解剖スケッチで、セザンヌは静物画で、ピカソやブラックはキュービズム絵画で、新しい方法と格闘していた。片目の巨人さながら視野の狭い遠近法の檻の外で、視覚情報を表現する方法が欲しかったのだ。彼らの解答はみな、驚くべきものであり、革命的なものだった。それに、全員が同じ信念を抱いていた。レオナルドと二十世紀への変わり目との間に横たわる広大な年月の間、ほかにこの問題に立ち向かった芸術家は誰一人いなかった。[*2]

セザンヌとレオナルドの新しいアイディアの間にはもう一つ、似たところがある。それはプロヴアンス地方の山、サント・ヴィクトワール山の精髄を捉えたいというセザンヌの思いと関係があった。彼には、たった一つの視点から描いたのでは、その山の本質を伝えられないことがわかっていた。一八九〇年代から一九〇六年に亡くなるまで、セザンヌはさまざまな場所からその山を描いて、一連の作品を遺した。それらが一連の作品群が織りなす総合的作用で、サント・ヴィクトワール山の総体的な姿を伝えることに成功している。それまで、さまざまな角度から見た姿として、同一対象の異なる側面を示すという方法を思いついた西洋の芸術家はいなかった――ただ一人を除いて。

五百年前、レオナルドがまさにそれと同じ方法を考案している。解剖スケッチで、肩の一連の図を近接して描いているのだが、それぞれ異なる角度から見た姿となっているのだ（巻頭図6参照）。バイエルンの田舎から、ロシア生まれの芸術家ワシーリ・カンディンスキーが、二十世紀美術を支配することになる新しい手法を開始した。

芸術でも科学でも偉大な発見はたいていそうだが、彼の大発見も偶然の賜物だった。ただし、世界を斬新な方法で眺める「心」を持っていなければできない。

一九一〇年のある日、一人でアトリエにいたカンディンスキーは、心の内にある画像をどうしてもうまく表現できず、苛立ちを募らせていた。むしゃくしゃした彼は、散歩に出ることに決め、アトリエを出る間際に、何の気なしに制作途中の絵を横にした。

散歩から戻ったカンディンスキーは、何かほかのことに深く気をとられていたが、戸口に立ち止まって目を上げ、描きかけの作品をちらりと見た瞬間、とまどって立ち尽くした。それから、出かける前に絵の向きを九十度変えたことを思い出したのだ。後で考えると、何を見ているのかわからないときのほうが深く絵に引き込まれていたことに気づいた。そこで作品の右側を上にしたり下にしたりして、実験してみた。そしてついに、見慣れたものの姿を名指しできないときのほうが、絵はもっと興味深いという結論に達した。こうして抽象画が始まった。

＊2：一八二六年から一八三三年にかけて葛飾北斎がセザンヌに先駆けて有名な浮世絵の『富嶽三十六景』を描いている。

ポロックとレオナルドをつなぐもの

レオナルドもまた、抽象的なデザインの特性に興味を持っていた。『絵画論』（一六五一年まで出版されなかった）のなかで、「創造の心を刺激する」方法を述べ、芸術家に次のように助言している。

湿気で染みになった壁や、まだら色の石をよく見るといい。何か背景を考え出さなければならないとき、そうしたものを見ていると、山や廃墟、岩、森、大平原、丘、谷などさまざまなものに彩られた素晴らしい風景のようなものが見えてくるだろう。それにまた、顔や衣服のさまざまな表情をはじめ、見えてくるものは無限にあり、そうしたものをそれ相応の完全な形で思い浮かべることができるだろう。聞こうと思いさえすれば、鐘の音の響きのなかに、思いつく限りどん

な言葉でも見つけることができるものだが、そうした壁でも同じことが起こるのだ。

新しい種類の抽象画家が、第二次大戦後のアメリカに現れた。「アクション・ペインティング」の主導者ジャクソン・ポロックである。彼は描く行為の本質をカンバスに表現するという、困難な仕事に挑戦しようとした。

「描く」という行為は、画家が絵の具に浸した絵筆を握って、カンバスの表面で繰り返し動かすことを意味する。どうしたら、(基本的には)動きのあるものを、結局は動かないものとなるカンバスの上に表現できるのだろう。ポロックの解決策はまさに天才的だった。絵筆を捨て、カンバスを床の上に置く。そして絵の具をぶちまけ、垂らし、投げつけることによって、画家が普段やっている手首と指の繊細な動きを誇張してみせた。その結果、絵の具がもつれた糸のように絡まり合うなかに、ある色彩のパターンが生まれ、そこには、一見混沌としていながら、逆に不思議な統一感と美しさがあった。

批評家はこの抽象画家を、西洋の画家が誰も踏み込んだことのない領域を開拓した真の革命家として称賛している。だが、誰かを見落としているのではないだろうか。レオナルドは生涯の終わり近くに、見分けのつくイメージを欠いた芸術の実験を始めていた。人生の浮き沈みや健康の悪化、耐えてきた数々の逆境を思って憂鬱な気分に陥った彼は、この世の終わりについて思いめぐらすようになる。ペンとインクによる一連の黙示録的なスケッチを描き始めたが、それは悪事を洗い流す大洪水を彼なりに表現したものだった。レオナルドの考えでは、人類は到底抜け出せないほどきつく、悪事と絡まり合ってしまっていた。

こうした幻想的なスケッチにおいて、レオナルドは物体と模様との区別を曖昧にしている。この連作でレオナルドは落下する水が世界を呑みこむさまを描いているが、その水の壁は、ジャクソン・ポロックの『秋のリズム』(30番)(一九五〇)と並べると、驚くほど似ていることがわかる。さらにレオナルドがほかの芸術家に、絵の具に浸したスポンジを壁に投げつけることを勧めていることも、ポロックの絵の具投げつけ法を何世紀も前に先取りしている。

馬の走り方論争

レオナルドはまた、馬の走り方をめぐる優雅な論争から起こった新しい芸術運動にも、五百年先んじている。一八七二年、鉄道界の大物でスタンフォード大学創始者であり競走馬の熱烈な愛好者であるリーランド・スタンフォードが、サラブレッドのほかの馬主たちと激論を戦わせた。論争の種は、ギャロップで駆けている馬は、四本の脚のうちの一本を常に地面と接触させているのか、それとも完全に空中にいる瞬間があるのかということだった。掛け金が決められ、決着をつけるために有名写真家のエドワード・マイブリッジが呼ばれた。彼は競馬場に沿って何台もカメラを並べ、効果を十分配慮して設置した仕掛け線を取りつけた。

さてマイブリッジが撮った一連のスチール写真は予想外の事実を明らかにした。ギャロップしている馬の脚の本当の位置は、画家が何世代にもわたって想像してきたのとは違っていたのだ。一般に画家は、ギャロップ中の馬は前脚二本を前方に伸ばし、後脚を両方とも後方に伸ばしていて、どの脚も地面についていないように表現していた。[*3] マイブリッジの実験は、わずかな時間であるとはいえ、走っている馬が脚を四本とも地面から離していることを疑いの余地なく証明した。しかし、脚の動きは想像とは違っていた。

スタンフォードが仕掛けたこの論争は、最終的には動画の発明につながる。マイブリッジの仕事がトーマス・エジソンとウィリアム・ディクソンの注意を引き、この二人の発明家が一八八八年に最初の映画撮影用カメラを生み出した。同じ時期に、フランス人医師で写真家でもあるエティエンヌ＝ジュール・マレーと、やはりフランス人のリュミエール兄弟（オーギュストとルイ）も、マイブリッジとは別個に、映画の進歩に貢献した。コマ抜き撮影の技法を使って、これらの先駆者はみな、時間と空間のなかにある身体の動きを研究した。

＊3：レオナルドも脚の二本を前方に、二本を後方にと、誤った描き方をしている。

なぜ未完成作品ばかりなのか？

未来を先取りする達人であるレオナルドは、こうしたアイディアや発明のすべてに先んじていた。『レダと白鳥』のための下書きスケッチの作成に取り掛かったとき、彼は五十代になっていた。レダの一連のポーズを試しているが、それらを横に並べると、跪《ひざまず》いた姿勢から完全に直立した姿勢へと身を起こすようになる。もしこれらのスケッチが順に重ねられたなら、一種のパラパラ漫画となって、レダが時間を追って動く様子が見えたことだろう。[*4]

レオナルドは似たような技法を解剖図で用いている。肩とか上肢といった解剖構造の一部を複数の視点から見た図を描く方法を探していた彼は、前にも述べたように、同じページに複数の視点からの図を並べた。まるで、見る者がその対象の周りを移動していくかのような印象を与える。もしそれらのスケッチを一緒にして、閃光融合《せんこうゆうごう》の起こるスピードで次々に見せたなら、動画を見るのと同じような効果が得られるだろう。[*5]

レダのスケッチにも解剖図にも、時と共に変わる姿勢を空間内の連続的な視点に結びつけるというレオナルドの工夫の跡が見られる。こうした工夫が、映画撮影技術の原理の生みの親としての資格を彼に与える。肩の解剖図とレダの習作において、レオナルドは映画カメラの発明の中心となるアイディアを探求したのだ。それは、さまざまな国で活動していた発明家たちが同じ解決法にたどりつく五百年も前のことだった。

レオナルドは異例とも言えるほど多くの作品を未完成のままにしている。美術史家は、彼がこの奇妙な習性にこれほどまでに取りつかれたのはなぜなのか、もっともらしい理由を山のように提供してきた。そのなかに、現代美術の出現に伴って再登場したものが一つある。それは、未完成のカンバスは、自分自身の想像力を使って完成させることを見る者に強いるというものだった。レオナルドの『東方三博士（マギ）の礼拝』（巻頭図7参照）と『聖ヒエロニムス』（巻頭図8参照）の紛れもない迫力は、一つにはこれらが未完成な状態であることによるとも考えられる。一八八〇年代に活躍したポール・セザンヌや一九〇〇年代初頭に活躍したアンリ・マティス以前には、見る者に埋めさせようという意図のもとにわざとカンバスに空白部分を残す西洋の画家はいなかった。

＊4：レオナルドのオリジナルは、この作品を淫らすぎると感じたフランスのお堅い貴族婦人によって焼却を命じられた。どのような絵だったかがわかるのは、レオナルドの豊富な下書きスケッチがノートにあるのと、信奉者たちが模写を作成していたおかげである。

＊5：閃光融合とは、断続する閃光の間隔が短くなったときに連続した光のように見える現象。この現象によって、一連の静止画像に高速で映写機の前を通過させると、動画フィルムのような印象を与える。

逆説を愛した芸術家

スフマートの技法（第5章参照）を極限まで高めるなかで、レオナルドは人物像と周囲の地との境界を融合させ、いっそう曖昧にすることによって、両者の区別を不鮮明にし始めた。制作が進むにつれ人物像がどこから始まり、地がどこで終わるのか、ますますはっきりしなくなっていった。彼以前の画家たちは人物像の輪郭を黒で描き、次に縁を色彩で埋めることによって、構図を作成した。このため、彼らの絵は遠近法に則った背景の上にボール紙の切り絵を重ねた舞台のように見えがちだった。

レオナルドは輪郭線という技法を捨てた。また背景と前景との境界を微妙にぼかすことによって、より写実的でありながらこの世のものではないような雰囲気を醸し出しており、それが彼の絵をきわめてユニークなものにしている。レオナルドは、以前なら未熟な腕前である証拠と見なされたある原理を自分の芸術に取り入れた。その原理とは絵画上の曖昧さである。彼がそれを用い始めたのは、芸術家がそれとは正反対のことを達成しようと苦労している時代、あらゆる細部を詳細に描き込むことで、勝手な想像の余地を何も残すまいとしていた時代だった。

『絵画論』のなかでレオナルドは、身体の境界は囲まれた身体の一部でもなければ周囲の大気の一部でもないという説を打ち出している。それでも、彼の観察にもかかわらず、画家も観客も等しく、境界はこのくっきりした縁に確かに存在するという確信を持ち続けた。五百年後、ヘンリー・ムーアが、ある対象物のマッス(量塊)とその周りの空白部分との間の鮮明な境界というのは幻想に過ぎないことを認め、この難しい考え方を、『直立する内/外のフォルム』(一九五三–五四)のような滑らかに流れる彫像で表現した。その彫像では空間がマッスに注ぎ込み、逆にマッスが空虚な空間を取り囲んで、内側にあるマッスと外側にある空間という区別がぼやけている。ムーアは、ある程度のレベルの観客なら、空間がマッスと混ざる、すなわち両者が互いに影響し合い、互いに満たし合うように見えるという考えを取り入れるべきだと要求したのだ。アインシュタインを理解できる物理学者はめったにいないが、そうした物理学者なら、同じ結論に達しないわけにはいかないだろう。レオナルドはこの原理を五百年前に把握していた。

レオナルドは逆説を愛した芸術家だった。なぞなぞの本を書き、逆説めいたテーマの詩を宮廷で披露した。彼の『岩窟の聖母』（巻頭図9参照）では、洞窟の天井を形成する大きな石がルネ・マグリットの空の石に似ている。また、『東方三博士（マギ）の礼拝』（巻頭図7参照）の背景に見える馬上の二人の男の奇妙な戦いも逆説の一例で、マグリットなら心から称賛したことだろう。

ルビンの壺

一九一五年、心理学者のエドガー・ルビンが、壺または二つの横顔の輪郭線、そのどちらかが見えるという、よく知られたトリックアートを公開した（巻頭図10参照）。ルビンはこれを用いて、人間の視覚が形と地をどのように区別するかを説明した。

ルビンが被験者に二つの顔を見ることに集中するように言うと、彼らは壺を見ることができなかった。逆に、壺を思い浮かべるように指示されると、不思議なことに顔は消えた。ごく少数の例外を除いて、誰も両方のイメージを同時に見ることはできなかった。視覚認識に関するルビンの仕事は、芸術家とその観客にとってさまざまな意味を含んでいる。

ルビンは同一イメージの二重読み取りの性質を徹底的に研究した最初の科学者だった。四百年の間、絵画の主題として、両義に取れるテーマや象徴的意味をほのめかすものを用いることはあったかもしれないが、ルネサンス後の何世紀もの間、ルビンが突きとめたような絵画的な両義性が芸術に何らかの役割を果たすことはなかった。対照的に、両義性の原理、とりわけ二重読み取りに関連のある両義性の原理が、モダニズムの決定的な構成概念の一つとなった。

スペインの画家サルヴァドール・ダリは、ルビンが科学的に説明した原理を美術作品に転換した。『ヴォルテールの見えない胸像のある奴隷市』（一九四〇）では、前景にいる女性が奴隷市場の一場面を見つめており、市場では人々がアーチ形の入り口の前でやりとりしている。黒と白の法衣を着た二人の聖職者が、フランスの哲学者ヴォルテールの顔（両目、ほほ骨、あご、首）を形作る。ヴォルテールは一七八一年にジャン＝アントワーヌ・ウードンが制作した胸像の姿に描かれていて、アーチ道がヴォルテールの頭のてっぺんとなっている。ダリはルビンの壺と二つの顔のきわめて凝ったバージョンを創作したのだ。この絵を見る者は、ヴォルテールの顔か、アーチ道を歩く二人の聖職者を見ることができる。しかし、両方を同時に見ることはできない。

この種のトロンプ・ルイユ（だまし絵）の先例を探すと、現代以前にはほとんど見つからないが、例外として、この視覚の錯覚と戯れた芸術家が一人だけいる。レオ・スタインバーグが『Leonardo's Incessant Last Supper』（レオナルドの絶え間ない最後の晩餐）で指摘したように、レオナルドは壁の刳形《くりかた》を、ルビンの視覚パズルを再現するようなやり方で塗っている。有名なネッカーの立方体（巻頭図11参照）に似て、それらには二つの全く異なる見え方がある。二つの見え方はどちらも正しいのだが、やはり同時に見ることはできない。

第7章

デュシャン／レオナルド

おお、文筆家よ、君はどのような言葉で、スケッチが与える完璧さをもって対象全体の形状を描写するのか。もしスケッチできないなら、君は何もかもごっちゃに描写し、対象の真の形についての情報をほとんど伝えることができないだろう。そして、面によって仕切られた、何であれ有形の対象の形状について語るとき、聞き手を満足させることができると想像して、自分自身をだますことになるだろう。

——レオナルド・ダ・ヴィンチ

考えを言葉や文章にし始めたとたんに、すべてが歪んでしまう。言語は全く役に立たない。必要に迫られて使いはするが、わたしは言葉を少しも信用していない。我々は決して、互いに理解し合うことはないのだ。

——マルセル・デュシャン

実は、我々は絵画を通じてのみ、話すことができる。

——フィンセント・ファン・ゴッホ

レオナルドは多くの現代画家の仕事をおおまかに先取りしていたが、そうした画家のうちで気性や性格が一番似ていたのはマルセル・デュシャンだった。レオナルドのように、デュシャンもその並外れた名声のわりに、完成された作品が少ない。

彼はしばしば作品を未完成のままにし、自分を表現する新しい手段を絶えず試して、当時の芸術家の慣習に真っ向から挑戦する過激なアイディアを実行に移した。またレオナルドのように科学に関するアイディアを大量のノートに書き留めたが、これは公開されず秘密にされていた。

二人とも画家としての技量は達人の域に達していたにもかかわらず、揃って、かなりの時間と努力をほかの分野に費やしている。デュシャンにとっては、それはチェスに対する永遠の興味だった。レオナルドにとっては、科学的な探求への興味だった。二人とも大作に取り掛かっては、何年も未完のままにしておいた。またどちらも、悪ふざけとなぞなぞが大好きだった。レオナルドは最初の風刺画を描き、デュシャンは一九一五年にできた漫画家協会の創設メンバーだった。デュシャンもレオナルドのように時代の最も影響力のある画家として登場し、どちらの作品も時の審判に耐えた。

アヴァンギャルドを否定したデュシャン

一八八七年に芸術家一家に生まれたデュシャンは、ほかの人々の始めたスタイルを一通り、次々に試した。必要と考えるものをそれぞれから引き出したあとは次に進み、めったに後戻りはしなかった。

一九一〇年代にデュシャンは、芸術の現状について大胆な結論に達する。目の網膜が芸術を人質にしているというのだ。当時は印象派や点描派、原始主義をはじめ、美術界の〇〇派と称する人々が、その大胆な作風で同時代のほとんどの人を驚嘆させ続けていた。彼らは美術アカデミーの瀕死の慣習に反逆しているのだと、当時の人々はすっかり思い込んでいた。

だが、デュシャンは直観的に、それは全く違うと感じていた。例外も多少はあるが、彼の見るところ、そうしたアヴァンギャルドな芸術家は、彼らが取って代わろうとしている伝統主義者と同じく、主として目に訴えているように思われたのだ。彼らの作品は内省をほとんど要求しない。「きれいな絵」や「網膜の芸術」を公然と罵倒したデュシャンは、芸術の解釈を眼球の後部にある極薄の層から、脳の神経節の隙間の内側深くにある場所へと移そうと奮闘した。芸術を構成するものは一体何なのか。デュシャンが闘ったのは、そのことを再考するという、壮大な目的のためにほかならない。彼は観衆に、これまで当然と考えていたあらゆるものを疑うよう求めた。そのために彼が創作した作品は、批評家と一般大衆の両方にとって、ますます理解に苦しむものになっていった。

一九一三年にニューヨークで開催されたアーモリー・ショーに彼の伝説的な『階段を下りる裸体No.2』(一九一二)が展示されると、デュシャンの名はたちまち有名になった。これはいわゆる「スキャンダルによって有名になった作品」である。この謎めいた絵画がおおいに注目を集めたのは、ヨーロッパからの新潮流の一端にアメリカ人が触れるのは、これが初めてだったからである。

一九一二年にマルセル・デュシャンは『階段を下りる裸体No.2』の二つの版の二番目のほうに仕

上げの一筆を加えた。

さらに独創的なタイトルの一つでは、デュシャンは未来派が題材としてのヌードを禁止していることを、なんとか撥《は》ねつけようとさえした。たとえ、絵画の高度な抽象化のせいで、またデュシャンが明言しないせいで、それが女性を表しているのかどうか（真のデュシャン風のやり方では）、美術批評家には確信が持てないとしても。『階段を下りる裸体』でデュシャンは、女性がどこにいたか、どこにいるか、そしてどこにいることになるのかを、観客に示した。単一のゲシュタルト（要素に分割しえず、要素の総和以上の構造を持つもの）のなかに、彼女の動きの過去、現在、未来が展示されているのだ。

これまでに、一枚の大きな絵画に二つ以上の時を挿入するという偉業をなんとか達成しようと、苦労した芸術家が一人でもいただろうか。一つ例外として挙げられるのは、レオナルドが五百年前に完成させた『ウィトルウィウス的人体図』（巻頭図12参照）である。このスケッチでは、人物像が二重写しになって見える。これはデュシャンの『階段を下りる裸体』への前奏曲ではないだろうか。これらの二つのイメージは、二つ以上の時を同時に見る機会を与えているのではないだろうか。

揺れる『最期の晩餐』をめぐる解釈

これに関連して、レオナルドの別の作品を調べてみる価値がありそうだ。美術史上、最も複雑な構図と考えられている『最後の晩餐』である。デュシャンや未来派の五百年前に、レオナルドは来るべき彼らの新しい手法の予告編を用意している。レオナルドによって初めて用いられたさまざまな手法の多くと同じく、これもわかりにくく、簡単には見分けられない。

レオナルド以前、画家は最後の晩餐を、イエスとその十二人の使徒が一緒に食事をする単なる食事風景として描いていた。構図の狙いは敬虔な雰囲気を醸し出すことにあった。レオナルドはこの慣習と決別し、イエスの衝撃的な発言の直後、感情的な緊張が高まった一瞬を捉えた。その情景はヨハネによる福音書（13章21節から26節）に書かれている。

イエスがこれらのことを言われた後、その心が騒ぎ、おごそかに言われた。「あなたがたに言っておく。あなたがたのうちの一人が、わたしを裏切ろうとしている」。弟子たちはだれのことを言われたのか察しかねて、互いに顔を見合わせた。弟子たちの一人で、イエスの愛しておられた者が、み胸に近く席についていた。そこでシモン・ペテロは彼に合図をして言った。「だれのことをおっしゃったのか、知らせてくれ」。その弟子はそのままイエスの胸によりかかって、「主よ、だれのことですか？」と尋ねると、イエスは答えられた、「わたしが一切れの食物をひたして与える者がそれである」。そして一切れの食物をひたして取り上げ、シモンの子イスカリオテのユダにお与えになった。（聖書協会口語訳）

当然予想されることだが、イエスの告発は晩餐を大混乱に陥れる。レオナルドは同席者たちに、その瞬間の心の内を暗示する顔の表情やボディランゲージ、手振りを割り当て、さらに使徒ひとり一人の性格の特徴を際立たせた。イエスの左側、三人目のピリポは福音書では純真な使徒とされているが、心配そうに突然立ち上がっている。彼の表情、体全体の様子、それに手の位置から、「主よ、それはわたしのことでしょうか?」と許しを請うのが聞こえるようだ。対照的なのが、短気とイエスに対する保護者意識で知られるペテロで、レオナルドは彼が脅すようにナイフをつかんでいるところを描いている。顔の表情は、彼らのなかにいる裏切り者の正体をイエスに尋ねるようにと若いヨハネに要求する、聖書の記述を忠実になぞっている。ユダの顔は罪悪感で黒ずんでおり、袋を握っている。袋のなかには指導者を裏切った報酬である十三枚の銀貨が入っている。レオナルドは使徒たちが一瞬のうちに体験した実に多様な感情を描き込んでいるが、それは人間の感情のスペクトラムを丸ごと包含するほどの幅がある。

レオナルドの『最後の晩餐』の解釈は、模倣者や美術批評家の大群、それに美術批評にはなじみのない多くの人々の関心を集めてきた。

何世紀にもわたって最も権威あるものとされてきたのが、ヨハン・ウォルフガング・フォン・ゲーテによる解釈である。有名なドイツの劇作家であり詩人であるゲーテはレオナルドに心酔しており、一八一七年に『最後の晩餐』の小論を書いた。彼をはじめ、啓蒙主義の世俗ロマン派の大多数は、レオナルドの傑作を宗教絵画の題目のもとから移動させ、裏切りについての心理学的な研究として位置づけることを望んでいた。この裏切りこそ、この絵を見るありとあらゆる人が味わう不愉快な気分のもとなのだ。ゲーテとその信奉者たちは、レオナルドがイエスの有名な告発「あなたがたのうちの一人が……」の直後の劇的な瞬間を凍結したというのが、唯一の正統な解釈だとする考え方を支持した。

一九〇四年、ポーランドの美術批評家ジャン・ボロズ・アントニエヴィッチが熱のこもった講演を行い、ゲーテの解釈に異議を唱えた。アントニエヴィッチはゲーテが『最後の晩餐』を一度しか見ていないことに気づいた。オリジナルがかなり劣化してしまう前の一七九四年にラファエル・モルゲンが忠実に模写した銅版画を繰り返し参照して、この絵の意味に関する持論に達したのだ。モルゲンの模写はオリジナルと瓜二つに思われるものの、いくつか重要な違いがあることに気づいた。モルゲンはイエスの手の近くにあった二つの品物を省いていた。ワイングラスと丸パンである。オリジナルでは、イエスの右手はワイングラスに手を近づけるような動きを示している。違う解釈の可能性を高めるように、一見ワイングラスに伸ばそうとしているイエスの右手はオイルの入った皿にも近く、その皿にユダも手を近づけようとしている。左手は手のひらを上に開いた状態で、近くの丸パンを受け取ろうとしている。ここで思い出していただきたいのが、レオナルドは人物の手のしぐさで何かを象徴しようとした最初の画家だったということだ。とすると、ここには辻褄の合わないことがある。イエスは同じテーブルについている人物が最大の不実な行為をしたと告発し、やがてその行為がイエスの痛ましい死につながるのだが、レオナルドはイエスの手に、たったいま誰かを告発した人物のしぐさとは思えないようなポーズを取らせている。

アントニエヴィッチの解釈が、『最後の晩餐』では正確には何が起こっていたのかをめぐる論争を再燃させた。尊敬すべきゲーテの解釈に対するこの遠慮のない大っぴらな挑戦に触発されるように、ほかにも声が上がった。二十世紀の憐れな状態になる前に作品を見た初期の画家たちもやはり、この絵はイエスが聖餐式を告知した場面であると解釈していたというのだ。

ピーテル・パウル・ルーベンスがおおまかにレオナルドの構図を模写しているが、その際にテーブル上の皿や銀器、香辛料などをすべて取り払い、聖杯を一つとパンを一塊だけ置いている。『最後の晩餐』を忠実に模写したほかの画家たちも、テーブル上のパンとワインの存在を強調している。彼らはオリジナルに見られる使徒の顔の表情や姿勢を再現しているが、そこには衝撃的な告発をめぐる不安や恐れはない。これらの画家は畏怖《いふ》の念に打たれる使徒たちを表現している。キリスト教の歴史においてはるかに重要な意味を持つようになる瞬間だと悟って、恐れ慄《おのの》いている使徒たちだ。

近代になってこうした新しい解釈が再び脚光を浴びるようになって以来、レオナルド研究者は二つの解釈のどちらが正しいのかをめぐって議論を戦わせている。著書の『Leonardo's Incessant Last Supper』（レオナルドの絶え間ない晩餐）に、レオ・スタインバーグは次のように書いている。

わたしはこの絵画［最後の晩餐］のなかで、至る所に見られ、非常に困惑させられるある思考様式をたどろうとしている。相容れないものを絶えず結びつけ、時の経過を見せかけの一瞬のうちに、正反対の事物を驚くべき和合のうちに、視覚化する知的なスタイルである。主題の選択で

あれ形の配置であれ、部分を相手にする場合であれ全体を相手にする場合であれ、レオナルドは繰り返し、「二者択一」を「両方とも」に変えてしまう。

現在は、どちらの顔も潰さない一種の停戦によって、ある合意が図られている。レオナルドは不可能を可能にした。すなわち、由緒ある題材を使い遠近法に則った一枚の絵画のなかに、二つの明らかに連続した瞬間を描くという偉業をやってのけたというわけだ。

『階段を下りる裸体№2』でデュシャンは、過去、現在、未来と、三つの時制にいるモデルを見せている。もしレオナルドが自分の構図のなかに過去（告発と同定）と現在（聖餐）の両方を示したのなら、未来はどこに示されているのだろうか。時間に関する究極の、かつ驚愕の仕掛けとして、レオナルドはこの絵に、まだ起こっていない出来事を暗示させるものを巧妙に挿入している。ローマ人がどのように使徒の一部を殉教させたかに関する新約聖書の記述と言い伝えから推定して、彼は次のような事前の警告を絵のなかに描き込んでいるのだ。

ペテロの伸ばされた手に握られたナイフは、得体の知れない脅威を表すように、いかにも禍々《まがまが》しく見えるが、真っ直ぐバルトロマイに向けられている。新約聖書によれば、バルトロマイは生きたまま皮を剥がれた。さらに、ナイフはペテロが次の日の夜、ゲッセマネの庭で剣を振るい、イエスの逮捕を防ごうとするが果たせないことを予言している。テーブルの下に見えるイエスの足は不自然な位置にある。別の見方をすれば、十字架に架けられるときの足の位置を示しているようにも見える。レオナルドはこの一枚の傑作において、複数の時を同時に示すことに成功しているのだ。こうした過去（告発と同定）、現在（聖餐）、未来（運命づけられた行動）の表現は、近代になるまで再び美術に現れることはなかった。

『モナ・リザ』への落書き

デュシャンは一九一九年にレオナルドの『モナ・リザ』の複製画（絵ハガキ）に口髭とヤギ髭を描いて、美術界に衝撃を与えた。

この非常識な行為にさらに輪をかけるように、彼は美術界の多くの人が高尚な絵画の頂点と感じているこの作品に「L・H・O・O・Q」という題をつけたのだ。一見無意味なアルファベットの頭字語に見えるが、フランス語読みで発音すると、品のない言い回しに聞こえる。おおまかに訳せば、「彼女のお尻は熱い[*1]（俗語で好色な女だという意）」となるのだ。

二重の意味を持たせたデュシャンの視覚と聴覚の悪戯は、美術を愛するすべての人に向けたものだった。芸術は一握りの目利きのためだけにあるという考え方をぺしゃんこにしたかったのだ。普通の観衆は、何を見るべきか教える解説者の群れに仲を取り持ってもらう必要などないと、彼は考えた。彼の印象的な言葉には次のようなものもある。

芸術は病みつきになるドラッグだ。芸術家、コレクター、誰であれ芸術とつながりのある人間、

その全員にとって、そうだ。芸術には、誠実さのように、真実のように、何の実体もない。人は信仰心にも似たおおいなる畏敬の念をもって芸術を語るが、わたしには、なぜそれほどまでに崇められるべきなのかわからない。芸術のこととなると、どうもわたしは不可知論者になるようだ。神秘的なお飾りもすべてひっくるめて、わたしは芸術を信じていない。ドラッグとしてなら、多くの人にとってとても有用で、優れた鎮静作用があるのかもしれないが、宗教としては、神ほどの値打ちもない。

革命家の溢れる時代にあって、デュシャンは無比の存在だった。彼の作品は大きな影響力を持ち、数年のうちに登場するダダイズムやシュールレアリズムの運動のための土台となった。

しかしルネサンスにも、モナ・リザへの落書きに匹敵するような行為を行った芸術家がいなかっただろうか。再び、タイムトラベルの呪文を唱えてみよう。もしレオナルドを二十一世紀に転送できたとしたらどうだろう？　美術館めぐりに連れ出して、彼の死後からモダニズム革命までの芸術の動向をたどらせたとしたら？　L・H・O・O・Qの前に立たせたら、どんな反応を見せただろう。デュシャンの悪戯っ子のような行為を見て、気の合う仲間がいると思わなかっただろうか。学者や成金主義などを軽蔑していたことを考えると、デュシャンの芸術破壊行為に拍手を送ったのではないだろうか。レオナルドもまた、扇動活動を行っていた。芸術に関するしきたりに対して、それほどあからさまではないものの活発な戦いを挑んでいたのだ。

決定的な違いは、レオナルドの時代の芸術家は裕福なスポンサーや支配階級、教会からの注文に完全に依存していたことだ。「芸術のための芸術」という概念は存在しなかった。厳しい目の光るはるかに危険な時代で、異なる意見は容赦なく押し潰された。異なる考え方を脅威と感じる権力者が敵を暗殺したり、競争相手を追放したり、「異端者」を火刑にしたりすることは珍しくなかったし、法王は自分たちの権威が少しでもおびやかされていると思えば、破門という重い棍棒《こんぼう》を振るった。レオナルドはデュシャンほど大胆な行為に及ぶことはできなかっただろう。それでも、レオナルドのしっかり覆い隠された挑戦は、多くの点において、二一世紀の無作法な片割れを上回っている。

レオナルドもデュシャンのように、単なる網膜芸術からの脱却を企てた。ただし、そういう呼び名は使っていない。彼は技術的にどれほど秀逸な作品であろうと、主題の外見をただ再現するだけでは不十分だと助言した。内面の心の風景を伝える方法を見つけなければならないと強調したのだ。それに失敗すれば、デュシャンが軽蔑して「きれいな絵」と呼んだものに成り下がる。レオナルドは、絵画が見る者の深い思索を促すべきだと考えていた。写実的に表現された対象を芸術的に整えた表面的な「きれいさ」よりも深い何かをじっくり考えるよう、促すものであることを願った。デュシャンとレオナルドには共鳴し合う部分がある。もし顔を合わせることがあったなら、交流を心から楽しんだことだろう。

＊1：神経科学者のリリアン・シュワルツはモナ・リザの顔の骨格がレオナルドの顔の特徴と気味が悪いほど一致することに気づいた。年老いた賢者の有名な赤いチョークのスケッチはほとんどの美術史家がレオナルドの自画像だとしているが、これをモナ・リザの画像に重ねると、その一致のほどが目を引く。もしシュワルツの仮説が正しいなら、デュシャンのしたことはいっそう先見の明のある驚くべき行為ということになる（カルメン・C・バンバッハ編『Leonardo da Vinci, Master Draftsman』ニューヘーブンおよびロンドン、エール大学出版局、二〇〇三）。

第8章

ペテン師レオナルド

これまで見てきたように、独創的な人間を規定する特徴の中心には、いくらか相反する二つの性質がある。一方は旺盛な好奇心と心の広さ、もう一方は異常なほどの忍耐力である。斬新なアイディアを持ち、しかも成功するには、この両方が備わっていなくてはならない。

――ミハイ・チクセントミハイ

良い人間にとって、知りたいという欲求は自然なものだ。

――レオナルド・ダ・ヴィンチ

レオナルドはたいそう異端な精神の持ち主だった。彼はどのような種類の宗教にも全く満足できず、あらゆる点において、自分はキリスト教徒というよりは哲学者であると考えていた。

――ジョルジョ・ヴァザーリ

デュシャンの反体制の姿勢は、レオナルドと聖職者との間に起こった多くの論争の遠いこだまに過ぎない。教会は宗教芸術の注文を出す際、宗教的な礼儀作法を維持することにかなりの熱意を傾けた。一方、芸術家と一般大衆の心は同じで、ルネサンスにきわどい絵画や裸体彫刻が再び現れたときには、新たに再発見された「古典時代」を想起させるものだから許されるのだ、という見え透いた言い訳のもとに、宗教警察の検閲を突破した。とは言え教会は、聖家族や聖人を描写する際には、宗教的見地から正しいと認められたしきたりを芸術家が厳密に守るよう期待した。

教会を怒らせるレオナルド

一四八〇年代初頭、無原罪懐胎信心会のミラノ人修道士たちが、レオナルドと彼の二人の仲間であるデ・プレディス兄弟に、聖母マリアを中心にした聖家族の祭壇画を依頼した。兄弟が両側の二枚のパネルを描き、レオナルドが中央のパネルを描くことになった。

修道士たちは、どのような構図にするか、主役たちがどんな色の服を着るか、何人のケルビム(旧約聖書に登場する人面または獣面で翼をもった天使の一種。ヘルヴィム)や予言者がつき従うかなど、ことこまかに列挙した契約書にサインするよう、レオナルドに迫った。そこには芸術家の創造性を侵害するような、腹立たしい項目が並んでいた。定められた期日までに完成させることを求める条項まで入っていた。レオナルドはサインしたが、もちろん、絵の描き方を指図されるつもりなどなかった。一四八三年、締切りが過ぎてから、彼はようやく、苛立ちながらも熱心に待っていた依頼主に『岩窟の聖母』の最初の版を引き渡した。

歴史的文献によると、修道士たちはこの絵を見てすっかり肝を潰し、報酬の支払いを拒否した。契約書通りに絵を直すまでは払わないというのだ。立腹のほどを示すように、最初の契約書には含まれていなかった条件まで追加した。争いが長引き、失望したレオナルドはほかの仕事に取り掛った。ミラノのスフォルツァ大公お抱えの宮廷芸術家兼技師として、ほかに多くの仕事を任されていたからだ。しかし、デ・プレディス兄弟はあくまでも手数料の取り分を要求して訴訟を起こし、長々と論争が続いた。解決には二十年もかかった。

論争の原因についてはいろいろなことが言われてきたが、レオナルドの聖家族の描き方が特異なものだったこと、また彼が陳腐な宗教的慣習をかなぐり捨てたことは確かだ。複数の人物を描く際の彼の特徴的なスタイルとなっていく構図がここでも採用され、聖母、幼子イエス、幼児の聖ヨハネ、天使ウリエルがピラミッド形に配されている。これはそれほど異端とは言えない。しかしレオナルドは人物の頭の上に浮かべるべき光背を省き、聖と俗との間の区別を曖昧にしている。こうしてレオナルドは、いずれも天国との結びつきのある四人の崇拝される人物を、もっと俗人に近づけた。

もしレオナルドの『聖母』に見られる異端について知りたいなら、まだまだある。

『マタイによる福音書』には、ヨセフとマリアがユダヤの王であるヘロデの怒りを避けるためエジプトに逃れたという話がある。ヘロデはイエスの誕生に立ち会った東方の三博士にだまされ、いつか彼の権力を奪うことになる赤ん坊が王国内に生まれたと聞かされる。そうした事態を確実に阻止しようと、ヘロデは国中のユダヤ人の第一子の男の新生児を皆殺しにするよう命じる。天使ウリエルがあらかじめマリアとヨセフに警告し、親子はウリエルの保護のもと、エジプトの砂漠に逃れる。しかし、マタイの話は完全なでっち上げだった可能性が高い。イエスの誕生とモーセ（彼の母も同じ脅威から息子を護らなければならなかった）の誕生を結びつけようというマタイの魂胆は見え透いていたし、どちらの話も砂漠と関係があるからだ。

ほかの三つの福音書の筆者は、イエス親子がエジプトに逃れた話には触れていない。

そのうえ、新約聖書には洗礼者ヨハネとイエスが幼児のときに会ったという記述はない。検証不可能できわめて信じがたい伝説では、二人の赤ん坊が出会ったのはマリアが砂漠に逃れている間だったことになっている。聖書の記述をよほど歪めて勝手な想像で解釈しない限り、この二人がそれほど幼いうちに出会ったとは言えないはずだ。

また、男性の大天使ウリエルの描き方も奇妙だ。聖書によればウリエルは死の天使だった。出エジプト記でエジプト人の最初に生まれた息子の皆殺しに関与した大天使である。神の強力な雷《いかずち》を統括するウリエルは一般に、ぞっとするような姿をしていると考えられている。レオナルドはこの恐ろしい登場人物を中性的な姿に描いた。獰猛な彼というより、優しい彼女のように見える。さらに、ウリエルはその優美な指で、幼子イエスではなく洗礼者ヨハネを、もったいぶった様子で指さしている。

レオナルドの構図の奇妙さをさらに高めるのがその場の設定である。マリアは洞窟の内部にいるように見えるが、重力の法則を無視して浮かぶというありえない状態の岩が、その天井を形成している。レオナルドの超自然的な風景は天国とは似ても似つかず、むしろ芸術家が一般に想像する地獄に似ている。そのうえ、背景に見える海の風景は、エジプトの砂漠と聞いて人が思い浮かべるものとは一致しない。つまり、『岩窟の聖母』のこの版でレオナルドが用いた聖家族の描写は、ずっと後世になってデュシャンがモナ・リザに口髭とヤギ髭を描いたのと同じ効果を見る者に与えたと思われる。

　二十年後、デ・プレディス兄弟の助けもあって、レオナルドは同じ絵の二番目の版を引き渡した。今度は光背がはっきり描かれ、より男性的な外見になった大天使ウリエルはもはや間違った赤ん坊を指さしてはいない。マリアも最初の版の初々しい乙女より年上に描かれている。レオナルドはなぜ、二十年も経ってからもう一枚描いたのだろうか。十分な記録が残っていないので、美術史家はその謎をめぐる一連の事情をまだ解明できていない。

　レオナルドは『花を持つ聖母（ブノワの聖母）』（巻頭図13参照）のマリアと幼子イエスにも、型破りな表現を用いている。新約聖書には、マリアが右利きだったか左利きだったかについての手がかりは何もない。それにもかかわらず、多くの絵画で、画家はマリアが右手で幼子を抱いているように描いている。実際に母親をちらりとでも見れば、大多数の女性は体の左側に赤ん坊を抱えていることがわかる。ほとんどは右利きなので、そのほうが利き手を自由にしておけるからだ。

左利きの母親でさえ、心臓の鼓動の心地良いリズムが赤ん坊を落ち着かせることから、左手で赤ん坊を支える場合が多い。聖母子を描いた初期の絵画のかなり多くにおいて、赤ん坊を抱くマリアを描いた男性画家のやり方はまさに無能と言っていい。もし現代の女性がマリアと同じようにして赤ん坊を抱えていたら、子供を危険に曝したと注意されることだろう。そんなふうに思わせる描写が予想外に多い。レオナルドの『花を持つ聖母（ブノワの聖母）』では、マリアは逞《たくま》しい幼子イエスを両手で支え、とても自然に見える。マリアの微笑と幼子イエスの大きな体も、当時の伝統的な表現に逆らうものだという議論さえある。

イエスの右隣にいるのは誰？

広く称賛された『最後の晩餐』に、巧妙に隠された鋭い一撃を見て取る人々もいる。ヴァザーリは、この絵を前にしたラファエロの感動ぶりを語っている。頭部の豊かな表現や、人物の優美さと動きに驚嘆するあまり、すっかり言葉を失って立ち尽くしたという。ケネス・クラークはこの作品を、この種の絵のなかで最もドラマチックで最も高度な構成の作品と呼んだ。

しかしこの絵については、最近になって、複数の意味に取れる別の謎をめぐって突然火の手が上がった。レオナルドは常に見る技術を強調したが、それは彼にとって、主題についての既成概念を捨てることを意味した。『最後の晩餐』の独自の表現法としてよく知られていることだが、レオナルドはイエスのすぐ右隣に、十二人の男性使徒の一人ではなく、女性のように見える人物を配置している。しかも、ほかでもない、イエスの妻あるいは愛人と信じられているにもかかわらず（あるいはそのために）新約聖書が売春婦と決めつけた女性なのだ。

見物人は一貫して、イエスの右隣の人物を若い使徒のヨハネと見なす。気取った学問の世界では、一部の美術史家がひそひそ声で疑問を口にしていた。ところが、二〇〇三年に出版されたベストセラーの『ダ・ヴィンチ・コード』で、作家のダン・ブラウンが論争を大勢の一般読者の前に持ち出した。その結果、予想もしなかった大騒ぎとなり、誰もが自論をてんでに吹聴し始めた。気分を害した伝統主義者は激しく反論し、問題の人物はマリア・マグダレーナではなく、若き聖ヨハネだと断言した。

三人の共観福音書執筆者（ヨハネ伝を除くマルコ伝、ルカ伝、マタイ伝）の説明、それに最も詳しいヨハネの福音書には、最後の晩餐の場面のかなり詳細な記述がある。食事そのものでは、使徒の若きヨハネの席はイエスの隣で、ヨハネはイエスの胸にもたれかかっていた（ヨハネによる福音書、13章23、25節）。最後の晩餐は人気のあるテーマで、レオナルド以前にも数多くの画家によって描写されていた。多くの画家はあくまでも新約聖書に忠実で、使徒ヨハネは頭をテーブルにつけて寝ているか、イエスにもたれかかっており、聖書の描写通りだ。何よりも明白なのは、レオナルドの絵の場合、この人物が体つきといい顔といい、若い男性よりは若い女性に似つかわしいことである。

別の可能性を考えてみよう。イエスの右隣の人物が本当はマリア・マグダレーナだとする。彼女のボディランゲージや組んだ手、顔の表情は、愛する男性がまもなく拘束されて裁判や拷問を受け、十字架に架けられることを受け入れた女性のものではないだろうか。

激怒した伝統主義者はこの説をただちに却下し、こうした議論はすべて、フェミニズムかぶれの反キリスト者の過剰な想像力から生まれた、熱に浮かされたような戯言《たわごと》だと主張した。しかし、このもう一つの解釈には利点があるのではないだろうか。『最後の晩餐』はほぼ間違いなく、全美術史上、最も複雑な作品である。レオナルドはどのような細部も運任せにすることはなかった。ここまで述べた主張とその反論をすべて考え合わせると、十分に根拠のある申し立てを提出することができそうだ。つまり、レオナルドは壮大なデュシャン風の行為で、何世代もの見物人と美術批評家をからかってきたのだ。

西洋美術において最も有名な顔立ちに口髭とヤギ髭をつけるというデュシャンのゲリラ行為は、女性のふりをする男性のことを暗にほのめかしており、レオナルドの性的指向へのあからさまな言及でもある。L・H・O・O・Qというタイトルは単に無礼なだけでなく、性的なイメージを喚起するあて擦りとしても、悪趣味だ。しかしレオナルドなら、デュシャンのこの破壊行為を侮辱と取らなかっただけでなく、ひょっとすると気に入ったかもしれない。

レオナルド、最期の絵画作品

レオナルドは彼の最も謎めいた作品を最後に、画家としてのキャリアに終止符を打った。それが、フィレンツェの守護聖人である『洗礼者ヨハネ』（巻頭図14参照）である。

新約聖書によればヨハネは隠者で、生涯のほとんどをユダヤの砂漠で過ごし、自ら課した貧しい生活を送った。外の世界の誘惑を避けるため、隠者は断食をし、瞑想し、祈り、世俗の楽しみを捨てるのが常だった。イエスの時代にはそうした生活を勧める宗派が珍しくなかった。たとえばエッセネ派は砂漠での窮乏生活を誓った戦闘的なユダヤ人の分派だったが、そうした五感の快楽のない暮らしを送る一方で、自分たちが受けた不正を正してくれるメシアの出現を待ちわびていた。

共観福音書の記述によれば、洗礼者ヨハネは栄養不良の敬虔で禁欲的な聖人で、身なりをほとんど構わない人物だったらしい。この記述を手がかりに、レオナルド以前の画家たちは洗礼者ヨハネを痩せ衰えた苦行僧だろうと想像した。

では、すでにイメージが固定されていたこの歴史的人物を描いたレオナルドの最後の絵を、どう考えたらいいのだろう？　人物の特定に役立つ周囲の状況は描かれていない。遠近法に則った手がかりも、前後関係を示す付帯的なヒントも、すべて排除されている。見る者はただ、微笑を纏《まと》った半裸の聖人に向き合うだけだ。右の前腕は直立し、天国を指さすように人差し指を伸ばしている。

レオナルドがもっと前に描いた別の苦行僧、荒野の『聖ヒエロニムス』（巻頭図8参照）とは対照的に、ヨハネは信仰を追求する者に特有の苦悩に満ちた顔はしていない。代わりにレオナルドが示して見せたのは若々しい美少年で、髪は丁寧に整えられ、滝のように流れ落ちる巻き毛が肩まで届いている。意味ありげな微笑みが、髭のない滑らかな顔に優雅な趣を添えている。男らしい二頭筋や三頭筋、三角筋は見当たらない。なぜか、レオナルド版のヨハネは、栄養が行き届いた、ふっくらした胸の若い男性なのだ。

レオナルドはシンボルの持つ力を異常なまでに意識しており、文学や宗教、神話などとは関係のない作品には、植物や木、花、動物をめったに入れなかった。こうしたシンボルは常に、絵の中心テーマを強調したり、その意味を深めたりするのに用いられた。『最後の晩餐』に描き込んだ細部からもわかるように、レオナルドは明らかに新約聖書を隅々まで研究していた。したがって、隠遁聖人における聖書の細かな記述を無視していることは注目に値する。洗礼者ヨハネは、現在のイスラエルとヨルダンの国境にあたる砂漠の厳しい環境に暮らしていた。木も草もほとんど生えていない。ヒョウはこの乾燥した環境の固有種ではないし、一世紀にはこのあたりにはいなかった。ではなぜ、レオナルドはヨハネの上腹部をヒョウの毛皮で覆ったのだろうか。殊《ことさら》に、聖書には「ヨハネがラクダの生皮となめし革でできたみすぼらしい覆いを纏っていた」と書いてあることを考えると、ますます妙だ。この絵でヨハネの纏うヒョウの毛皮の斑点はとてもかすかなので、近くでじっくり見ないとわからない。

神話の世界でヒョウやその毛皮と密接な関係がある人物といえば、官能と、ワインと、歓喜と抑えがたい性衝動の神、ディオニュソスである。ギリシャ劇には、ヒョウをディオニュソスに結びつける豊富な描写がある。この絵を改めてよく見ると、官能的な微笑み、艶のある巻き毛、少年のような体つき、絵全体を包む豪華な雰囲気は、どう見ても別の解釈の可能性を示唆している。

ギリシャ人がディオニュソスのものとした多くの功績のなかに、よみがえりのテーマにかかわるものがある。異教信仰を弾圧したキリスト教の男性的な精神が行きわたる前は、主要な神話は息子を死から復活させた母を中心に展開した。しかしディオニュソス神話では、息子が母をよみがえらせる。ゼウスの許しを得て、ディオニュソスは冥府へ赴き、ハデス神に、死んだ母である人間のセメレーの解放を嘆願する。驚いたことに首尾よくやり遂げたディオニュソスは、母と共に冥府を離れてオリュンポス山に登る。するとゼウスは彼女を優しく自分の右隣に座らせた。

ギリシャの万神殿に祀られた神々や女神たちの素晴らしい冒険物語のなかでも、こうした性質の救出劇は、ほかには一つも起こらなかった。ディオニュソスにまつわる神話には、キリスト教と似たところがほかにもたくさんある。ディオニュソスは唯一の生まれ変わった神である。彼の多くの呼称の一つである「再生」は、教養のある人々が人間のくずと見なしたみすぼらしい信奉者の一団を引きつけた。イエスと初期の信奉者たちも、当時の知識階級から同じように見られていた。

一四八〇年頃、レオナルドは『洗礼者ヨハネ』の初期の版を完成させていたが、やがて変更されることになる。くつろいだ様子の中性的な人物が、根元が球根状に膨らんだ樹のたっぷりした木陰に座り、天国というより大地を指さしているという、不思議な絵である。この絵の筋肉の発達した柔弱な男性は、あのキリストの到来を告げた痩せ衰えた隠者ヨハネよりかなり若かった。一六二五年にフォンテーヌブローでこの絵を見たカッシアーノ・デル・ポッツォは、「たいへん優美な作品だが、好みではない。敬虔な気持ちを起こさせないからだ」と述べている。

十四世紀にイタリアの詩人のペトラルカが古典時代の失われた伝説を発掘して以来、ソフォクレスやエウリピデス、アイスキュロスをはじめとするギリシャの劇作家の作品が、そうした宝の再発見に熱心な大衆の手に届くものとなった。そのなかに、ペンテウス王とディオニュソス神との出会いを描いた圧倒的迫力に満ちた物語がある。レオナルドがこの絵を完成させたのは、ソドミーの罪で逮捕、召喚され、裁判を待つ間投獄された直後だった。そのことを思い出すべきだろう。

長いキャリアにおいてレオナルドは、本当に支えてくれる、あるいは真価をわかってくれる有力な教会関係者には一度も恵まれなかったように思われる。『画家、彫刻家、建築家列伝』の最初の版でヴァザーリは、「レオナルドはたいそう異端な精神の持ち主だった。彼はどのような種類の宗教にも全く満足できず、あらゆる点において、自分はキリスト教徒というよりは哲学者であると考えていた」と書いている。だが、第二版を出す際にヴァザーリはレオナルドの性格描写を修正し、敬虔なキリスト教徒にした。レオナルドが教会に少しでも敬意を払っていたとは思えない。彼は教会を標的にしたなぞなぞを多く作っているが、その一つで、こう書いている。

「わたしはキリストがもう一度売られて磔《はりつけ》にされ、彼の聖人たちが殉教するのを見る」

彼は免罪符の販売に抗議し、教会の仰々しい華麗さや強制的な告解、聖人崇拝を批判した。豪邸で一年中遊び暮らすことによって「神を喜ばせている」と称する、司教の群れをからかった。つまり、最初の版の記述のほうが正確だった可能性が高い。レオナルドのノートの多くに、教会の教えに対する皮肉っぽく疑り深い態度が誇示されている。

ここまでに取り上げたレオナルドの四点の宗教画に対するわたしの解釈が、極端で挑発的なものであることは十分承知している。多くの読者は反論することだろう。しかし、一歩後ろに下がって、そのすべてのエピソードを合わせたなかに伺えるレオナルドの不遜な態度をよく調べてみれば、ある明確なパターンが浮かび上がる。

彼が描いたのは、光背を持たない聖なる人物、間違った赤ん坊に注意を引く性別の曖昧な天使、微笑む聖母、乳児脂肪に包まれた幼子イエス、過越の正餐でイエスの隣に座っている明らかに女性とわかる人物、といったものだった。何よりも挑発的なのは、ディオニュソスと関連のある動物の皮を纏った洗礼者ヨハネを創造したことである。彼は隠者にしては栄養状態が良すぎるようだし、レオナルドのポルノ的スケッチの一つと同じ姿勢に描かれ、謎めいたしぐさをしている。これらを合わせると、単なる偶然の一致と言うにはあまりにも意味ありげに見える。

さらに、レオナルドが悪ふざけをしたり、錯覚を創り出したり、人をかついだりするのが大好きだったという事実を投入してみよう。あるとき彼は、一団を部屋に招いたが、その隅に丁寧に洗って空気を抜いたヒツジの腸を隠しておいた。レオナルドがふいご（風を送るための道具）で腸を膨ませ始めると、人々は好奇心をそそられ、次いで不快に感じ、しまいにはパニックになった。腸が風船のように大きくなるにつれ、部屋の隅に追い詰められて押し合いへし合いするはめになったのだ。

ローマでの不遇の時期にあってさえ、レオナルドはなんとか悪ふざけを楽しもうと、神話の獣をこしらえた。魚のウロコを水銀に浸し、それを生きた爬虫類に貼りつけて、大きく誇張した目までつけた。彼が爬虫類を入れておいた箱を開けると、その「怪物」に出くわした人はみな、当然のことながら恐怖のあまり後ずさりした。それを見たレオナルドは大笑いした。

人をからかったりなぞなぞを出したりすることを楽しむ人間にとって、自分の才能を繰り返し誤解し、はねつけた団体に仕返しをするのに、別の解釈を絵のなかに潜ませるより効果的なやり方があるだろうか。それは、もっと宗教色の薄い社会によって読み取ってもらえるまで、何世紀も待たなければならない解釈だった。

優れたピアニストで作曲家でもあるムツィオ・クレメンティは、ベートーベンの独特の弦楽四重奏曲の最新の曲を初めて練習したとき、すっかり面食らってしまった。十九世紀初頭に音楽と考えられているものの限界を、ベートーベンがどれほど遠くまで押し広げていたかを知って、ショックを受けたのだ。その複雑さに悩まされた彼は、あまりにも奇妙で聞き慣れない音楽を聴衆が拒否するのではないかと懸念を洩らしている。生意気にも、これを本当に音楽と考えているのかとベートーベンに尋ねることまでした。ベートーベンはあっさりとこう答えた。

「ああ、あれは君のための音楽じゃない。もっと後の時代のためのものだよ」

レオナルドは彼自身の時代にとって流れ星のような存在だっただけでなく、はるか未来に現れるロケット点火装置を前もって知らせる存在でもあった。ベートーベンのように、あと五世紀も後まで生まれない観衆のために、そしてレオナルドの時代には存在しない新しい感性を持つだろう観衆のために、素晴らしい芸術を創造した。

二十世紀のデュシャンは、五百年前に生きた師匠の反体制的な規範軽視に通じる水路を開いたのだ。レオナルドの『洗礼者ヨハネ』を片方の端に、デュシャンのL・H・O・O・Qをもう片方の端に置けば、一組のブックエンドのように、同じ形のセットができる。それぞれ、逆説的にではあるが隠された（そしてそれほど隠されていない！）やり方で、権威主義に強烈な一撃を食らわせている。どちらも慣習に囚われない方法で伝統に挑戦し、「芸術家は、表面的な細部をただ写実的に再現する以上のことをせねばならぬ」と宣言した。彼らは同じ精神を持ち、何世紀もの時を隔てて活躍したのだ。

第9章

創造性

創造力が発揮される最初の段階では、半球間コミュニケーションが乏しい。これは右半球にとって、左半球からの最小限の干渉のもとで、自らの得意分野を探求する機会となる。

——ボーゲンおよびボーゲン

明確に考えるには話すことをやめなければならないことが多い。

——ロバート・シェーバー・ウッドワース

レオナルドが史上最も創造力豊かな人物であることは、疑う余地がない。ところで「創造力がある」とはどういう意味だろうか。それはどこで生まれるのだろうか。どのようにして発揮されるのだろうか。

ギリシャ神話では、アポロは太陽神であり、光と理性と論理の輝かしい代表者だった。彼は知的な探求の神の具現だった。彼の神殿の入り口には、「汝自身を知れ」とか「中庸を知れ」といった簡潔な格言が掲げられていた。しかし彼はまた、ユーモアを解さず、傲慢でもあった。女性を相手の英雄的行為はだいたい失敗に終わった。ニンフのダフネーは彼に追いかけられてすっかり嫌気がさし、彼のものになるよりはと、自分を月桂樹に変えてしまう。彼は少年のヒアシンスと同性愛関係を結んだ。アポロの高貴な身分のなかには、有名なデルポイの巫女の守護神というのもある。しかし彼はこの役目を九カ月しか務めず、最北の地でヒュペルボレオス人と暮らすために去る。

彼に代わって一年の残り三カ月を務めたのが、兄弟のディオニュソスだった。月と夜、恍惚、陶酔状態、官能、多産、意識の変容状態の神である。彼は幸運の予感、神聖な啓示、直観的な知識の神でもある。付き従うのは、サテュロスやニンフやそのほかの多産の象徴たちからなる放縦な一団だった。彼は恐るべき人食い神であり、創造力の神でもあった。突然の洞察力のひらめきは彼の領分だったが、それは狂気と紙一重だった。

アポロが勇気と鋭く客観的な論理を司るのに対し、ディオニュソスは恐怖と欲望を支配した。フリードリヒ・ニーチェが著書の『悲劇の誕生』（秋山英夫訳、岩波書店、一九六六年）でいみじくも唱えたように、この二つの対立する原理がギリシャ文化の土台となっている。つまり、アポロとディオニュソスの精神の間のこの二項対立は、ギリシャ人が右脳と左脳の機能の違いを喩《たと》え話として理解していたことを伺わせる。

神経学者のチャールズ・シェリントンは見事な暗喩を用いて、脳を「魔法にかけられた織機」と呼んだ。わたしたちはその織機で夢や思考や、不安や希望を織る。歴史年代記に登場するあらゆる織手のなかで、レオナルドほど複雑なタペストリーを織ってわたしたちに鑑賞させてくれた人物はいない。そこで疑問が湧く。レオナルドの並外れた創造力は単に程度の問題なのだろうか。それとも、ほかに何かかかわっているものがあるのだろうか。

あらゆる脊椎動物には脳がある。しかし、たった一つの種だけが、ほかの全脊椎動物とは大幅に異なるレベルの創造力を持つようになった。人間の脳が異なる機能を持つ二つの半球に分割されたことは、決定的に重要な意味を持つ適応だった。そのせいで人間は、自然界の他のすべての生き物から遠ざかる方向へ自らを押しやることになったのだ。二十世紀社会学の始祖の一人であるエミール・デュルケームは、頭蓋の両側からそれぞれ異なる二つの性質が生まれることを事実として認め、人間を「ホモ・デュプレックス」と呼んだ。

左脳＝「命題脳」、右脳＝「同格脳」

脳のどの部分が創造力を生み出すのだろうか。問題を革新的なやり方で解くホモ・サピエンスの能力には、二つの半球が協調して働くことが欠かせない。しかし、かなり多くの研究が示唆しているところによれば、二つの半球のうちで劣位にあるほう、すなわち右脳のほうが、真の創造力には重要らしい。これは驚くほどのことではない。言葉を解釈し発するための複雑な配線ができあがっている左半球は、話し言葉の規則に従うことに大きく依存しているからである。

話すには、音節を線状に適切に並べて言葉を作る必要があり、また文法は一連の規則の順守を要求する。規則の意味も知らないうちから、子供はその規則を学ぶ。さらに問題を複雑にしているのが、どんな言語にも、論理的なパターンに従わない文法上の特異例が多いことである。また、数の数え方を覚えるとき、子供はその基本的知識には守らなければならない規則があることを学ぶ。数は定められた順序にきちんと従って進む。勝手に並べ替えることはできない。

左半球の最も高度な機能、すなわち批判的思考の核となっているのは、論理を支える三段論法的公式化である。正しい答えにたどりつくには規則に従わなければならず、逸脱は許されない。それほどまでに規則に依存しているため、初期の分離脳患者の多くを手術した神経外科医のジョセフ・ボーゲンは左脳を「命題脳」と呼んでいる。情報を一連の基本命題に従って処理するのだ。これに対して、右脳は全く逆のことをするため、彼は右脳を「同格脳」と呼んだ。情報を非線形かつ規則に基づかないやり方で処理し、互いに異なる収束する決定因子を、首尾一貫した思考に組み込む。脳を命題脳と同格脳という二つの異なるタイプに分類するボーゲンのやり方は神経科学者に広く受け入れられており、神経認知の文献にもしばしば見られる。

ただし、創造力に対する右脳の寄与は決して絶対的なものではない。左脳が不可解な出来事に対する説明を絶えず探すからだ。説明の多くはきわめて創造的であるにもかかわらず、残念ながら、右脳のインプットなしでは、ほぼ例外なく間違っている。左脳が説明をでっち上げない出来事などないように思われる。こうした関与は左半球の言語中枢のある部位に特異的なようだ。

左半球が「馬鹿げたことをでっち上げる」という事実を受け入れるのに、さらに多くの分離脳研究の例を調べる必要はない。さまざまな文化において、人間は自然現象を説明するために信じられないほど突飛な神話を創作してきた。それこそが、なぜ物事が起こるかについての物語を創作する左半球の創造力の何よりの証拠だ。残念ながら、作り話は文化を前に進ませるような種類の創造力ではない。

創造的なプロセスの最初の段階では、何らかの出来事、正体不明の物体、いつもと違うパターン、奇妙な取り合わせなどが右脳の注意を喚起する。すると、実態のまだよくわからない謎めいたプロセスで、右脳が左脳をつついて質問を発する。正しい質問をすることが、創造力の核心に達する鍵となる。質問こそが、ホモ・サピエンスの強みだ。動物のコミュニケーションは驚くほど多彩であるにもかかわらず、質問することができるのはたった一つの種だけ。しかも、答えに異議を唱えることもできる。しかし、「母なる自然」がわたしたちに、単に質問するための言葉を与えただけのはずはない。そうした質問を吟味できる重要な付属物を配備する必要があったはずだ。その付属物とは、ほかの指と対置できる親指である。親指は好奇心と大きな関係があり、その好奇心が創造力につながる。

ほかの動物の行動を観察した結果から判断する限り、本当に好奇心があると言えるのはごく数種だ。ほとんどの動物に好奇心がない主な理由は、質問を考えつくほどの知性があったとしても、その質問について何かをする能力がないことと関係がある。たとえば、イルカはとても頭がいい動物だ。体重比で見ても彼らの脳はわたしたちのよりずっと大きく、好奇心があると言ってもいいような行動を示す。

ところが、そこには重要な違いがある。

外洋でイルカの群れと一緒に泳いでいるとする。頭上のボートから釣り道具の箱が落ち、海底に向かって降下し始める。イルカは落ちていく箱の周りを回って、自分たちの真ん中に落ちてきたこの見慣れない物は何か、知りたがる。笛のような音やカチカチ音からなる複雑なイルカ語で、彼らは箱の中味についての推測を伝え合う。やがて箱が海底に落ち着くと、周りを回って、ビンの底のような鼻先でそっと探る。しかし悲しいかな、箱のなかには何が入っているのかという最初の疑問に、彼らは決して答えることができないだろう。箱を開ける手段がないからだ。彼らのヒレには、そんな仕事ができるほどの器用さはない。動物の手や鉤爪、鳥の鉤爪にもできない。自然選択は無駄使いを嫌う傾向がある。通常の生活様式の範囲を超える本能や能力を背負わせることはしない。思いついた疑問に答える手段を持たない生き物に言葉を与えるのは、不経済だろう。対置できる親指が、疑問の解明に不可欠な付属器官をホモ・サピエンスに与えたのである。

無感情症の人の脳

脳のどこで創造力が生まれるのかを探る前に、無感情症の病状を調べてみるのが有益だろう。文字通り、感情を表現する言葉の欠如を特徴とする病気だが、創造力の欠如も伴う。患者の見る夢は単調になり、感情的な形容詞や感情に言及する副詞のない、抑揚に欠ける一本調子の話し方をする。暗喩や格言はめったに使わず、その口から皮肉っぽい言い回しが漏れることは全くない。何か楽しいことをやっているときにも鼻歌を歌うことはなく、白昼夢にふけることはまれで、おどけた態度を示すことはない。何人か集まっているとき、誰かが冗談を言うと、無感情症の人はたぶん顔をしかめて、「意味がわからない」と言うだろう。

独特の症候群に最初に注意を喚起したのは神経外科医のジョセフ・ボーゲンだった。彼が交連切開術を施したてんかん患者の多くに、創造力の欠如という特徴が現れたことに気づいたのだ。どういうわけか、二つの半球のつながりを断ち切ると、発話中枢のある左半球に、感情をつかさどる右脳の発話パターンや内容、抑揚がインプットされなくなった。ボーゲンの分割脳患者の左脳は右脳の感情的な特性に近づくことができず、したがって患者は一本調子で話し、感情のこもった言葉をめったに使わなかった。左脳は右脳が生み出すものへのアクセスを失ったわけだが、それこそが、本来、創造力のみなもとだったのである。

そのほかの無感情症患者の脳をＣＴスキャンとＭＲＩを用いて調べたところ、脳卒中を起こしたことがあったり、右脳に腫瘍ができていたりすることがわかった。無感情症患者の研究によって蓄積された証拠から、右脳が創造力の中心であることは間違いないように思われる。

著述家のアーサー・ケストラーは包括的な著書の『創造活動の理論』（上巻、大久保直幹訳、ラティス、一九六六、下巻、吉村鎮夫訳、ラティス、一九六七）で、ホロンのパラドックスを提起している。ホロンは自己完結的な実体として存在しながら、同時に、より大きな全体を構成する何か別のものの構成要素でもある。細胞ミトコンドリアはそれ自体で完結した細胞小器官だが、自分より大きな存在である細胞の構成要素でもある。

たとえば、わたしたちの太陽系は、それだけを取り出して観察することができる実体である。それでいて同時に、はるかに大きな銀河の一つの構成要素に過ぎず、その銀河もまた、宇宙に無数にある銀河のなかのちっぽけな一つに過ぎないことをわたしたちは知っている。現実のどのような側面を考えるときも、わたしたちはこんなふうに焦点を前後に動かす。それはあらゆる芸術家が直面する人物と地との区別でもある。ケストラーのホロンの概念は有用なひな型を提供する。これを人の脳の二つの半球に重ね合わせれば、互いに異なる機能をもっとうまく説明できる。

自我と超自我の座である左脳は、自己を世界から独立したものと規定する。話すときには代名詞「わたし」を使う。額のすぐ後ろにある脳の左前頭葉に置かれた快適な重役用椅子から、世界を観察する。「わたし」は自分自身と、皮膚という容れ物の内側にあるものすべてを、外側のあらゆるものから切り離されたものと見なし、外側のものを「わたしでないもの」として分類する。個々の項目に関心を集中させ、絵画では人物と地の区別で表現される。自分を単独の存在と見る。

これに対して右脳は包括的な考え方をし、自分を他のあらゆるものに結びつける網状構造に気づいている。右脳の精神状態は左脳の場合のように一列縦隊にはならず、小さな断片が融合して、精神性や直観、神秘主義、パターン認識などからなる複雑な網目となって、複雑な感情を生み出す。この感情のスープから、創造力の最初の一筋が立ちのぼる。

ケストラーはホロンという概念を、神話を用いて擬人化した。ヤヌスはローマ神話の戸口の神である。同じ顔を二つ持ち、それぞれが逆の方向を向いている姿で表現される。脳の二つの側が真に統合されているとき、ヤヌスのような思考が起こる。そうした思考様式を採用することによって、人は二つの対立する視点を調べたり、何かを全く異なる方向から観察したりできる。F・スコット・フィッツジェラルドはこのヤヌス的な思考法を要約して、「第一級の知性の判断基準は、二つの対立する考えを同時に心に保持することができ、しかもそれを持続できる能力だ」と述べた。

ひらめきが訪れるとき、脳で起こっていること

創造力は四つの段階を経て進む。

努力、培養、ひらめき、立証の四つである。第一段階では、個人が特定の分野の知識を習得する必要がある。実験室にいようと、画架の前に立っていようと、あるいはただ自分の机についていようと、問題を徹底的に検討する。創造的なひらめきは、問題を長い間じっくり考えた者に訪れるの

だ。この第一段階には誰でもなじみがある。おおいに汗をかくことを要求される段階だ。よく引用されるルイ・パスツールの名言に、「観察の分野では、チャンスは備えあるところに訪れる」というのがある。科学的な探求の過程に言及したものだ。創造的な洞察に至る長い準備の間、左脳はせっせと、ある特定の分野の知識と経験を体系化し、分類する。ごく稀にだが、努力せずに創造力が発揮されたように見えることがある。モーツァルトは、曲の全スコアが一度に頭に浮かぶことがよくあり、あとはスコアの音符を一つずつ紙に写せばいいだけだと断言した。しかし大多数の人にとっては、創造的な洞察は、問題をあれこれいじくり回し、さまざまな角度から眺め、答えを探し求めた後で、ようやく訪れるものである。

努力の段階で、またときには解答を求める活動的な段階が過ぎた時点で、創造力の最も神秘的な側面、すなわち培養が始まる。左脳がもはや問題に集中していないにもかかわらず、どういうわけか、どこか深い隠れたレベルで右脳が努力し続ける。

芸術でも科学でも、特に厄介な問題の答えの追求が、レーザー光線のような集中力を見せる左半球の能力では不可能なことがよくある。手持ちの論理をありったけ当てはめ続けているのに、問題は残ったままだ。そのとき、ふっと気が緩んだ瞬間や、何か全然関連のないことをしているとき、答えが突然、意識にひょいと浮かぶ。

フランスの数学者アンリ・ポアンカレが、そうした体験を述べている。必死に努力しているにもかかわらず、複雑な数学の問題の答えがどうしても見つからなかったという。そこで問題を棚上げして旅行に出かけた。数日後、バスに乗ろうとして片足をステップに載せたとき、まるで晴天のへきれきのように、解答が頭に浮かんだという。

科学でよく言われることがある。ベッドとバスタブとバスが、素晴らしいひらめきが得られる三大スポットだというのだ。アイディアが、降って湧いたように意識に浮かび上がる。ぱっと灯がともるのは、一番ありふれた場所にいるとき、そして一番ありふれたことをしているときだ。問題の答えは、そのことを考えていないときに不意に思いつくものなのだ。だとすると、脳は一体どうやって、そしてどこから、まるで手品のように答えを出して見せるのだろう。

左右の半球を、脳梁でつながったシャム双生児と考えてみよう。各半球にはそれぞれ独自の好みとやり方があるとはいえ、脳梁が二つを統合するときに限り、それぞれが寄与して、ある人全体を作り上げる。アーサー・ケストラーはこれを「半球双連性」と呼んだ。しかし、重要な創造的洞察を生むプロセスにおいては、二つの半球の間の切断が起こらなければならない。

二つの半球はほぼすべての時間、協力して働き、優勢な半球が優勢でない半球を阻止する力を持つ。「自然選択」は左半球に右半球に対する支配権を与えた。ただし、特定の環境のもとでは、劣勢な半球がその最も傑出した寄与、すなわち創造力を発揮するために、優勢な半球の支配から逃れなければならない。創造力が発揮されるためには、邪魔をする左脳の抑えつける手から、右脳が自分自身を解き放ち、自分のすべきことをしなければならない。妨げられることなく、革命を企てる急進主義者のようにこっそりと、左半球の保守主義者の勢力範囲の外で秘密に、仕事をしなければならないのだ。

右半球の隠れたプロセスの暗がりのなかで妙案の多くをひねり出した後は、アイディアや脚本、絵画、理論、公式、詩的な暗喩などが、溢れんばかりに浮上する。「無意識」という覆いをかぶせていたマンホールの下から吹き上げるように湧いてきて、左脳の注意を要求する。不意を突かれた左脳は驚いて反応する。

史上多くの芸術家や科学者が、この不思議な現象を経験してきた。もし創造力が右脳から生まれるなら、ある時点で、二つの半球の間の大きな隔たりを越える必要がある。洞察を言葉や行動に変換するには、左半球の関与が必要なのだ。といっても、常にそうとは限らない。ダンスとかバスケットボールのような運動技術の場合、これまで誰もやったことがない独創的な動きを、右脳が考案することがある。しかし一般には左脳が、洞察を言葉にしたり、絵の具や方程式を用いて洞察を実証したりしなければならない。そのためには、洞察が正式に左脳に導入される必要がある。

創造的な洞察は右脳で孤立状態のうちに生じた後、脳の左側へ渡る方法を見つけなければならない。これは脳梁を経由して行われる。右と左の大脳半球を結びつけているニューロンの太い帯である。これは単なる導管に過ぎないのだろうか。それとも、より高度でより統合的な機能を果たすのだろうか。脳梁は人の脳のなかで一番未知の構造であり、脳内で最大の構造でもある。正中線の上に弧を描く脳梁は、二億を優に超えるニューロンからなる巨大な帯である。神経線維が結合したこの太い帯の機能については、二つの説がある。

一つは、脳梁が単なる導管として働き、左手がしていることを右手に、右手がしていることを左手に知らせているだけだという説。

もう一つは、脳梁が両側からの情報を統合して第三の脳として働き、左右の脳が個別に生じさせているものとは質的に異なる何かを生み出しているという説である。

創造力は、右脳から左脳へメッセージを歪めることなく伝えられるかどうかに大幅に左右されるため、脳梁の成熟具合が重要になってくる。ミエリンは脂質とタンパク質からなる膜状物質で、いったん形成されると、神経系の情報伝達細胞である個々のニューロンを鞘のように覆う。人の脳の神経がミエリンの覆いを獲得することを髄鞘《ずいしょう》形成という。髄鞘は銅線に用いられる絶縁体と似たような役目をする。脳や末梢神経系のさまざまな部分が、成長過程のなかで髄鞘形成を受ける。

神経も電線も電流を通す。その結果発生した電磁場が周囲の空間に広がる。ラジオやテレビのような人工の装置と同じく、神経にも「干渉」(つまり雑音)という潜在的な問題がある。近くにある電磁場の影響からシグナルを護るため、個々の神経を絶縁体で覆うわけだ。

電気産業で使われる絶縁体はおなじみのプラスチックやゴムで、これが電気製品の配線を覆っている。脳や末梢神経系では、ミエリンが絶縁体となる。胎児の脳はごくわずかしかミエリンを含んでいない。新生児の脳にミエリンが乏しいことは、モロー反射からも明らかだ。近くで手を叩いて大きな音をさせると、新生児は大げさなほど、びくっとする。鋭い音が連鎖反応を引き起こすため、まるで、全身のあらゆる神経が活性化されたような反応を見せるのだ。腕を広げて何かをつかむかのような特徴的な格好は、まるで保護を求めて母親に抱きつこうとするかのようだ。
赤ん坊の脳が成長するにつれ、着実に神経の周りにミエリンの層ができていく。一般に髄鞘形成は下位から上位、後ろから前、右から左の順で進行し、二十歳前後で完了する。脳梁の髄鞘形成は生後三カ月で始まるが、成年初期まで完了しない。そのため、創造力が本当にピークに達するのは青年期あるいは成年初期になってからではないかと、神経科学者は考えている。しかしモーツァルトをはじめとするちびっこ天才が証明しているように、この法則には例外がある。

さて、ここで話はレオナルドの脳の配線図に戻る。レオナルドが左利きで両手が同じように使えたことは、彼の左脳と右脳のバランスに――あるいは彼のバランスのとれた脳にと言うべきか――どのような影響を与えただろうか。

第9章　創造性

第10章

恐怖／渇望／美

渇望は創出のもとであり……命あるものの美は滅びるが、芸術の美は滅びない。

――レオナルド・ダ・ヴィンチ

［レオナルドの芸術は］極限の美と極度の恐怖の混合物である。

――ウォルター・ペイター

ジョン・キーツの詩『ギリシャの古壺のオード』に、「美こそ真実、真実こそ美。それがこの世で汝らが知るすべて、知る必要のあるすべてである」という不朽の一行がある。

レオナルドが生涯をかけて追及した二つの目標を、これ以上簡潔に表現した言葉はない。フィレンツェ生まれの博学者であるレオナルドは、自然現象の背後にある真実を理解しようと、膨大な時間を費やして研究し、努力を重ねた。次いで彼は持ち前の芸術的才能を使って、そうした真実を表現した。その成果は五百年後のいまもなお、人の心を奪い、魅了し続けている。そして円熟期のレオナルドは、それら芸術表現すべての根底にある原理を明らかにしようとした。

人の目の機能を探求し、それを寸分の誤りもない正確な解剖図に描くとき、大気の状態が遠くの物体の見え方にどのような影響を与えるかを書き留めるとき、あるいは機械装置を素晴らしく正確かつ詳細にスケッチするとき、レオナルドは芸術を用いて真実の追求に光彩を添えた。しかし彼を最も有名にしたのは、真実を美に転換し、子供の顔や女性の微笑み、苦しむ戦闘員の姿に見られる微妙な感情を比類のない技で捉える、彼にしかない能力だった。

美を鑑賞したい、真実を求める飽くことのない好奇心を満たしたいという、わたしたちのやむにやまれぬ気持ちは、一体どこから来るのだろう。

多くの詩人や美術批評家、哲学者、それにその他さまざまな学問分野の解説者がこの問題に挑み、美と真実というこの二つの抽象的な言葉を定義しようとしてきた。『Homo Aestheticus: Where Art Come From and Why』（ホモ・エステティクス：芸術はどこから、そしてなぜ、生まれるか）は、美の源《みなもと》を突きとめようとしたエレン・ディサーナーヤカの著書である。多くの美術批評家や精神分析医、進化論者の言葉を引用し、非常に参考になる本ではあるが、「わたしたちにはなぜ、美意識が備わっているのか」という疑問に答えるほど深く掘り下げてはいない。

美意識はなぜ生まれたか

わたしはこの問題に、「進化」という視点から取り組んでみようと思う。わたしたち人間はなぜ、よい芸術と悪い芸術を見分けられるほど鋭敏な美意識を発達させたのだろうか。物事の核心にある真実を見いだすことに、なぜこれほど執着するのだろうか。

人類はほかのあらゆる動物と質的に異なっている。

人類のほうが優れている点としてわたしたちがすぐに挙げるものに、陰影のある倫理観、複雑な言語、洗練された道具作りがある。ところが最近、似たような行動を示す種がほかにもどんどん確認されている。わたしたちの「ユニークさ」の多くが、特徴の一つというより程度の問題に分類しなおされている。

社会生物学という比較的新しい分野の研究者が、山のような証拠で武装して、次のように断定している。もともと神から与えられたと考えられていた人類の特性は、「自然選択」という言葉で説明できる。つまり、人類が資源をめぐって他の種と競争できるようにしてくれる、無作為の突然変異だというのだ。それでも、確認できる限り、比較的人類特有と思われる特性がいくつか残る。その最たるものが創造力だ。

あらゆる創造力の中心には、危険への恐怖がある。「自然選択」はこの基本的な本能をあらゆる生き物に配備し、その生き物が生き残れるようにした。あらゆる動物にとって、これは最高の早期警戒システムだ。トラブルに気づく鍵は、環境のどんな変化も見逃さないことにある。目新しいものの突然の出現は、何かがおかしいという警報となる。警報を受けた動物が最初にしなければならないのは、その「何か」が、自分を食べたがっている動物ではないと確認することだ。

目新しいものが周囲に突然現れたとき、綿密に調整された大量の神経伝達因子が一連の変化を開始し、その変化が動物の意識状態を変容させる。脳の覚醒中枢が、ワイドフォーカスで漫然と全体を見る状態からシフトして、目新しさの源へと即座に注意を集中させ、無関係なインプットは事実上遮断する。狭い円錐状の視覚に注意をすべて集中させて、注意を捉えたこの一つの物体の外観を詳しく調べなければならない。

下垂体から溢れるように分泌された危機察知ホルモンが副腎からのアドレナリン放出を活性化させる(アドレナリンの専門用語はエピネフリン)。これは動物を最高に機敏な状態に置き、潜在的脅威を撃退する準備をさせる。大きな洞察を体験しているときにこれと同じ状態を体験すると、芸術家と科学者の両方が報告しているが、それは決して偶然ではない。高められた注意力、エネルギーのほとばしり、思考の明晰度の増大は、恐怖と創造力に共通している。アドレナリンに加えて、下垂体からの危機察知ホルモンが副腎を刺激してコルチコステロイドの産生を増加させ、何が来てもいいように、さらに備えさせる。ステロイドは筋肉を膨張させ、免疫機能を高め、血液の凝固を促進する。

ほかのほぼすべての動物では、脅威が脳の右側と左側で同じように感じられるため、扁桃核と視床下部も含め正中線上にある脳構造の危険に対する反応も、一様であると考えることができる。人間の場合はそうではない。切迫した状況では海馬の右側が活性化され、左側はあまり協力的でない。視床下部の右側が左側より大きな役割を演じ、下垂体のポンプに呼び水を差す。危機察知ホルモンであるノルエピネフリンの濃度は左脳より右脳のほうが高くなる。

もちろん、新奇な状況がすべて危険をもたらすわけではない。感受性の高まった状態に神経系が絶えず投げ込まれるのを防ぐため、「自然選択」は「慣れ」と呼ばれる逆反応を設置した。新奇な事態が初めて起こったとき、動物の体内では大火災警報発令時のような応答が見られる。しかし、もし実際には命や四肢に何も危険がなかったとなると、次回同じものが現れたときは恐怖の感情がそれほど湧かなくなる。やがて、その事態には何の脅威もないと判断されて動物がそれに慣れてしまうと、恐怖反応は完全に停止される。

科学の歴史から、この「慣れ」という状態の例を一つ挙げよう。トーマス・クーンが有名な『科学革命の誕生』（中山茂訳、みすず書房、一九七一年）で述べた洞察から、それがどのようなものだったかがわかる。クーンは、アインシュタインやニュートンのような革命的な思想家による飛躍的進歩の前、科学者はそれぞれの分野を特徴づけていた考え方に「慣れる」ようになっていたのではないかと考えている。革命的なアイディアが提示され、彼らが当然と見なしていたものがすべて覆されると、最初は衝撃と不信が続いた。新しいパラダイムの排斥が当時の風潮となった。それまでに習慣となっていたものへの慣れが、それほどまでに強固だったのだ。

目新しさこそ、創造力の核心である。

それを「理解する」人々に感嘆と驚きをもたらすが、それは不意に危険に直面した動物（それに人間）に共通して見られる感情でもある。創造力と関係のある感情はすべて、危険を認識することと密接な関連があるのだ。興奮は、近づいてくる危険に神経系を備えさせるのに役立つが、新しいアイディアをつかんだ人も、同じような感情の高まりを体験する。『アヴィニョンの娘たち』を描く前、ピカソはトロカデロ宮殿を訪れ、そこでたまたまアフリカの原始的な仮面を見かける。彼は激しい憧れに震えだしたが、それは人が危機に直面したときに味わうのと同じ感情だった。

体内の変化を見ると、危険の存在に伴って起こるアドレナリンの噴出は、「ひらめいた！」という瞬間に神経系に溢れるものと区別がつかない。本当にすごいアイディアを思いついた人間が、手のひらに拳を打ちつけたり、壁をなぐったり、極端な身振りをすることは珍しくない。洞察を述べる前置きに使われる喩えが、こうしたつながりをよく表している。

「衝撃的なアイディアにぶち当たった」「すごい考えに襲われた」「すっかりぶちのめされた」「ダイナマイト級のアイディアが浮かんだ」「足元をすくわれた」それに「まさに場外ホームランを叩

き出した」

創造力は勇気と創意が組み合わさったものだ。一方が欠ければ役に立たない。古代の書物に書かれていることをオウム返しにするのではなく、経験を教師としたレオナルドの勇気、コペルニクスの説を擁護したために教会によって火刑に処せられたジョルダーノ・ブルーノの姿勢、一流雑誌への広範な言及なしに相対性原理に関する論文を提出した二六歳の特許庁職員の思い上がりとも言える自信、これらはみな、勇気に関する好例である。

ほぼすべての言語モジュールが左半球にあるという偏った配置のせいで、右側には同じように偏って感情が配置されることになった。恐怖は非常に派手な役割を演じる。右脳は基本的に言語を奪われているため、創造的なプロセスがどのように進むかを言葉で説明することが事実上できない。芸術家か科学者に、一番新奇で独創的な仕事にどのようにして到達したのかを尋ねてみるといい。きっと、返ってくるのは歯切れの悪い答えか、左脳の作り話だろう。

少数の高等動物は問題に独創的な解答を出すことができる。しかし、どう見ても、そうした解答はどれも美的な資質に欠ける。この美意識という感覚は、進化ですべてを説明しようとする社会生物学者に最後まで抵抗し続けている。更新世の原人が美しい夕焼け空に我を忘れて見入っていたとしたら、警戒がお留守になって、獲物を求めてうろつく肉食獣のいい標的になってしまうだろう。かなりの時間とエネルギーをつぎこんで、実用的でなく、もっぱら目に心地良いだけの芸術作品を創作することがなぜ、種の身体的な健康と繁殖力を増進させるのか、全く説明がつかない。

この特性が少数の動物に存在することを示唆する例はあるが、完全なる美意識は人類において花開いたように思われる。人間の美意識は、ほかのどんな動物よりもはるかに洗練されている。そこで疑問が生じる。進化の視点から見て、なぜ、この特性をもたらす遺伝子がわたしたちのゲノムにあるのだろうか。それに、そもそもどんな進化上の圧力のもとで、ゲノムに含まれることになったのだろうか。

恐怖と欲望から創造力は生まれる

文化が違えば、何を美しいと感じるかは大きく異なる可能性があるという事実にもかかわらず、美を鑑賞する心はどこの民族にも普遍的に分布している。そしてその分布はどの人間集団をとってみても、ベル形曲線を描く。一方の端にいる人は見たところ美意識が欠けていて、反対側の端にいる人はきわめて敏感というわけだ。美意識の核心部分は文化に根差すものではないようだ。むしろ、わたしたちが生まれながらに持っていて、年を重ねるにつれ磨いていくべき資質のように思われる。ドイツの哲学者イマヌエル・カントなら、それはわたしたちの神経系に組み込まれたアプリオリ（先天的）な潜在力であると言うことだろう。

美の問題を検討することは、レオナルドの研究にとりわけ関係が深い。このフィレンツェ生まれの達人は、美の要素を解明してそれを視覚的にもっとよく表現することに大きな関心を持っていた。

多くの哲学者や美学者、芸術家、美術批評家が、何を美と考え、何をそう考えないのかを理解することに、変わることのない関心を抱いてきた。

対照的に、科学者は自然界を探求に適した題材と見なしているにもかかわらず、わたしたち人間の美意識を支える科学的な基盤が一体何なのかを調べることには、驚くほど関心を払ってこなかった。これは、科学者が回顧録で、問題のエレガントな解法にどれほど感動して恍惚となったかとか、専門とする分野の神秘に触れて体験した驚きの念とかを熱狂的に語ることを考えると、いっそう不可解である。一般に、なぜわたしたち人間が美意識を発達させたのかを問うことは、自分たちの力の範囲を超えると、大半の科学者は考えている。それでもなお、美の追求はわたしたちの種を他のあらゆる種から遠く離れた地点へ進ませる重要な役割を果たしてきたと、わたしは強く主張したい。高度に洗練された美意識は、最も原始的な本能である恐怖と結びついたとき、人間の創造力の背後にある原動力となると、わたしは考える。

有性生殖をする生き物が進化すると、何か危険なものが視界に入ったと警告する原始的な本能が二つの役目を果たすようになる。協力的な交尾相手が近くにいるかもしれないと教えてくれるようになるのだ。こうして、恐怖反応が性行動と密接に結びつく。感情を表す二つの門である哺乳類と鳥類では、この結びつきがより目に見えるものになる。セックスと危険が一体化されたのだ。

オスが多くの精子を作るのに対して、発情期に入るメスの卵子は数が限られ貴重な存在であるため、オスが勇気を示さなければならない。ほかの誰よりも注目に値するとメスに証明しなければならない。

クジャクは羽根を見せびらかし、カエルの一部は声が枯れるまでゲロゲロと鳴き、少数のムースは高らかに歌う。だが、優位を獲得する方法として何よりも好まれるのは闘いだ。オスの勇気こそメスが求める特性なのだ。それを見ればメスは、優れた遺伝子を保証する特性だとわかる。

創造力は、根底のところでは恐怖と欲望の組み合わせである。

危険とセックスは今も昔も、芸術家が芸術作品を創作するために必要とするプロセスである。もちろん、当人はそれらが根本的な動機だとは気づいていない。創造力は、あるパターンや特徴、あるいはありふれた物体の別の使用法に気づいたときに始まる。何か新奇なものに気づいた後、芸術家はその観察結果を構成要素に分解する。これは還元主義的かつ分析的な作業で、主として左脳の機能だ。芸術家は分解された各部分を、ほかの人々が芸術として認めるような新しく魅力のあるやり方で再び一つにまとめる。

しかし芸術作品は「情熱」を含んでいなくてはならない。「愛」の作品でなくてはならない。芸術家は、それを生み出すとき、「オルガスム」に近い状態でなければならないのだ。enthusiasm（熱狂）という言葉は、ディオニュソスの enthousiasmos、つまり「霊感に打たれた狂乱状態」からきている。オルガスムは右脳の機能だ。愛は右脳に根差している。恍惚は脳梁の右側で体験される感情である。

科学者も同じことをしているのだが、関心があるのは部分と全体とのかかわりを理解することである。科学者が知識の進歩に役立てるために還元主義と総合を用いるのに対し、芸術家は同じものを美学に役立てる。芸術家はイメージや暗喩を用いて、現実の関係を説明する。科学者は数字と方程式を自然に押しつけて、現実の関係を表す。作家のウラジーミル・ナボコフはこう述べている。

「空想を伴わない科学はなく、事実を伴わない芸術はない」

革命的な芸術家と先見性のある科学者はどちらも、基本的には現実の精髄を探求することに従事しているのだ。

美意識は、資源をめぐる他の動物との闘いにおいて人類に強みを与えない限り、発達することはなかったはずだ。しかし、答えを出さなければならない疑問がある。危険に対する警戒がお留守になってしまうかもしれないのに、見事な日の出に畏敬の念を抱くことにどんな利点がありえるのだろうか。

美は、不幸なことに、短くて捉えどころのない、何にでも使える言葉の一つだ。子供が遊ぶシャボン玉に似ている。あまりにも多くの異なった文脈で、あまりにも普通に使われるため、この言葉を捕まえようとするのは、虹を抱きしめようとするようなものだ。美の体験は愛や真実のように主観的である。非客観的であるというその特質が、科学者がだいたいにおいてこの曖昧な言葉にはまり込むのを避けてきた理由なのだ。

とは言え、美の定義をさらに考えていくと、美はいくつかに分類できることがわかる。明確に三つの種類に分けられる。性的な美、自然美、人工美である。この三つは互いに重なり合う部分がある。

性的な美とは異性間の引力を指す。美しい女性は異性愛の男性を引きつける。男性の脳がそういうふうにできているからだ。異性愛の女性がハンサムな男性に引きつけられるのも、彼女たちの脳がそういうふうにできているからだ。ゲイやレズビアンも異性愛の人たちと同じ資質に引きつけられるが、その性的関心は主に同性に焦点が合っている。あらゆる人間は精神的には両性具有者なので、つまり誰もが男性的な面と女性的な面を持っているので、あらゆる人が、性別にかかわらず健康で姿かたちのよい人を見ればある程度の喜びを体験する。

自然美は、環境のさまざまな特徴が組み合わさって喜びや安らかさ、畏怖の念などの感情を呼び起こすものである。こうした組み合わせがそのような感情を掻き立てる力はかなり普遍的で、異なった地域に住んでいる人々にも同じように作用する。陰をつくる深い谷、清らかなせせらぎ、険しい山の眺め、砂浜に打ち寄せる波、白い綿雲の浮かぶ青い空——こうしたものはどれも、大多数の人に似たような感情を引き起こす。

三番目の人工美は、一番奇妙な美である。特定の目的のための道具を作る生き物はほかにもたくさんいるが、わたしたち人間は、作る道具が美しさという点で好ましいものかどうかを気に掛ける唯一の動物である。人間は、職人技の道具作りから進歩して芸術家になったのだ。創作するものはどんどん実用的価値が薄れていき、ついに芸術家は、実用的でない何か美しいものを作ることに意欲を燃やすようになった。芸術のための芸術である。しかしなぜ、時間とエネルギーを費やして、観衆または芸術家本人にある感動を引き起こす以外、何も使い道がないものを創作するのだろうか。わたしたちはなぜ、美のための美を追求するのだろうか。

わたしたちが「美しさがわかる」と呼ぶ適応は、性的な引力と共に起こる。どのようにして人間は、本能的な衝動の一つだったものを芸術へと昇華させたのだろうか。もともとは繁殖を高める目的に使われたものを、レオナルドに『最後の晩餐』を描かせた衝動へとどのように昇華させたのかを知ることは、有益である。それを知ることが、なぜ美の追求が人間の創造力に欠かせない部分となったかを理解することにつながる。

フェロモンの代替品としての美

人間の生殖行動をほかの動物と比較してみると、人間が美を理解できるということは、適応としては非常に奇妙なものに思えてくる。有性生殖をする現存種のほとんどでは、卵子が成熟する時期にメスが出すシグナルによって、オスがメスに引きつけられる。人以外のすべての種ではこれが、性的に興奮すべきときであることをオスの本能にかかわる神経系に知らせる刺激となる。

この単純な仕組みが、交尾が受胎につながる確率が最大になる時期にメスが近づきつつあると、オスに注意を促す。こうして種の次の世代の誕生が約束され、種全体が絶滅を免れる。

ゾウの場合、動物行動学者はこのシグナルを「マスト」と呼ぶ。シカの場合は「ラット」、イヌは「ヒート」、霊長類は「エストラス」である。人間はこの周期的な祝典に多彩な名をつけているが、その目的はみな同じである。多くの場合、メスはその現象を匂いとして周囲に漂わせる。この魅力的な匂いは、ときには匂い分子の濃度がごくわずかな場合もあるが、オスの敏感な嗅覚器官に届く。するとオスの神経系の状態が変わり、それが行動の大きな変化として現れる。オスはたった一つのことだけに固執するようになる。交尾である。種によっては、何キロも遠くからオスはメスの魅惑的なフェロモンの芳香に気づく。

ほとんどの種ではオスがメスの周りに集まり、にぎやかな一大イベントが始まる。ときにはオス同士が優先権をめぐって闘い、誰がメスとつがうだけの熱意と強さと勇気を持っているか確かめる。オスが手の込んだ求愛のディスプレイをする種もある。メスのシグナルは、何百万年にもわたって何百万もの種が用い、大成功を収めてきた方法である。この方法がきわめて効果的なのは、この本能が、オスの最も優れた遺伝物資を選び、それをメスの貴重で少ない卵子と組み合わせることによって、きちんと目的を果たすからである。

ではなぜ、わたしたち人間はこのシステムを放棄したのだろうか。

どんな利点があって、「自然選択」はわたしたちの種に全く新しいやり方を与えたのだろうか。地球上に現存するあらゆる種のなかで、すぐにそれとわかるシグナルをメスが出さないことが確実にわかっている種が、人類なのだ。それに、もし人類がシグナルというシステムを放棄したのならば、どんなやり方が取って代わったのだろうか。男性を女性に引きつけ、それより程度は弱いものの女性を男性に引きつけるものは何だろう。人間でもフェロモンが小さな役割を演じ続けてはいるが、それほど重要でない地位に後退してしまっている。

オスを導くフェロモンや、発情期と関連のある外陰部の腫脹《しゅちょう》に代わって人類のシグナルとなったもの、それが美なのだ！　魅惑的な美しさを持つ女性は男性を跪かせることができるだろうし、実際に跪かせる。何と魅力的で興味深い進歩だろう！　性的な引力の一手段としての美は、ほかの動物には存在しないようだ。ほかの生き物を観察した結果からすると、のしかかりたい気分のオスがメスの体つきや目鼻立ちに関心を払っている様子はない。


ジェーン・グドールの調査チームは、フローと名づけたメスのチンパンジーを観察していた。年寄りで骨ばっているうえに、人間の目にはどちらかといえば醜いフローが、群れで一番人気だったという。オスは老いも若きも辛抱強く列に並び、ずっと若いメスと交尾するチャンスを見送ってまで、フローと交尾する順番を待った。

グドールのチームが出した結論によれば、チンパンジーにとっては、フローの優れた子育てのスキルのほうが肉体的な美しさより、ものを言うらしい。確実に言えることは、オスがメスの外見に大きな影響を受ける種は人間だけだということである。

美しさと密接な関係がある身体指標がほかに二つある。健康と若さである。あまりにも関係が深いため、二つはほとんど分離不可能だ。美しさに健康と若さが加わると、その女性に妊娠能力があり、健康な子供を産む可能性が高いかどうかを男性の辺縁系が判断するための最高の指標となる。

結婚相手となるかもしれない相手の健康状態は、相手が産む赤ん坊が危険な子供時代の初期を生き延びられるかどうかも決める。しっかりした筋肉や柔軟な四肢、引き締まった体、左右対称の顔が指標となる。そうした指標を使えば男性は無意識のうちに、次の世代に自分の遺伝子が生き延びる見込みを一番高めてくれそうな女性を選ぶことができる。進化という点からすると、これはきわめて革命的な進歩だった。そして女性は発情のシグナルを出すのではなく、「容貌」で男性を引きつけるようになったのだ。

人間の女性は生殖上の革命的な変身によって、もはや他のあらゆる動物のメスのように、排卵期中に性交するという切迫した本能に突き動かされることもなくなった。これは女性に、性交相手をじっくり選ぶ機会を与えた。どんな種のメスも選択はするが、人間ほど好みがうるさい生き物はいない。確かに人間の女性も人間以外の同類たちと同じように、ずば抜けた身体的特徴を持つ男性にいまだに引きつけられる。しかし、人間の女性だけが性交と妊娠につながりのあることを意識し、情熱に駆られて嵐のように来ては去ってゆく相手ではなく、そばにとどまって子育てを助けてくれる男性が望ましいことを理解するようになる。健康や強さ、姿形の良さと違い、男性の内面的な特徴が外からわかるようなしるしはほとんどない。

人間の女性は、男性の外見の向こうにあるものを見通して、本当の性質を探り出す本能を必要とする（やがて「女の勘」と呼ばれるようになるものだ）。この評価法は、何世代も経るうちに女性が体得したものだが、身体的な特徴だけをもとにした選択法より有益だ。美しさは男性が女性を選ぶ際には重要な役割を果たし続けるものの、女性が男性を選ぶ際には、男性の場合よりはるかに小さな役割しか果たさない。

体のタイプや容貌は非常に多彩であるにもかかわらず、性的な美に関する基準は人間のゲノムの奥深く埋め込まれた。いったん現れると、それはほかの領域にも染み出した。そこで、人間は美を性的な生存競争以外にも使うようになったのだろう。

レオナルドが書いた何千ページにものぼる手稿のどこにも、彼個人の美の概念は明確には述べられていない。

けれども、美以上に彼を夢中にさせたものがあるとは考えられない。美術批評家やその後の画家たちは、人間の顔や姿の美しさを捉える彼のユニークな能力を伝えるために特別な美術用語、レオナルド様式を考案しなければならなかった。彼の描いた動物はあまりにも生き生きとしていて、まるでページからいまにも跳び出してきそうだった。それに、ルネサンスへの助走期間にも、あるいは古代や中世、さらには現代の画家にも、自分の周囲にある自然の美をこれほどまでに的確に再現できた者はいない。レオナルドの岩や水、雲、植物、花などの表現は並外れて美しい。それなのに、わたしたちが美意識を持っているわけについて、意味のある仮説は膨大な彼の文書に一つも見当たらない。

「自然選択」はわたしたちのゲノムに、美を性的な引力と関連のある重要な基準として確立する遺伝情報を組み込んだ。そしてこの追加の新しい審美眼が、わたしたちの環境に応じて新しい役割を果たすようになる。人間の独特の特性が、この移行を種の生存に欠かせないものとした。美の遺伝子が他の機能を担わされることになったのは、人間が事実上ほかのあらゆる動物が用いている鋳型から遠く離れたためだ。わたしたちは探検家なのだ。

生まれつき探求心が旺盛な人間は、家と見なす場所から遠く離れたところまで喜んで出かける。他の動物を多かれ少なかれ囲い込んでいる、目に見えないくびきから解き放たれているので、人間は地球全体に住むようになれたのだ。人間が住んだり探検したりしたことのない環境的ニッチはどこにもない。人間の共同体は、蒸し暑い熱帯雨林、乾燥した砂漠、北極圏のツンドラ、空気の薄い山頂と、どこにでも見られる。ネズミは別かもしれないが、哺乳類でそんなことを言える種はほかにいない。

人間の旅行熱がどれほど異常かは、ホモ・サピエンスがもともとどれほどトレッキング生活に向かないつくりになっているかを考えればよくわかる。二七〇種の霊長類のなかで唯一、冬に温かさを保ってくれる厚い毛皮を完全かつ永久に脱ぎ捨てた人類は、その代わりとなる衣服を作るための資源が手に入るかどうかに依存するようになった。

著述家のデズモンド・モリスはわたしたち人類を「裸のサル」と呼び、同名の本を出しているが(『裸のサル』、日高敏隆訳、角川文庫、一九九九年)、まさにふさわしい呼び名だ。彼は、もしあらゆる霊長類の皮を一列に並べたとしたら、一番目立つのは毛のないものだろうと指摘している。猛暑の際には人間は汗をかいて体内の温度を制御しなければならない。そのため、常に新鮮な水と塩の供給源を必要とする。

動物行動の基準からはずれたこの異常な「人間の遠出好き」に必要な補給をするために、ある本能を組み込む必要があった。彼らの生存を支えてくれそうな環境に行き当たったときにそれを知らせてくれる本能である。この新しい本能は審美眼に基づくものだった。

こうして「母なる自然」は性的引力遺伝子の機能を拡張して自然美も含めるようにしたわけだが、これにはかなりの代償も伴った。先史時代の人類が美しい情景にぼうっと見とれていたとしたら、背後に忍び寄る野獣に気づかないかもしれない。そうした代償を省みる余裕がないほど急いで、自然美に気づく本能を組み込む必要があったということだろう。個人の安全を保つようにデザインされた本能より、こちらを優先させなければならなかった。遠出する人類にとっては、「ワオ！」要因のほうが、「気をつけろ！」要因より重要だったのだ。

古代の人類が探検好きの霊長類に進化し、快適で安全な住み慣れた縄張りを離れて未知の地域へと好んで突き進むようになると、生存に好都合な場所に来たら意識下でそれを知らせてくれる感覚が必要になった。迸《ほとばし》るせせらぎ、蛇行する川、滝などは、美しいという感覚で人間を満たすだけでなく、なくてはならない水の供給源ともなる。岩だらけの崖や険しい山は、避難するための岩陰や岩棚、洞穴を提供してくれる。広く開放的な空間や澄み切った大気、遠くの景色の輪郭は、わたしたちの祖先が獲物を見つけたり、近づいてくる肉食動物や敵を確認したりするのに役立った。

美を求める本能

自然にかかわりのある審美眼をもっと詳しく調べると、何が美しく、何が美しくないかを決める際の基準が、人の場合とは大幅に異なることに気づく。さまざまな特徴の顔や体があるなかで、美人の評価には一番ありふれた比率や標準プロポーションが使われる。しかし野生の景観を評価する際には、そうした標準は使わない。ある特質がベル形分布曲線の頂点からどれだけ遠くにあるかによって判断する。最も高い山、最も深い谷、最も大きな滝、最も幅広い川、最も険しい崖が、国立公園として指定される。人の顔の場合は見慣れた対称的なものが美しいとされる傾向があるのに対し、自然の場合は見慣れない不規則なものが美しいとされるのだ。

どこか無意識のレベルで、デタラメさと非対称性がわたしたちの審美眼に訴えかける。みずみずしく甘い香りの草の上に寝転び、さまざまに形を変える雲を浮かべた空を見上げたことのない人がいるだろうか。あの雲があれほど美しいのは、絶えず形が変わって、全く予測がつかないからではないだろうか。人が計画し、きちんと間をあけて一列に植林された森を散策するのは、不規則に曲がりくねる荒野の道を探索するのに比べれば、美的な刺激に欠ける。舞い落ちる雪、葉脈の模様、いろいろなものが不規則に配置された牧草地、こうしたものを見れば、よくわかる。自然現象では、全く同じものは二度と現れない。わたしたちが性的引力において追及する規則性や対称性とは違い、荒野の引力には、その驚くべき多様性がピリッとした刺激を添えている。

美を鑑賞する本能は、もともと性的引力のために組み込まれ、やがて美しい自然の景観に気づかせる働きもするようになった。そして最後にもう一度急激な変化を起こして、新しい一組の染色体となった。この新しい組み合わせが、人間の暮らしに壮大な何かを注ぎ込んだのである。その進化の瞬間からずっと、やがてホモ・サピエンスに進化する種は、形のある物や抽象的なシンボルを創作し、探し、発見し、集め、並べ直してきた。だんだんにそうした人工物は優雅さと美しさという質を持つようになった。美を求める本能は非常に強く、多くの場合、性的引力や自然美を求める本能に優先する。何か美しいものを創作するという冒険の旅を完了させるためなら、多くの芸術家や科学者が世俗的な喜びを捨てることだろう。

先見性のある人とは、芸術や科学の分野で新奇なパターンに気づく人だ。彼らはわたしたち凡人より先に美を目撃する。その後わたしたちも追いついて、彼らの思い描いた革新が本当に、注目に値する何か素晴らしいものであることに同意する。だからこそ、科学者はエレガントな方程式について語り、芸術家は現実の構成要素を無数の新しいパターンに再編成することによって、わたしたちに世界を新しい見方で見せることができるのだ。

第11章

レオナルド／理論

科学とは客観的情報を感情抜きで追求することではなく、人間の創造的な営みである。科学の天才は情報処理者というよりむしろ芸術家のように行動する。理論の修正は単に新発見から派生する結果なのではなく、独創的な想像力が同時代の社会や政治の影響を受けつつ生み出す作品なのだ。

——スティーヴン・ジェイ・グールド

地球は太陽の軌道の中心にあるわけでもなければ、宇宙の中心にあるわけでもなく、実際は、地球に付随し、一体となっているさまざまな構成要素の中心にある。もし人が月にいたなら、月が太陽とともに我々の上にあるとき、その下にあって水という要素を持つ我々の地球は、月と同じ機能を果たすように見えるだろう。

——レオナルド・ダ・ヴィンチ

どんな発明にも増して、書くことは人間の意識を変容させた。

——ウォルター・オング

ここで注意をレオナルドに戻そう。彼の名前はあらゆる包括的な美術史の本で、ひときわ大きく取り上げられている。たまには科学史の本にも顔を出す。そんなときには決まって、名前の後に星印がつくようだ。確かにこの並外れた人物は個人的な日誌にいくつか先見的な記述を残しているが、「科学的試み」と呼ばれるあの協力して前進しようという運動には影響を与えなかったので、偉大な科学者たちの間にあっては、彼の居場所は脚注しかない。まるで、そう言いたいかのようだ。

アルベルト・アインシュタインやスティーヴン・ジェイ・グールドのような科学界の輝ける星の登場が、レオナルドの貢献を忘れさせた。けれども、注意深く記録を調べれば、科学の分野──というより科学の多様な分野──における彼の業績に畏怖の念を覚えずにはいられない。レオナルドの伝記作者の一人であるエドワード・マカーディが、彼の業績を次のようにまとめている。

コペルニクスやガリレオ以前、ベーコンやニュートン、あるいはハーヴェイ以前に、彼はこれらの人の名を冠して呼ばれるいくつもの発見を基本的な真実として述べた。「太陽は動かない」「体験しなければ確実とは言えない」「重さのあるものは地球の中心へ最短距離で落下する」「心臓が再び開くときに戻ってくる血液は、弁を閉ざす血液と同じではない」

最初の科学者という称号を誰に与えるかについては、紳士的な論争に火がついたものの、ガリレオ・ガリレイが最も多くの支持を獲得している。最近まで、その栄誉を受ける候補者としてレオナルドの名が挙がることはめったになかった。しかしながらレオナルドこそ、史上初めての真の科学者であった。レオナルドは観察、仮説、実験による証明という科学的方法を熱心に取り入れた。ガリレオより一世紀も前に、ほぼ同じことをしていたことになる。彼はアリストテレスより厳格でフランシス・ベーコンより体験を重んじ、デカルトよりもっと、飽くことのない好奇心の持ち主だった。ニュートンに至っては、レオナルドの初期の考えの多くを霊媒のようにそのまま流していたように思われるほどだ。

科学者レオナルド

彼は光学、植物学、地質学、解剖学、航空学、地図製作、流体力学、都市計画、機械工学の分野を徹底的に探求した。これらはほんの一部に過ぎない。自ら発見するか、それとも他の人の仕事を踏まえて打ち立てた科学的な原理を用いて、彼はおびただしい数の機械や武器、測定装置を考案した。一部の文献では、レオナルドが三百ものそうした驚異の発明をしたとある。それらはあまりにも時代を先取りしていたため、実際に動く模型が作られたものはほとんどなかった。彼の生きていた時代には、そのための技術がまだ存在しなかった。科学的な原理に基づいた重要な発明の量の多さという点からすると、匹敵するのはトーマス・エジソンくらいだろう。

絵を描いたりスケッチしたりする際の細かなコツについては、レオナルドは気前よく生徒や弟子に知識を分け与えたが、自然界の仕組みについて苦心惨憺《くしんさんたん》して集めた情報はめったに洩らさなかった。レオナルドが唯一、まとまりのある「本」として整理したのは『絵画論』だが、この小範囲にわたるエッセイもすぐに出版されたわけではない。忠実な弟子のフランチェスコ・メルツィが要約版を編集したが、これもレオナルドの死後、一世紀を優に超える一六五一年まで、出版されなかった。

彼と同時代の人々は科学的な文献をラテン語やギリシャ語で読むことに慣れていたため、自分たちが「野卑《やひ》な」言語として退けている言葉を使うレオナルドをさげすんだ。彼のノートには、思考過程を明確に示すような筋道の通った記述はない。さまざまなテーマに関する所感を行き当たりばったり書き留めている。首尾一貫した議論というより、意識の流れに似ている。

混乱に輪をかけるように、一五七二年のメルツィの死去後に所有者となった者たちが、しばしばレオナルドの手稿をバラバラに分割したり、恣意的に並べ変えたりした。価値もわからずに途方もなく珍妙な物としか見ていない収集家に、できるだけ高値で売りつけるためだった。残っているものから類推して、手稿の三分の二ほどがこうして失われたと専門家は見ている。残っているページを正しい順序に配列し、正確な日付を入れるという作業の完了は、二十世紀末まで待たなければならなかった。

さらに仕事を難しくしたのが、レオナルドには、書きつけたりスケッチしたりした同じ紙に何年も経ってからまた何かを書き足す癖があったことである。これは彼の落ち着きのない思考の軌跡をたどろうとするレオナルド学者たちを苛立たせた。しかしながら、粘り強い研究者の大群が、筆跡鑑定やコンピュータ、絶え間ない相互参照を用いて、彼の手稿を一つながりに並べ直すというヘラクレス並みの偉業をほぼ完了している。

この調査の収穫の一つが、一四九〇年頃、レオナルドが三八歳のときに手稿の内容が変化したという発見だ。発明を記述することから、その根底にある原理をもっと集中的に追求することへと、移行していたのだ。

未知の大陸に分け入る探検家さながら、レオナルドは最初の一歩で何度も躓《つまず》き、多くの誤った仮説を立て、自然界の仕組みについて多くの誤った結論を導き出した。調査と実験を続けることで、彼はそういう誤解の一部を正した。名誉回復につながるこうした事実が明るみに出たのは最近になってからで、このことからも、いまが科学者としてのレオナルドの記録の再評価にぴったりな時代であることがわかる。

科学的な探求には本来、どこか不完全なところがあるという感覚がつきまとう。レオナルドの場合、調べきれていない現象が常にいくつか残っていた。自分の説を誇らしげに解説するには、それらの現象を含める必要があると彼は考えた。この完璧への執着が、彼の貴重な科学的洞察を人と分かち合ううえでのもう一つの障害となった。

さらに事態を複雑にする事情があった。彼は自分の天分に気づいており、自分が売りに出せる最大の資源は、想像力と独創性であることを理解していた。彼が生きていた時代には特許権というものは存在せず、発見は盗まれて、誰か他人の金銭的な利益や名誉のために使われる可能性があった。自分を技術者や建築家、設計士として売り込めるかどうかは、苦労して得た知識の多くを秘密にしておけるかどうかにかかっていたのだ。

散在する手稿のさまざまな場所で述べているように、レオナルドは心から、いつかは本を出すのだと信じていた。やがて時間を見つけて、解剖学や光学、植物学、機械工学などに関する観察結果をまとめ、ちゃんとした本の形で出版したいと考えていた。それは自力で行うにはとてつもなく困難な目標だった。手稿の記述は内容がごちゃまぜのうえ、彼は他人にこの仕事を任せることを拒否した。手稿をまとめなければという思いはかなりのものだったらしく、関心が絵画や科学的調査からそれることになった。無論、生活費を稼ぎ、人生の浮き沈みにも対処する必要があった。残念ながら、運命が彼に割り当てた六九年では時間が足りず、彼は目標を達成することができなかった。

科学にとって、秘密は嫌われものだ。

レオナルドの死後、科学はゆっくり進歩し、共同事業となった。従事する者が互いに所見を共有してこそ、科学は花開くと悟ったのだ。多くの科学史家が、その後の科学調査に莫大な影響を与えたはずの知識を秘密にしていたとして、レオナルドに批判的だ。それはこのルネサンスの博学者に対して、あまりにも厳しすぎるのではないだろうか。個人の発見を公開し共有するという傾向は、それほどすんなりと発展・定着したわけではないし、そもそも彼の生きていた時代にはきわめてまれだったことを、思い出すべきだろう。

手稿を出版できなかったため、レオナルドはその後の科学者の想像力を刺激することができず、歴史家の関心に火をつけることもできなかった。そのうえ、美術批評家と大衆が、完璧な芸術家としての彼の評判をすっかり確立してしまっていた。第一級の芸術と第一級の科学は厳然たる障壁で隔てられていた。当然認められるべきものであるにもかかわらず、科学の分野で彼に栄誉を与えることは、やり過ぎのように思われた。そうはいっても、歴史は過ちを正す道を見つけるものだ。わたしは、レオナルドに史上初めての科学者という敬称を与えるべきだと主張したい。

レオナルドの理論の多くの例を列挙してみよう。

科学者は一般に、物理学を「科学の王」と呼ぶ。ほかのすべての分野の中心的存在だからである。レオナルドはこの中軸となる分野で数多くの驚くべき発見をしている。ニュートンの三つの運動の法則のうち、レオナルドは第一と第三の両方を詳しく述べていた。ニュートンは一六八七年に第一の法則を次のようにまとめた。

静止している物体は静止状態にとどまる傾向があり、動いている物体は不平衡力が加えられない限り、同じ速度で同じ方向に動き続ける傾向がある。

レオナルドはノートに、「何物もそれ自体で動くことはできず、運動はほかからの影響による。

そのほかの力はない」と書いている。別のところには、「あらゆる動きは持続する傾向がある。というよりむしろ、動かされた物体はそれらを動かす力（最初の推進力）の影響が残っている限り、動き続ける」という記述がある。彼の説明は、ニュートンが数学用語で言い直すまで、「レオナルドの原理」として知られていた。

レオナルドはニュートンの第三の法則「あらゆる作用に反作用がある」の背後にある考え方も述べている。空気の影響とワシについて研究していたレオナルドは、こう書いている。

「翼が空気を打ちながら、どのようにして、上空の薄い大気のなかで重いワシを支えているか見てみよう。物体によって空気に与えられたのと同じ力が、空気によって物体に与えられる」

同じように、鳥の翼がどのようにして鳥を空高く支えているのかを理解するには、鳥の翼を下から上に押し上げる風の作用も理解しなければならないと断定することによって、彼は飛行の原理をつかんだ。

レオナルドが発見した原理の数々

物理学の基礎がまだ何もなかった時代に、レオナルドが言葉で書き留めたり図解したりした物理の重要な原理は、驚くべき数にのぼる。彼はエヴァンジェリスタ・トリチェリが一六四三年に提案したトリチェリの法則を直観的につかんでいた。開口部を通って流れる液体の速度に影響を与える因子を列挙したものである。トリチェリはこの法則を、あらゆる変数を織り込んだ美しい方程式で表した。二百年近く前、流れる水を鋭い目で観察した結果を用いて、レオナルドは驚くほど似た結論に達し、言葉と画像で示した。

飛行の前提条件を幅広く研究するなかで、レオナルドは、一七三八年にオランダの数学者ダニエル・ベルヌーイが述べたベルヌーイの法則の注目すべき原理をつかんだ。飛行機の翼の上を流れる空気の速度が翼の下を流れる速度より速いため、圧力の差が生じる。この圧力差がベルヌーイの法則の核心である。この単純な空気力学が飛行に欠かせない「揚力」を供給し、重い飛行機が離陸して空高く浮かぶことを可能にする。ベルヌーイの二世紀以上も前に、孤独な研究者が高等数学の助けもなしに、この重要な原理を発見したのである。

列車が近づいて遠ざかる際の警笛の音色の奇妙な変化は、なじみ深い現象だ。オーストリアの数学者クリスチャン・ドップラーが一八四〇年にこの現象を、数学を用いて精密に解説した。音源が聴取者のそばを通り過ぎるとき、その動きによって音波の同心円が楕円形に引き伸ばされるため、このような現象が起こるのだ。彼の発見に因んで「ドップラー効果」と呼ばれている。レオナルドは流れに小石を投げ入れることによって、動く水による波の形の引き伸ばしを観察した。そして音の波でも同じことが起こるだろうと推測し、ドップラーが三百年後に方程式で説明することになる聴覚現象を、描写し、図示した。

根底にある数学の深い知識の助けもないのに、物理のきわめて複雑な概念を直観的に把握する。それがレオナルドの発見をいっそう印象的なものにしている。

デカルトは十七世紀中頃に解析幾何学という分野を考え出し、代数的な関係をグラフ上で視覚的に表現できることを示した。しかし彼は事実上一人で仕事をしていた無教育の天才が、自分より百五十年早く、抽象的な数学上の関係を目に見える画像に転換し、驚くべき成果を上げていたことを知らなかった。

フランスの法律家兼政治家であり、著名な数学者でもあるピエール・ド・フェルマーは、数学の非凡な研究結果を発表しないのが常だった。彼は一六五七年に友人に宛てた手紙に、光が最小時間で最短経路を通って進むに違いないと書いた。やがてフェルマーの原理と呼ばれるようになるのが、自然は（稀に例外もあるが）いかなる運送を行う場合も、最短の道順を最短時間で運ぶことを選ぶというものである。この原理の証拠を示すため、フェルマーはページを埋め尽くすほどの方程式を必要とした。

十二世紀のアラビアの優れた数学者であり、アレクサンドリアの名士であるアルハーゼンが、それほど厳密な形ではないが、フェルマーの原理を述べていた。レオナルドのノートを見ると、彼もこの物理の基本原理に到達していたことがわかる。彼は時間と空間のなかを進む光とこの原理との関係を論じているが、彼の観察はほぼすべての自然現象に一般化することができる。ここでも、レオナルドの洞察はフェルマーが独自の結論に達する二百年近く前になされたものである。

質量保存の法則によれば、実験開始時にある質量だったものは、終了時にも全く同じ質量である。実験中、質量がどれだけ多くの移動や変形、再形成を受けようと、何の影響もない。レオナルドは幾何学者で数学者のルカ・パチョーリに出会った四〇代の頃、このテーマに強い関心を持った。パチョーリの原理と結論にレオナルドが図を添える形で、二人は協力して幾何学の原理に関する本を一五〇九年に出版した。これが、レオナルドが出版に一役買った生涯唯一の本となる。

レオナルドは、ニュートンが一六八七年に『プリンキピア』で述べたほど断定的に質量保存の法則に言及してはいないが、空間を移動する幾何学的な形の物体が、多くの変形にもかかわらず常に質量が同じであることに気づいていた。数学的な素養があったなら、彼もまた質量保存の法則を発表したと、わたしは確信している。

パチョーリと共同作業をしていた間に、レオナルド自身も数学と幾何学の研究に没頭した。レオナルドは微積分学の核となるアイディアをもてあそんだ。「空間は連続体であり、連続体は何であれ、無限に分けることができる」。方程式そのものを考え出したわけではないものの、それでも、印象深い。微積分の発見が物理学と数学の発展にどれほど重要な役割を果したか、どんなに強調しても、し足りないほどなのだ。

どうして空は青いの?

子供がする微笑ましい質問の一つに、「どうして空は青いの?」というのがある。

一見、単純ななぞなぞのように見えるが、この問いに対する正しい答えを見つけようと、物理学者は奮闘してきた。一九世紀末にレーリー卿がそれは大気中の原子や分子で太陽光が散乱するためだと説明するまで、満足のいく答えを出した科学者は一人もいなかった。レーリーは一九〇四年にこの仕事でノーベル物理学賞を受けている。数十年後、アルベルト・アインシュタインが、一九〇五年に考案した特殊相対性理論から導いた方程式を用いてレーリーの仕事を発展させ、なぜ空が青いのか、決定的な説明を考案した。

しかし孤独なレオナルドは、持ち前の強力な観察力と演繹的推理だけを武器に、同じ結論に達していた。

我々が大気中に見る青さは大気自体の色ではなく、微細な感知できない原子となって蒸発した温かい蒸気によって引き起こされたものであり、その蒸気の上に太陽光が当たって、蒸気を含み、蒸気を越えて広がる灼熱の天球の無限の暗さを背に、輝かせるのだ。

大気に関連した事柄へのレオナルドの果敢な取り組みは、雲の性質に関する観察ともども、彼を史上初の気象学者という称号を受けるにふさわしい人物とする。

レオナルドは、太陽と月は完全球形だと教えたプラトンやアリストテレスの古典的な考え方にも挑戦した。演繹的推論だけを使って、彼は月面の染みのようなものは表面の山脈や谷によるものであり、したがって月は完全球形ではありえないと結論づけた。

再び、彼は鋭い観察眼を用いて、新月の時、月の隠された部分が銀のような光沢を帯びて地球上の観測者にかすかに見えるのは、太陽光が地球の海や山の冠雪に反射して、宇宙空間を背景に月の暗くなった部分を照らすからだと、正しく推測している。演繹的推論を用い、科学的な装置の助けを一切借りずに、レオナルドは、満月のときに月の表面から反射する太陽光は夜間に外出できるほどであり、それでいて、地球のような地形が見分けられることに気づいた。ケプラーの師であるミヒャエル・メストリンが百年後に全く同じ説明をしている。

科学史家が指摘しているように彼には代数の知識はなかったが、幾何を探求し、地図製作に魅せられていたため、当時としては最も印象的で正確な地図のいくつかを作成することができた。

著述家のフリッチョフ・カプラが天才的な数学者であるアンリ・ポアンカレの物語のあらましを書いている。トポロジーと名づけた幾何学体系に関する複雑な原理を、二十世紀への変わり目に発見した人物である。それより前の十七世紀にゴットフリート・ヴィルヘルム・フォン・ライプニッツがそれらの幾何学的概念をまとめようとしたが、未完のまま終わっていた。

その後十九世紀になって数学的な識見や重要な追加事項が爆発的に増え、計算に役立つ付帯情報をポアンカレに与えることとなる。ポアンカレは地図製作に微妙な影響を与えることのできる繊細な幾何学的挿入物を用いた。

しかしながら、カプラの指摘によれば、ルネサンス期にレオナルドが「ヴァル・ディ・キアーナの地図」(巻頭図15参照)に用いた手描きの作図技法が、ポアンカレの方程式に略述された方法に似ているという。レオナルドが成し遂げた驚くべき偉業は、五百年近くも後にならなければ再び見られることはなかったのだ。ヴァル・ディ・キアーナの水流を詳細に描いた地図で、彼は地図を歪めて、地図の中心部に見られる顕著な特徴を目立たせながら、一方で周辺部を巧妙かつ革新的な方法で縮めている。歪めたことによって、写実的でありながらも読みやすくなるという効果が生まれている。ポアンカレは、レオナルドが五百年も前にトポロジーの原理を図で表していたことは知らなかった。

カプラは、レオナルドが高度な代数にあまりなじみがなかったにもかかわらず、土木技師および画家として日常的に一種の脳内代数を用いて、てこの支点やレバー、滑車のための比率や荷重を計算していたことも指摘している。これは現代物理学で静力学と呼ばれる分野である。レオナルドはレバーの腕の長さ、支点の位置、重りの量と正確な距離を、比率に対する特別に磨き抜かれた芸術家の感性で的確に推測した。これは別に驚くほどのことではない。彼は絵を描くことを科学と見なしており、物体の正しい比率に関する計算を活用して、それらを忠実に描いた。

レオナルドは代数と三角法に全くなじみがなかったわけではない。軍事の専門家として、そうした複雑な形の高等数学の記号を使わなくても、大砲や迫撃砲の砲弾の軌道を計算できたのだ。

彼の水の研究は、カオス理論（後に複雑性理論と改称）と呼ばれる物理学の一部門を先取りしていた。スイスの数学者レオンハルト・オイラーが、一七五五年に初めて乱流を数学的に表現しようとした。次に水の渦巻きとその乱流を系統立てて研究した物理学者はヘルマン・ヘルムホルツだった。

レオナルドの最初の観察の三百五十年後のことである。流体力学が複雑性理論の素地となっている。しかし、科学の教科書がこの重要な現代の学問分野におけるレオナルドの優位性に触れることはめったにない。

流体力学に対するレオナルドの関心と水の流れ方の徹底的な研究が、物理学とその下位分野である光学に関する彼の最も目覚ましい発見の一つに導いた。彼は池の静止した水面に穀粒や麦藁《むぎわら》の小片をばらまいて、波の動きを研究した。次に小石を投げ込んで水面を乱し、観察した。彼が起こした波は衝撃地点から遠ざかるにつれて小さくなったが、穀粒や麦藁は同じ場所で上下していた。こうして彼は、波は水という媒介物を介して動いて行くが、水の分子（粒）の移動は引き起こさないという結論に達することができた。これは波動説の基礎となる重要な観察だった。次に彼は水の波の研究から類推して、目に見えない音波も同じようにして空中を伝わると述べた。次のように書いている。

水中に投じられた石がさまざまな円の中心となり原因となるように、音も空中に円を広げる。このように光のなかに置かれたあらゆる物体は円周状に広がり、周囲の空間を自分自身に似たもので無限に満たし、あらゆる部分がそっくりそのままの姿で現れる。

光は一瞬で伝わるとほぼ誰もが信じていた時代、彼は大胆にも光の考察に挑み、光も時間と空間のなかを同じようにして伝わるという結論に達した。

その二百年後、ニュートンが、光は光の小片からできていて、各小片の間には暗闇があるという説を提示し、その小片を「corpuscle　微粒子」と呼んだ。『プリンキピア』出版後に物理学者として押しも押されもせぬ地位を獲得していたニュートンの説とあって、光の性質に関するこの見解は広く科学界に受け入れられた、

しかしその二百年前にレオナルドは光の性質について全く異なる結論に達していたのだ。一六九〇年、オランダの数学者クリスティアーン・ホイヘンスが光に関する論文を発表し、雷が落ちたような衝撃を科学界に与える。ホイヘンスは、光は微粒子のような性質を持つという、当時支配的だった考え方を引っくり返した。光は波のようなものだというこの大胆な説で、ホイヘンスは科学史に名誉ある位置を占めることとなった。ホイヘンスは光が空間を波のように移動することを証明したものの、彼の記述は不完全だった。二つの波が交わるとどうなるかが書かれていない。横波が起こるのだが、レオナルドはこの現象を記述していた。

一六九七年、デンマークの天文学者オラウス・レーマーが、光が有限の速度で空間内を移動することを発見した。ホイヘンスの論文からあまり間を置かずに発表されたこの発見が、科学界で長年信じられてきたもう一つの説を覆した。光は光源から発した瞬間に目的地に到達するため、特定の速度は持たないというのが、それまでの通説だった。レーマーの計算は、光が一定の距離を移動するにはある量の時間がかかることをはっきり示していた。

一八〇三年、トマス・ヤングが光の波動説に関する論文を発表した。そのなかでヤングはレオナルドがしたように水の波から光の波を推測し、レオナルドと同じような一連の実験をして、光が時間と空間のなかを波として伝わることを疑いの余地なく立証した。科学史家はホイヘンス、レーマー、トマスが、光の波動説を実験で最終的に立証したとしている。

想像してみてほしい。十五世紀の天才がすでに、光は波の形で空間を移動し、さらに、有限の速度で伝わり、ほかの波と交わると横波を生じると述べていたのだ。研究者の社会がこのことに気づいていたら、科学はいまよりどれほど速く進歩していたことだろう。

天文学への言及

レオナルドは天体の運行にも強い関心を持っていた。古代の天文学を徹底的に拒否し、「馬鹿者どもから生活の糧を得る手段（どうかお許しを）に使われるあの人をだますような説」と呼んだ。彼の態度はその当時としてはとんでもなく反体制的なものだった。特定の日に世俗的な冒険をすることが良いことか無謀なことかを星々の位置が決めると、真面目に信じられていた時代だったのだ。

レオナルドは、地球が球体で、同時代の人の大部分が想像しているように平らなテーブル面のようなものではないことを理解していた。彼の手稿の一つには、「太陽は動かない」という記述がある。地球ではなく太陽が太陽系の中心であると知っていたことを強く伺わせる。宇宙におけるわたしたちの位置についてはさらに壮大な構図を思い描き、「地球は宇宙のなかではほんの小さなシミに過ぎない」と断言している。

レオナルドの関心は地球の年齢にまで及んだ。聖書の信奉者たちが示している四千年より、はるかに古いだろうと推測した。フランスの博物学者ビュフォン伯爵ジョルジュ＝ルイ・ルクレールが一七七八年に、地球は七万四八三二歳と推定されると書いている。若い頃に彼の影響を受けたスコットランド人のチャールズ・ライエルは、一八三〇年に『地質学原理』（河内洋祐訳、朝倉書店、二〇〇六年）を出版した。ライエルの計算によれば地質学的過程ははるかに古く、地球は進化の途上にある。

若きチャールズ・ダーウィンはこの本を、いまではすっかり有名になっている英国軍艦ビーグル号の航海に持って行った。航海中に彼は自然選択に関する壮大な着想を得て、一八五九年出版の『種の起原』でかなり詳細に述べた。ライエルがこの若き博物学者に、着想の理論化に欠けていた一片を与えたのだった。ダーウィンの説が信憑性を持つには、地球の年齢がはるかな過去まで遡ることが必要だった。そうでないと、種が環境の変化に適応して全く新しい門や種に進化するほどの長い時間が取れない。

しかしレオナルドもまた、さまざまな種が、地球自体のように、進行中の過程の産物であることを推測していた。彼はその後四百年間持ちこたえる考え方——地球は不変であり、全能の創造主が植物や動物のあらゆる種をわずか数日で地上に惜しみなく与えたもうた——を拒否したのだ。

生命の最大の特徴は、環境の変化によって引き起こされる体内の不均衡を正す仕組みを持っていることである。

この自己調節の仕組みはホメオスタシスと呼ばれる。あらゆる器官の酵素系が適切に働いている状態だ。一九七〇年代、NASAと仕事をしていた独立科学者のジェイムズ・ラヴロックが変わった考え方を発表した。海、山、大気、それに地球上のあらゆる生き物は地球全体からなる超生命体の一部だというのだ。彼がこの仮説にたどりついたのは、大気中の気体組成、地球の温度、海水塩分濃度の恒常性を維持しているマクロシステムと、顕微鏡的な単細胞生物が用いているホメオスタシスの仕組みがきわめてよく似ていることに気づいたからだった。ラヴロックの大胆な結論によると、「地球は一つの巨大な自律生命体である」となる。リン・マーギュリスの支援を得て、彼はこのアイディアを、神話に出てくるあらゆる神と生き物の母に因んでガイア理論と名づけた。当時としては過激な考え方で、多くの学者から相手にされず、スティーヴン・ジェイ・グールドやリチャード・ドーキンスのような著名人からは攻撃された。しかしながら、発表以来、ガイア理論は多くの実験でその予言的な価値が証明されており、いまではまっとうな科学と見なされている。

レオナルドはラヴロックと同じような結論に達していた。地球を一個のきわめて大きな生命体と捉え、森や川、動物、山、大洋はそれぞれが地球全体の健全さに寄与していると考えた。ラヴロックに五百年も先行していたのだ。その間、重要な思想家や哲学者、科学者で、似たような全体論的な見方をした者は一人もいなかった。

第12章

レオナルド／発明

もし彼らが、わたしを発明家だと言ってさげすむのなら、何も発明せずに他人の作品を吹聴したり復唱したりしている彼らは、どれほど多くの批判を受けることだろう。

——レオナルド・ダ・ヴィンチ

手稿にある洞察や発明の非常に多くが、その後の三百年間の発展や発見を前もって示している。それらをレオナルドと同時代の人々が利用できたなら、科学技術の進歩は著しく加速されただろう。

——ビューレント・アータレイ

死せる達人「レオナルド」は生きており、我々に、わたしに、仲介者なしに直接語りかける。今更のように、彼の偉大さが実感される。これほど異なり、これほど遠く離れ、階級や人種、言語、それに何よりも時間によって隔てられているわたしが、この偉大な創作者とじかに心を通わせているのだ。

——ドナルド・サスーン

レオナルドの発明は、ルネサンス期の住人たちにはそのありがたみもわからなければ理解もできない未来を先取りしていた。ヴェロッキオの工房の徒弟として、レオナルドはレンズをぴかぴかに磨き上げる方法を学んだ。日光を集めて、金属を溶接したり焼きなましたりするのに必要な熱を発生させるためである。しかし彼は、凹面レンズを使って光を中央の焦点に集めると、非常に大きく拡大された像を送り出す効果があることも発見した。次のように書いている。

惑星の性質を観察するには、屋根を開いて、一つの惑星の像が凹面鏡の底に映るようにする。底から反射した惑星の像は、惑星の表面を大きく拡大して見せてくれるだろう。

反射望遠鏡は大きくて扱いにくい装置である。手で持てるサイズの扱いやすい望遠鏡を最初に考案したのが誰かをめぐっては、科学史家の間でいまも議論がくすぶっている。両端にレンズを嵌《は》めたこの簡単な筒の導入で、遠くの物体がずっと近くに見えるようになった。歴史上大きな変革をもたらした発明の一つと考えられており、戦闘や商業、天文学、航海術などへの幅広い影響は、どれほど強調しても、し足りない。発明者の栄誉は一般にオランダの眼鏡製作者ハンス・リッパーシェイのものと見なされており、彼は一六〇八年に自作の装置で特許を申請した。また、リッパーシェイに先行したとして、数人の北ヨーロッパ人の名前が挙がっている。

けれども、レオナルドと望遠鏡の発明を結びつける興味深い手がかりがある。ある個所に「月を拡大して見るための眼鏡を作ること」というメモがあるのだ。彼のノートには、光線が物体とどう相互作用するか、光がないとどのように半影や影ができるかを示す詳細なスケッチがたくさんある。こうしたテーマに関心があったことから、彼は現代の光度計の原型というべきものを発明する。光の強さを測る装置だ（ロベルト・ヴィルヘルム・ブンゼンが一八四四年に再発明するまで、再び見られることはなかった）。彼は光の強さを調節できる卓上ランプまで考案した。目の角膜の歪みを矯正するコンタクトレンズの可能性を示唆しているが、これは五百年も時代を先取りしていた。彼がスケッチした光の強度を記録する装置は、アメリカ人のベンジャミン・トンプソンが三世紀後に開発するものとほとんど同じだった。

レオナルドは最初のカメラを考案し、その原理を、自ら考案した暗箱を用いて詳しく記述した。各壁面に磨き上げた鏡のある八角形の部屋を考案した。この部屋の中央に座ると、少し斜めから見た四分の三の横顔が見える。正面を少し外した有名な赤いチョークの老賢者のスケッチは自画像で、この八角形の部屋に座って描いたものだと美術史家は推測している。

最初の科学者は、ガリレオか、レオナルドか？

前にも述べたように、大半の科学史家はガリレオを最初の真の科学者としている。ガリレオが裸眼で太陽を見つめたせいで視力を失ったのは究極の皮肉と言える。自分の苦境について、ガリレオは次のように思いをめぐらせている。

わたしが千倍にも広げたこの宇宙が……いまは狭いこの体にまで縮んでしまった。神がそうお望みなら、わたしもそれでよしとしなければなるまい。


もし彼が百年前のレオナルドの忠告、厚い紙に開けた針穴越しに太陽を見るようにという忠告を読んでさえいたら、「最初の科学者」が失明に苦しむことはなかっただろう。

レオナルドは田園地帯を散策しながら、動力源として役立つ風車を想像した。オランダ人が絵のように美しく、かつ効率的な風車を考案する五十年前のことである。

彼は目に見えない酸素の働きを推測した。

「炎が存続できないところでは、息をする動物はどれも生きられない」

レオナルドは最初の二重船体の輸送船をデザインした。結局、造られることはなかったが、二十世紀にはこれがオイルタンカーの標準仕様となっている。

彼はハサミのようなありふれたものから折り畳み家具まで、ありとあらゆる物を発明し、土木工学と都市計画に大きく貢献した。造園や庭園設計にまで関心を向け、ヨーロッパにおける最も見事で革新的な庭園のいくつかを創り出した。

普通なら、武器の発明と繊細な楽器の改良とは両立しない。しかし、この複雑な人物の場合、矛盾に満ちた性格の特徴の一つが、頭の切り替えの素早さだった。若いレオナルドは武器の設計から楽器の磨き上げへと、やすやすと気持ちを切り替えることができたのだ。イタリアの都市国家はほぼいつも互いに戦争状態にあったから、熟練の兵器設計者として自分を売り込もうとする若い男性は、スポンサーとなってくれそうな相手から重宝がられたことだろう。

多岐にわたる軍事的発明

軍事にかかわる発明の背後にある恐ろしい目的を脇に置き、純粋にその革新性を考えると、彼の天分の別の側面が見えてくる。レオナルドは火炎放射器、機関銃、最初の元込め銃、砲身中ぐり装置、最初の蒸気機関砲、数人がかりで操作する巨大なクロスボウを考案した。カタパルト（石などを投擲し城などの建築物や敵陣に射出攻撃する兵器のこと）や迫撃砲を改良し、高い壁を急襲するための縄梯子を考案した。彼のスケッチには史上初の戦車も見える。

銃の小型化を可能にする車輪式引き金点火装置を彼が発明したという証拠が、かなり集まっている。レオナルドが考案した車輪式引き金は、射手が引き金を引いたときに火打石でできた小さな車輪（ばねの仕組みを使ってあらかじめきつく巻いておく）を回転させる。回転する火打石が、車輪の反対側に固定されたやはり火打石でできた柱を打ち、火薬を入れたずっと小さな皿に火花のシャワーを送り込む。無駄のないシステムであるため、銃を小型化することができ、片手で持って発射することができるようになった。つまりピストルである。

このように軍事方面のレオナルドの発明は、小さなものから壮大なものまで多岐にわたっていた。小型化したピストルの設計から防御や攻撃の計画策定までこなし、そこには、川の流れを本来の川床から方向転換させて敵の都市国家から命を支える水を奪うという計画も含まれていた。晩年、ボルジア家に仕えることをやめた後、彼は武器の設計に興味を失くす。たとえば、潜水艦を考案していたのだが、戦争に使われるという確信があったため、設計図の在りかが知られないようにした。[*1]

優れた音楽家でもあったレオナルドは多くの新しい楽器を設計した。

スポンサーになってくれそうな相手にとって、作曲して歌って、振り付けができて楽器の演奏もできるという彼の器用さは、雇って損はない人材と思わせるに十分だった。スフォルツァ公が最初にレオナルドを雇ったのは、彼の音楽的な才能が主な理由だった。レオナルドは当時最も人気のあった楽器、ピアノフォルテを改良した。ただ、彼がバイオリンの前身にあたるものを発明したのかどうかは、レオナルドに関する文献ではまだ意見が分かれている。

手稿から、彼が楽譜の読み方や書き方を知っていたことがわかっている。楽譜を自由自在に書けることを実演して見せるように、ある個所で彼は音符の代わりに何と判じ絵（言葉を表す像）を使っている！

＊1：調査研究の結果、レオナルド・ダ・ヴィンチが発明に一連の欠陥を故意に挿入したことがわかった。軍事に使われることを防ぐためだろう。「失敗するようにデザインされたダ・ヴィンチ

の兵器」トム・レオナルド、『The Age』二〇〇二年十二月十四日

尽きない好奇心と発明のアイディア

常に科学者だったレオナルドは、音楽への興味から、やがて音が時間と空間のなかをどのように伝わるのかを研究するようになる。人間の喉頭と声帯を解剖して詳しく調べたことから、人間の発話と歌声の発生源を知った。耳の解剖構造に注意を向けたことは、わたしたちがどのようにして音を聞くのかにも興味を持っていたことを示している。

飛行に魅せられ、パラシュートやグライダー、ヘリコプターを発明した。現代のヘリコプターを考案したロシア生まれの発明家イゴール・シコルスキーは、レオナルドに借りがあることを認めている。レオナルドは五百年も前に飛行の原理を発見し、最初のプロペラのスケッチを描き、最初のヘリコプターを概念化した。

レオナルドの手稿のページには自転車やばね仕掛けの自動車も見つかる。現代の自動車の駆動系に欠かせない部品となる自在継手《じざいつぎて》を発明し、また、摩擦を減らしスピードと回転の容易さを増すためのボール・ベアリングを思いついた。これによって、陸上車は進み続けることができる。英国人のフィリップ・ヴォーガンが一九七一年にボール・ベアリングの発明で初めて特許を取得した。三百五十年近く後のことである。

レオナルドは大幅に改良された舟橋《しゅうきょう》、折り畳める橋、旋回橋を設計した。彼の最も野心的なプロジェクトはボスポラス海峡を跨ぐ橋で、オスマン帝国のために設計したものだった。レオナルドが若い頃、フィレンツェとトルコは仲が良かったのだ。スルタンへの手紙にレオナルドはこう書いている。「閣下がガラタからコンスタンチノープルまで橋を架けたいと思いながら、熟練した親方（建築士）がいないためにいまだ建設できていないとお聞きしました」。レオナルドは下を帆船が通過できるような橋を造ることを提案する。橋は水面からの高さが二三〇メートルになるはずだった。この大きさは明らかに突飛だった。当時このタイプの橋で最大なのはアッダ川に架かる橋で、一三七〇年から一三七七年にかけて造られ、全長七〇メートル、高さ二〇メートルだった。五百年後、ノルウェー人たちがレオナルドのデザインを使って、彼の設計明細書に沿う橋を建設した。

レオナルドは水中へ、あるいは水中を、あるいは水上を移動することにもかなり注意を向けた。水面下泳ぐ人の成績と安全性を向上させる救命具や水かきのある手袋、シュノーケルを考案した。水面下での活動には、ダイビング・スーツと、それと一緒に着用するマスクをデザインした（潜水艦のほかに）。外輪船のデザインを大幅に改良し、最初のウォーターロックを発明した。現代の河川航行におけるその重要性はどんなに強調しても、し足りない。

水力学に関連したレオナルドの発明の数々がもし当時知られていたなら、この分野は大きく変わっていたことだろう。彼は大幅に改良された水車と井戸ポンプを設計した。彼の機械装置のスケッチほど、機械とその部品を美しく描写した美術作品はない。彼の発明品のなかには、紡績機、足踏み式旋盤、ファイル作成機、機械で動くノコギリ、垂直および水平金属穿孔機、石切り機、ロープをより合わせる巧妙な装置などがある。金属ネジや、プレハブ建築物のもとになる概念も考えた。

彼はさまざまな材料の引っ張り強度を測定し、滑車の新奇なデザインや、革新的な二輪式巻き揚げ機を編み出した。最初の鋳物工場らしき建物の描写や、改良されたクレーンのデザインも見受けられる。彼は同時代の人々の誰よりも機械の潜在力を理解しており、機械装置の考案で人間の負担をどれほど楽にできるか、絶えず探っていた。技術工学における多くの偉業を見ると、レオナルドが機械による産業革命に三百五十年も先んじていたことがわかる。

彼はスポンサーになってくれそうな人の気を引くため、コンピュータのようなプログラムで動くロボットを作った。フランス王がミラノを訪れた際、レオナルドは機械仕掛けのライオンが通路を歩いて行って王に近づき、止まるようにプログラムした。ライオンが止まると、その胸が開いて白百合の紋章がこぼれ落ちた。ライオンも白百合もフランス王家の象徴である。現代のロボット専門家であるマーク・エリング・ロスハイムは、レオナルドのライオンこそが真の意味で最初のロボットであると結論づけている。

自分の科学的な試みに役立つよう、レオナルドは多くの測定装置を考案した。

掛け時計の設計を大幅に改良し、水の流れを測定する計測器や、風速を測る風速計を考案した。

現代の湿度計は一七八三年にスイスのオラス＝ベネディクト・ド・ソシュールが発明したものだが、

レオナルドは数世紀も前にすでに実用模型を作っていた。

一方、レオナルドが生涯で直面しなければならなかった多くの失望のなかに、彼の野心的な建築プランが一つも実現しなかったことがある。彼の手稿の至る所に斬新なアイディアを含んだ建物のスケッチがあるが、わたしたちの知る限りそのアイディアのどれ一つとして、生前に実現することはなかった。

人体は地球のなかの小宇宙

レオナルドによる並外れて詳細な解剖図が残っているため、彼が生理学や解剖学、比較解剖学の分野に貢献したことは大変よく知られている。徹底的な研究の結果、レオナルドは多くの画期的な発見をしたうえ、これまで誰もなし得なかったほど美しく人体内部を描写した作品を後世の人々に残した。

人体をもっと正確に描きたいという欲求が、すべてがどのように統合されているのか研究したいという気持ちを強めた。ライバルであるミケランジェロの表現方法を酷評して、彼の描く筋肉は「胡桃《くるみ》を入れたズダ袋」のようだと書いている。同時代のこのもう一人の巨人は人体を十分に研究しておらず、その結果、人物像の筋肉の表現が誇張した不正確なものになっているとレオナルドは感じたのだ。

レオナルドは、人間の心臓には二つの室があるという誤った考えを正した。四つの室があることを解剖で明らかにし、それらを順序よく記述して、内部の様子や相互の関係を述べている。一六二八年にウィリアム・ハーヴェイが発見した人体の血液循環の秘密に、驚くほど近くまで迫っていた。ハーヴェイもレオナルドと同じように心臓がポンプであることは理解していたが、顕微鏡がなかったため（まだ発明されていなかった）、二人とも血液循環を明確に概念化することができなかった。導管として働く毛細血管は肉眼で見るには細すぎたため、動脈血がどのようにして静脈側に移動しているのか、二人とも説明できなかったのだ。

レオナルドは、人体が地球のなかの小宇宙であるという考えに魅了され、血液は連続した環を描いて循環しているというより、干満を繰り返しているのだと誤って信じていた。それでもなお、心臓や冠動脈、心臓弁、大動脈、主要な動脈、静脈弁の記述は真に画期的なものだった。自分で描いた足の一〇枚のスケッチを重ねて、神経や動脈、骨、筋肉、リンパ節の関係がよくわかる図解スケッチを作成することも考えた。

「透明な足という形式の十一枚目のスケッチを作れば、前記のすべてを見ることができるかもしれない」

レオナルドの神経科学分野への貢献は、史上初の神経解剖学者と言ってもいいほどの大きなものだった。彼が初めて脳室を詳細に記述し、初めて、視神経が交差して反対側の大脳半球に向かっていることを確認した。いまは視神経交叉と呼ばれている現象である。彼は神経インパルスが神経に沿って波として伝わるという仮説を立てた。こうした波の伝わり方については間違っていたわけだが、基本的な前提は正しかった。眼科学への興味から、目のレンズがどのようにして、わたしたちが見る像を網膜上に上下逆に反転させるのかを正しく突きとめた。

目の働きについて考えているうちにすっかり驚異の念に打たれた彼は、次のような熱のこもった文章を残している。

魂の窓である目は、知性が、自然の尽きない作品の最も完璧で素晴らしい眺めを得ることができる主要な器官である。

目が全世界の美を抱擁するのが、君にはわからないのか？……それは人間のあらゆるわざに助言を与え、正す……それは数学の貴公子であり、その上に築かれた科学は絶対に確実である。それは星々までの距離とその大きさを測ってきた。元素とそれがある場所を発見してきた……それは建築を生み、遠近法と絵画という素晴らしい芸術を生んできた。

おお、素晴らしきものよ、神の創りたもうたあらゆるものにまさるものよ！　おまえの能力にはどんな称賛の言葉が正当か？　どんな人、どんな舌がおまえの働きを残らず述べられるだろうか？　目は人体の窓であり、それを通じて、人は己の状態を感知し、世界の美を楽しむ。目があるから、魂は肉体という牢獄に甘んじて留まる。目がなければ、こうして肉体に閉じ込められることは拷問だ。

おお、驚くべき、おお、途方もなき必需品よ、おまえは最高の判断力でもって、あらゆる効果

をその原因の直接の結果とせずにはおかない。そして最高の取り消しできない法則によって、あらゆる自然作用は可能な限り短いプロセスでおまえに従う。これほど小さな空間が宇宙のあらゆる像を含むことができると、誰が信じよう。

植物学もまた、レオナルドが達人として君臨した分野だった。絵のなかの草花や木のさまざまな種を正確に表現したいという想いから、彼は植物界の多様性を研究し始めた。植物や花の不思議の解明を切望する熱い思いが、彼を植物の生理に関する重要な発見に導く。彼は、樹皮のすぐ下にある形成層が植物にとって最も重要な部分であることに気づいた最初の植物学者だった。木の樹液が、どのようにして動物の血液と同じ循環機能を果たし、栄養素と排泄機能を果たす水分を運んでいるかも記述している。葉序という現象も詳しく描写している。葉が植物の茎にどのように配置されるかについての複雑な理論である。年輪を数えることで樹木の年齢を推定できると気づいたとき、彼は独力で年輪年代学という分野を創設したのだった。年輪の変動を比較することによって、それぞれの年輪が特定の年の気温や天候に関する情報を含んでいることさえ、正しく推測していた。

レオナルドは人間の命の始まりも探求した。

死後まもない妊婦の子宮を解剖して、子宮内の胎児の姿勢を丹念に描いた。臍帯《さいたい》が胎児の栄養の供給源であることを突きとめ、当時広く信じられていた考えに逆らって、「母親の種子は胚に対して父親の種子と等しい力を持つ」と述べた（極度の父権社会に生きていた人間にとって、これは寛容すぎるほど平等主義者的結論だった）。発生学への興味から、ほかの妊娠した動物の死体も解剖して、胎児の発育速度を記録した。彼の研究は、彼を史上初の胎生学者と見なすに十分なものである。

レオナルドは動脈硬化症を初めて診断した人物でもある。

彼は病床の老人に付き添い、老人が彼の目の前で静かに死を迎えると、ただちに、（記録に残る最初の現代的な）検死解剖を行った。そして大動脈がプラーク（血管壁に見られる病変の塊）で塞がっていることに気づき、動脈内径の狭窄《きょうさく》による二次的な血流低下が直接の死因だと、彼は正しく推論した。この一例の検死と正しい診断が、彼に病理学の創始者としての資格をも与える。

ヒポクラテスをはじめとする古代ギリシャ・ローマ時代の医師は身体所見と関連づけた症状に基づいて診断を下していたとは言え、レオナルド以前に、実際に死亡直後の検死解剖を行って死因を決定した者が誰か一人でもいたかどうか疑わしい。

あるときレオナルドは、解剖学に関する本を百二十冊編集したと語っている。

アラゴンの枢機卿の秘書だったアントニオ・ド・ベアティスが、「レオナルド・ダ・ヴィンチが絵画への解剖のかかわりについて注目に値する著作を書いた。彼は骨、器官、筋肉、腱、静脈、関節、内臓など、一言で言うなら男性と女性両方の体を研究するのに必要なものすべてを記述したが、彼以前にこのようなことをした者はいない」と報告している。そして「我々自身がこの著作を見た」とつけ加えている。

解剖への関心から、レオナルドは人間と他の動物との類似点にも思いを馳せるようになる。熊の後肢を解剖し、筋肉や腱のつくりが人間のものと驚くほど似ていることに気づく。そして彼は人間よりも、ある動物に注意を集中した。馬である。馬の骨格と筋系の研究に最大の努力を傾けたのだ。これまでで最大の騎馬像をブロンズで作りたいという想いからであることは間違いない。この仕事の準備中に、彼は馬の詳細な解剖構造の研究を史上初めて行った。

ほかの高等動物と人間の解剖構造がよく似ているという彼の観察は、比較解剖学分野への史上初の進出となった。地球がきわめて古いことを彼が理解していたことも考え合わせると、もし彼が自分の所見を発表していたなら、ダーウィンの壮大な洞察まで三世紀以上も待たなければならなかった進化論の登場は、劇的に早まった可能性が高い。

こうした業績をすべて合わせると、それ以前も以後も世界が一度も見たことのない科学の天才の姿が浮かび上がる。レオナルドは未来のテクノロジーを何百年も先取りしていた。

彼は史上初の卓越した未来学者だったのだ。

第13章

感情／記憶

もしあらゆる生き物の体が絶えず死に、絶えず生まれ変わるなら、ただ一瞬しか刻めない芸術が、どうすれば「この上なく壮麗」なものになりうるだろう。

――レオナルド・ダ・ヴィンチ

後者の状態については、ゴールドシュタインの挙げた実例がある。そのなかで彼は、片方の手で自分の首を絞めようとし、もう片方の手でそれをやめさせようとした女性患者について述べている。死後の解剖で、この患者は脳梁の解離性腫瘍にかかっていたことがわかった。

――ジェイムズ・S・グロトスタイン

人間の本性には女性の本性と男性の本性があり、この二つには大きな違いがある……男と女の性的な本性が違うのは、人類の進化の歴史において非常に長い期間を占める狩猟採集時代の間ずっと、どちらかの性にとって順応できる性的欲求や性的傾向が、もう一方にとっては、繁殖に参加できない状態に直結するものだったからだ。

――ドナルド・サイモンズ

十七世紀末、数学者のブレーズ・パスカルが二つの異なる知的活動を記述した。一つ目を彼は「知識の突然の把握」と特徴づけた。一つの概念のあらゆる側面を同時に全面的に理解することにつながる知的活動である。

もう一つは、辛抱強い分析的な論理的思考で、段階を踏んで進行する。「心には心の理由があり、理性はそれについて何も知らない」と彼が書いたとき、感情的な右脳で起こるような種類の認識と、知性的な左脳で起こるような種類の認識を区別しているという意識はなかっただろう。それでも、パスカルは右脳と左脳の違いを認めた最初の科学者と言えよう。

右脳と左脳の共同作業

ここからは主に、右利きで左脳優位の人の脳の構成について論ずることにしよう。人口の八〜十二パーセントを占める左利きの人を無視するわけではない。ありふれたケースを使おうと思うまでのことだ。

右利きの人が左脳に損傷を受けた場合に起こる機能障害が甚大なため、大脳の左半球が優位脳として知られるようになった。この慣例に従い、左脳を優位半球と呼ぶことにする。

右利きの人の場合、支配権を持つ左半球に広範囲な脳卒中が起こると、発話や運動機能、抽象的思考などに壊滅的な機能障害が現れる。逆に右脳に重い卒中を起こすと、空間に関する問題を解いたり、顔を見分けたり、音楽を楽しんだりする能力が損なわれることがある。

脳の右側は年上の兄弟である。

子宮内で、人間の胎児の脳の右半球は、左側が発育を始めもしないうちから成熟への道をかなり進んでいる。年上で賢い右側は若い左側より、進化の初期の段階に端を発する欲求や衝動を熟知している。右脳はだいたいにおいて言葉に頼らず、動物に共通する初期の意思疎通様式に頼ることが多い。叫びや身振り、しかめ面、抱きしめ、吸いつき、接触、姿勢などの言語を理解する。右脳の感情状態は意志でほとんどコントロールできず、そわそわしたり、赤面したり、ニヤニヤ笑ったりして本当の感情を漏らしてしまう。

左脳以上に、右脳は実在を表す。任意のどんな瞬間にもわたしたちの存在状態を構成する、さまざまな感情のあの複雑な絡まり合いを表すのだ。

右脳は感情の組み合わせからなる感情状態を作り出す。あらゆる感情状態は非論理的なものである。感情状態はわたしたちに神を信じさせたり、微妙な冗談をわからせたりもすれば、熱烈な愛国心を体験させたり、誰かが美しいと思う絵に嫌悪感を抱かせたりもする。感情状態は、もっと最近になって進化した、言葉を操る脳の能力を圧倒する。感情状態を表す簡潔明瞭な用語はない。感情的な体験を具体的に説明するよう迫られると、人々は憤慨して同語反復に陥るのが常だ。「そうだからそうなの！」というように。

感情は主に、「大分水界」の右側にある。不安や恐怖、愛、憎しみ、羞恥、嫌悪、羨望、嫉妬、恍惚といった主要な感情はこちらにある。左側にあると確認されている感情は、幸福や楽しみ、上機嫌に関連した感情だけである。

感情状態は普通、直線状に順を追って進行することはなく、すべていちどきに体験される。ジョークの落ちが「わかる」と、どっと笑いがはじける。直観的な洞察は一瞬にしてひらめくのだ。アインシュタインは、時空の背後にあるアイディアがそんなふうに心に浮かんだと報告している。それはスイスのベルンにある特許事務所で自分のデスクについているときだったという。彼はその瞬間を、生涯最大の恍惚境と呼んでいる。

カンディンスキーは、抽象的なイメージが説明的なイメージに匹敵すると覚《さと》って衝撃を受けた。これは詩人のライナー・マリア・リルケが「明晰さの燃え上がり」と呼んだものの例である。一目惚れは、ダンテがベアトリーチェに出会ったときのように、一瞬のうちに起こる（彼女は八歳で、赤い服を着ていた）。宗教的な回心は、ダマスカスへの道中でパウロを圧倒したように、雷に打たれたような感覚を与える。

右脳は世界を具体的に把握する。顔の表情を「読む」際にも、言葉に翻訳しようとは一切しない。右半球は霊の領域へ至る入り口でもある。意識の変容状態を味わうが、そこには信仰も神秘も論理の法則も適用されない。

夢を見るという現象が主に右脳で起こることを示す十分な証拠がある。

分離脳手術を受けた人や、右脳に脳卒中を起こした人は、見る夢が鮮明でなくなったと報告している。スキャナーで見ると、他の睡眠相にあるときより、夢を見やすいと推測されているレム睡眠時に、右脳の活動が高まっている。夢を見るのが右半球であることを示すさらなる証拠として、分離脳手術を受け、脳に損傷を受けた患者――左脳で進行中のことだけを言葉で表現できる――が夢を見なくなったと報告していることがある。

イメージ認識は右脳の得意分野である。辻褄の合わない要素をまとめ上げると同時に、視界にある構成成分を統合することができる。右半球は一目でその場の情景をつかみ、全体論的なやり方で全体の意味を理解することができるのだ。部分と全体の関係を理解することができ、ほんのわずかな断片から全体像を作り上げることができる。右側はイメージをゲシュタルトとして（全体的に）吸収する。つまり一瞬ですべてを見る。人の名前は左脳から読み出されるのに対して、その人の肉体的な存在を認識するのは右脳である。

この右脳スキルの一つの実例が、他人の顔をやすやすと見分けられることである。古い友人の顔貌は、皺が寄ったり頭が薄くなったりして、大きく変わっているかもしれない。それでも、何十年かぶりに会った幼馴染みの顔はわかるものだ。顔を分析して、目、鼻、耳……と一つずつ取り上げて組み立てたわけではない。一瞬でわかるのだ。

夢とか何らかの感情、あるいは複雑な感情状態を言葉で表現する必要があるとき、人はメタファー（隠喩）と呼ばれる特殊な形態の話し言葉に頼る。左脳の言語機能に対する右脳のユニークな貢献である。

メタファーというのは、「上方」を意味するメタと「向う側に運ぶ」という意味のフェレインの二つのギリシャ語を結びつけた言葉である。メタファーは同時に把握された複数のレベルという意味を持つ。

わたしたちはメタファーに頼らなくても、客観的な世界を驚くほど正確に描写し、測定し、分類することができる。しかし、感情あるいは感情状態を伝えるにはメタファーが必要になる。心臓が「凍りついた」とか「鳥のように舞い上がる」というような表現は、右脳の具体的なイメージと左脳の抽象的な言葉の間の共同作用を表す。

メタファーは詩を生み、宗教の寓話や、知恵の詰まった民話には欠かせない。メタファーの仲間である直喩や比喩、寓意、ことわざ、喩え話などはどれも、一揃いの言葉を複数の方法で解釈することを可能にする。神話と夢はどちらもメタファーと密接な関係があり、主に脳の右側に宿る。右利きで左脳優位の患者が、左半球に広範囲の外傷を受けてほとんど話せなくなったにもかかわらず、外傷以前に知っていた詩を暗唱できた例が知られている。

メタファーとイメージの最も目覚ましい組み合わせが芸術である。

偉大な視覚芸術は、確かな存在感があり、論理には頼らないが支離滅裂ではない。芸術家はしばしば視覚的なメタファーを用いて、わたしたちをたとえば畏怖のような複雑な感情状態にさせる。メタファーを用いて表現するなら、芸術が「向う側へ、そして高いところへ」わたしたちを「運ぶ」とき、移動は全くない。それは突然の「量子跳躍」なのだ。それが起こるとき、わたしたちはなぜか、偉大な芸術を前にしているのだとわかる。

顔を見分けるのと同じ右半球領域が、肖像画の微妙な陰影の鑑賞を助けてくれる。視覚芸術の特性が右半球の能力に応答するだけではない。西洋芸術に最もよく見られるイメージは人の顔を表したものなのだ。芸術が右脳と関係が深いことを示すさらなる証拠として、神経科医のテオフィル・アラジュアニーヌが、広範囲の左脳卒中で失語症になった芸術家の興味深い例を紹介している。

彼の芸術活動には何の影響もなかった。それどころか、芸術的な理解が強まり、鋭くなったと強調さえした。彼のなかに失語症者と芸術家が共生していたように思われる。

メタファーのほかに、右脳はメッセージの調子も解読できる。左半球が話し言葉の内容を解読している間にその形式に注意深く耳を傾けることによって、右半球は抑揚やニュアンスを解釈して、隠れたメッセージを探り出す。また話し手の姿勢や顔の表情、身振りを評価する。無意識のうちに、瞳孔の大きさや手の震えを心にとめる。右側がどのようにして言葉に頼らない言語を解読するのかを説明することは不可能に近いので、ほとんどの人はこのスキルを「直観」と呼ぶ。

右脳の損傷、特に右の側頭葉の損傷は、左半側空間無視という障害を引き起こす。患者は自分の左側に気づかなくなる。女性は右側だけをおしゃれに着飾り、右側の髪だけを櫛でとかして、左側がどんなに汚かろうが気にしない。皿の右側に載っているものだけを食べる。男性は顔の左側を剃り残し、両性ともしばしば左袖には腕を通さない。あなたが彼らの右側に立っていれば話しかけてくるだろうが、部屋の左側にあるものは何もかも無視する。

左利きの人がめったに右半側空間無視にかからないのには、重要な意味があるようだ。また、右利きの人が左脳に卒中を起こした場合、同じような障害を体験することはない。半側空間無視はほぼ常に左側だけに起こる。右脳が侵されるからである。

右脳の主なもう一つの特性として、音楽を鑑賞する能力がある。

誰もがはっきり違いを説明できるわけではないだろうが、わたしたちがみな、音楽と騒音を区別できることは確かだ。音楽は、一度にすべてというやり方で右脳が情報を処理する能力のもう一つの例である。

第一次大戦中、ある医師は、優位にある左半球に持続性の外傷を負い、その結果、一語も話せなくなった多くの兵士を観察した。しかしながらこの兵士たちは、怪我をする前に知っていた数多くの歌を歌うことができた。ロシアの神経科医のアレクサンドル・ユリアが、左半球の重度の卒中によって話せなくなった後に最高傑作を創作した作曲家の症例を報告している。

ほかに左右の分割を示す注目すべき例として、フランスの作曲家モーリス・ラヴェルが挙げられる。彼は左半球に卒中を起こした後、話すことも書くことも、楽譜を読むこともできなくなった。それでも、卒中前に覚えた曲を記憶だけで歌ったりピアノで弾いたりできた。カール・オルフは有名なウィーン少年合唱団の指揮者だが、この脳機能の二分を直観的に理解していたらしい。読み書きを習ってしまった子供は合唱団に受け入れなかったという。

ドリーン・キムラは交連切開術患者を対象にした実験で、脳における音楽と発話の中枢の分離を実証した。結果には十分な説得力がある。実験では、分離脳手術で脳梁を切り離された患者に歌の録音を聴かせ、後で患者に何を聴いたか尋ねた。左脳は歌の歌詞を一本調子で繰り返すことができたが、メロディをハミングすることはできなかった。右脳はメロディをハミングできたが、歌詞を歌うことはできなかった。

会話中、何人もがいっせいにしゃべると、何を言っているのかわからない。ところが人の右脳は、七〇人編成のオーケストラの音に耳を傾け、それらを全体論的に聞くことができるのだ。

音楽の訓練を受けていない人の脳をMRIでスキャンすると、音楽を聴いているときに右の頭頂葉が他の領域よりも明るく輝く。ところが、もしこの人が聞き覚えだけで演奏できる音楽家だった場合、右頭頂葉と右前頭葉が活性化される。さらにこの人が楽譜——文書の一形態——を学んだことがある場合は、どちらの領域も輝き続けるが、左頭頂葉もかなりの活動を示す。

芸術は右脳に、科学は左脳に

発話と音楽が脳の両側にどれほど公平に振り分けられているかを示すもう一つの例が、韻律に関する研究所見に見られる。発話には二つの構成要素がある。一つは話す内容、もう一つは話し方である。抑揚、調子、強調はどれも、発話の解釈にかかわる重要な手がかりである。右脳でブローカ野の鏡像となる領域が、この決定的に重要な構成要素を発話に添加する働きをする。「どのように」言うかは、「何を」言うか以上に重要とまでは言えないにしても、ほとんど同じくらい重要な場合がある。それは言語に感情的な性格を添える。音楽は主として右半球に宿る機能である。詩人であり音楽家であるオルフェウスは、非支配的な右側に宮廷を持つ。

右脳は実在、イメージ、メタファー、音楽を全体論的な方式で処理する。

空間視覚的な文脈で最もよく機能し、部分を全体に関連づけつつ、各部分間の多様な関係を直観で捉える。右側は空間次元を理解して距離を判断するのが得意だ。車の運転やスキー、ダンスがその活動分野である。脳の右側は多数の決定因子、多数の感情、多数の意味、多数のイメージ、多数の音を融合させ、全体論的な状態に導く。

左脳の主な機能は右の機能の補完である。右側が実在という状態を扱うのに対し、左は主として動作指向性で、行動に関心がある。左脳はやる気という不可欠な作用を制御する。その代理人である右手は、液果を摘み、槍を投げ、道具を作る。わたしたちをホモ・ファベル、すなわち道具作りにした特性は、時間のなかに存在する一連の手順をきちんと配列する能力にかかっている。

左脳は独特の象徴化形式、つまり話し言葉を通して世界を知る。言語は動作指向性である。言葉こそ、動作状態の核心にほかならない。言葉を使って、わたしたちは世界を抽象化し、識別し、分析し、調査する。それをするための一揃いの道具が語彙である。

右脳が偉大な総監督なら、左脳は分析者であり、あらゆるものをその構成部品に還元する。

この重要な左脳の役割は、右脳の全体論的な認知とは対照的に、直線状の進行に依存する。抽象的思考はイメージに頼らずに情報を処理する能力であって、メタファーを用いる思考の対極にある。言葉がイメージに取って代わり、心はそうした話し言葉のユニットを使って、もっと複雑な概念を組み立てることができる。子供がレゴブロックを組み立てるように、心はイメージの代用品としての言葉をきちんと並べて、さまざまな概念を作る。そうした概念を使えば、自由、経済、運命などについて考えることができ、しかもそれらの言葉に対するイメージを呼び出す必要がない。言語だけを使って、心はそうした概念を並べ替え、問題を解くことができる。わたしたちが特定かつ具体的なものから一般的かつ抽象的なものへと跳躍できることが、芸術や論理、科学、哲学の創作を可能にしたのだ。

絵で考えることを越えて、その先へ進んだとき、人類は進化の次の段階へと跳躍した。初期の人類の喉頭から発せられる無意味な音素が、話し言葉となり、抽象的な思考の道具となった。やがて、それ自体は意味を持たないアルファベットの文字や表意文字を組み合わせたとき、人類は世界を表すための目に見える言葉を作った。その過程で、彼らは最初の抽象的な芸術形式を創作した。それが書き言葉である。

論理は全体論的ではない。論理は左脳の直線状につながった線路の上をカチャカチャと進む。論理の基礎である三段論法が、未来を予想する最も信頼のおける方法となった。それらは予知や洞察力や直観にほとんど取って代わった。論理の法則は科学や教育、ビジネス、軍事戦略の根幹をなす。行動、発話、抽象化に続く四番目の左半球独特の性質が、計算力である。

数を数える能力は空間視覚の右脳で始まったにもかかわらず、左脳には大きな数を並べ替える能力があったため、優れた計算能力を獲得できた。抽象的な発話と抽象的な計算能力の間には密接な関係がある。そのことは、文字を学ぶ時期と数えることを学ぶ時期が、子供の発育段階において同じ時期であることからも明らかだ。数字という言語においては、時間と順序が一番肝心である。その枠の外で算術を考えることは不可能だ。

左半球の革新的な特性である行動、発話、抽象化、数……これらはすべて線状である。工芸技術や論理、戦略、算術を発展させるために、心は過去、現在、未来という直線に沿って、戻ったり進んだりして動き回らなければならない。人類の生存と繁栄には、新しく拡大しつつある脳に、進化が場所を確保しておく必要があった。その場所で、初期の哺乳動物や霊長類の脳の全体論的な空間認識に頼ることなく、時間という概念をじっくり考えることができたのだ。右手で道具を作る能力は左脳から生まれ、一連の手順を順序よく記憶する能力に大きく依存する。利き手は四肢のなかでも特殊な存在で、順序を重んじる左半球の延長と言える。直線状の時間を認識することは、直線状の発話に不可欠な前提条件である。順序は数字という言語において最も重要な点であり、実際、一連の数字は数列となる。

左半球は、時間を認知するために進化によってデザインされた全く新しい感覚器官だ。時間を処理し、日にちの経過を追う。人間だけが「誕生日」を体験し、理解することさえできる。左半球は世界を客観化することもできる。自然の一部として存在するのではなく、一歩下がって、自然が

「向うに」あるのを見ることができるのだ。

また左半球は、わたしたちがあらゆるものを自分自身とは切り離されたものとして体験する場所でもある。わたしたちは木を、切り離された実体として見る。地面を一段掘り下げてみれば、すべての木が一つの巨大な有機体、つまり森の一部であることがわかるだろう。その有機体にとってそれぞれの木はアンテナに過ぎず、すべてが根系《こんけい》によってつながっているとわかるはずだ。森が日光の恵みを分配しようとするにつれ、一本の木に注入された放射性同位体が、はるか遠くの別の木に現れる。日なたの木は、わが身の幸運を日陰の木に分け与えようとするのだ。しかし、一本一本の木に注意を集中するわたしたちには、そんなことは何もわからない。左脳は個々の木だけを見て、森全体は見ない。

実在、メタファー、イメージ、音楽が、芸術の本質である。

行動、理性、抽象的思考、数が、科学の核心である。

芸術は主に右に、科学は主に左に宿る。こうした区別にもかかわらず、全歴史を通じてほんの一握りの人々は、この分裂に橋を架けることができたのである。しかし驚くべきことに、単に橋を架ける以上のことを成し遂げた人物がいる。この両方の分野を統合するという比類のない偉業を達成した人物が、史上一人だけいるのである。

第14章

空間と時間／時空

君が触れる川の水は、流れゆく水の最後の部分であり、流れ来る水の最初の部分である。時間のありようもこれと同じだ。

――レオナルド・ダ・ヴィンチ

感覚力があり、知覚力があり、考える我々の自我が、我々の世界像においてどこにも見当たらない理由は、わずかな言葉で簡単に示すことができる。それ自身が世界像だからである。それは全体と同一であり、したがって、その一部として含まれることはできない。

――エルヴィン・シュレーディンガー

すべての知識は経験とともに始まるが、必ずしもすべて経験から生じるわけではない。

――イマヌエル・カント

十八世紀に、哲学者のイマヌエル・カントが意識の構造について一連の先見性のある理論を提示した。現代の神経科学者がのちに彼の直観を裏づけることになろうとは、当時は知る由もなかったことだろう。カントの考え方が、レオナルドのユニークな脳構造がどのようにして彼の独創性を育んだのかを理解する枠組みを提供してくれる。

洞窟の寓話において、プラトンは人間を低い壁に鎖でつながれた囚人の一団に喩えた。彼らの上と背後では共同体のせわしない生活が進行している。大きな焚火《たきび》が、そうした活動の影を壁に投げかける。手枷足枷のせいで、囚人は振り向くことができず、壁の上で行われていることを見ることができない。こうして囚人たちは、そのちらちら揺れる影が現実の世界なのだと考えるようになる。

プラトンの有名な洞窟のメタファーを下敷きに、カントは現実を生きる人間も同じように、頭蓋骨の内側にある座席からしか世界を知ることができないように運命づけられていると述べた。

カントとレオナルド

わたしたちは五感という隙間から外を覗いて、「外界の現実」と呼ぶ何かを把握する。わたしたちは「内側」と「外側」を意識的に区別する。決して、外側にあるもの、彼が「物それ自体」と呼んだ実体を確実に知ることはできないという事実を、カントは嘆いた。

額の後ろに閉じ込められているにもかかわらず、外の世界を知ろうとして、わたしたち人間がかなり善戦してきたことは確かだ。それは言語を操る能力のおかげである。ＤＮＡの四つの塩基にも似た精神的な四つ一組の記号を使って、わたしたちは「外側」にあるもののわたしたちなりの版を心の内側から投影する。その四つの要素とは、物質、エネルギー、空間、時間である。

物質とエネルギーは、わたしたちが口に出すあらゆる文章の二つの中心特性である。物質とは、おおざっぱに言うと「物」である。エネルギーは、「動き」と言い換えることができる。

名詞（物質）と動詞（エネルギー）が、わたしたちの思考の骨格なのだ。空間と時間は文章の肉付けに欠かせない修飾語句で、起こる動きの方向を決める。空間はすべての動きが起こる舞台で、時間が物語の進行速度を設定する。話し言葉はわたしたちの舌から一語また一語と次々に出てくるので、時間はわたしたちが話すすべての言葉を一列に並べるのに欠かせない次元である。

レオナルドの物語におけるカントの役割は、現実を構成するこれら四つの概念がどこで生まれるかについての、彼の提言にある。

わたしたち人間は想像上の現実のどこかから出発しなければならないと認めたカントは、人間の意識に関する理論の拠り所を、アプリオリ（先験的）な前提と呼ぶものに求めた。アプリオリとは、ラテン語で「以前から」を意味する語句である。彼の提言によれば、わたしたちには生まれつき、二つの異なった次元の概念が備わっている。空間と時間である。空間と時間を分けておくことが、ホモ・サピエンスの繁栄の鍵だった。一部の動物は空間のなかで自分の場所を知る鋭敏な感覚を発達させ、この次元を介して移動できる（ツバメやコウモリ、サルを考えてみよう）が、時間という補足的な次元を理解できる動物はほとんどいない。

ノーベル賞受賞者である神経学者、エリック・カンデルの仕事を通して、ウミウシのようなきわめて原始的な生物がその未発達な神経系の内部に過去を保持できることが、いまではわかっている。「原記憶」というものの存在を示唆する発見である。過去の出来事を思い出すことができ、友と敵を見分けられるようになる動物はたくさんいるが、過去、現在、未来を繋いでいる線に沿ってやすやすと歩き回れる動物は一種類しかいない。それはわたしたち人間である。

わたしたちは生まれながらに体内に二つの超感覚器官を持っている。それらがあるおかげで、外界に向けられた五つの感覚器官からの情報を突き合わせて、空間における自分の位置と時間を知ることができるのだ。わたしの見るところ、レオナルドはこの二つの座標の感じ方が普通とは違っており、それが彼の非凡な創造力に寄与したのではないだろうか。

カントの直観、左右の大脳半球がそれぞれに専門分野を持つこと、レオナルドの創造力、これらはすべてつながっている。わたしたちは空間の三つのベクトル内を巧みに移動できる能力を持って生まれた。多くの動物と共有している偉業である。しかしわたしたちは時間の三つの持続期間を想像することもできる。人間だけが持つこの能力は、「自然選択」がわたしたちの脳を二つに分けたときに起こった何かに由来する。

分けられた脳は、「空間」というX軸と「時間」というY軸を創造した。

人間は「現実」世界をこのグラフ上に描き出す。「自然選択」は、人間の脳が空間と時間を二つのはっきりと分離した領域として認識するようにデザインした。その分離が、資源をめぐる生存競争での大きな強みを、わたしたちに与えた。

特殊相対性理論の誕生

一九〇五年、アルベルト・アインシュタインが、ニュートン以来物理学者を悩ませてきた問題を解き、空間と時間に関する論争に新しい妙案をもたらした。ニュートンは、重力に関する壮大な理論を展開したとき、空間内で隔てられている二つの物体が引き合う力の性質をどう説明したらいいかわからず、途方に暮れた。問題を解決するため、彼は宇宙には透明なゼラチンのような物質が充満していると想像した。彼はこれを発光するエーテル（場を満たす気薄な物質）と呼んだ。彼の名声があまりにも高く、また、間に何もないのに空間内の二つのビリヤードボールが互いに引き合うというのは馬鹿げた考えに思われたため、ニュートンの仮説は反対らしい反対もなく受け入れられた。

若きアルベルトはドイツの一流誌である『物理学月報』に論文を発表した。やがてこれがアインシュタインの特殊相対性理論として広く知られるようになる。クモが這うように何ページにも広がる方程式で、彼は光が空間と時間のなかをいかなる媒質にも支えられることなく移動できることを、数学的に証明したのだ！

ニュートンは空間と時間が不変であると信じていた。空間は宇宙を収めている弾性のない容器であり、時間は一定の速度で流れる川だった。アインシュタインはニュートンの系統的な論述を引っくり返した。アインシュタインの理論に従えば、空間も時間も自由に打ち延ばしできる。不変なのは光速だけだ。アインシュタインは光の速度は一定で、毎秒十八万六千マイル（約三〇万キロ）であると提言した。空間と時間は、光の速度が常に一定になるような様式で変形する。

アインシュタインはニュートンの天才ぶりに深い畏敬の念を抱いていたので、ずいぶん前に亡くなったこのイングランドの物理学者に謝罪の手紙を書かなければと感じた。ニュートン力学という壮大なアーチの要石《かなめいし》を粉砕してしまったことを申し訳なく思ったのだ。「特殊相対性理論は光速に近い現象を説明するときに必要なだけです」とアインシュタインは書いている。わたしたち凡人にとって幸いなことに、わたしたちが暮らし、旅をするなじみ深い世界では、ニュートン力学は引き続き有効である。

アインシュタインが提唱した体系は従来の見識や常識に真っ向から挑戦するものだったため、多くの科学者が、空間と時間と光の関係に関する彼の新しい概念の受け入れを拒んだ。

しかし、器の大きな人物が一人いた。ヘルマン・ミンコフスキーはスイス連邦工科大学でのアインシュタインの恩師だった。ミンコフスキーはアインシュタインを平凡な学生と見ていて、毎月取っている物理学専門誌にかつての教え子の論文を見つけたときには非常に驚いたという。アインシュタインの方程式を詳しく調べた後、彼は科学者の真の「ひらめいた！」の瞬間を体験する。知的な興奮の熱狂状態のなか、ミンコフスキーは紙とペンをとって、空間と時間を超える高次の次元が存在することを疑いの余地なく証明する方程式の組み立てに取り掛かった。

高次の次元があるのではないかという憶測は、十九世紀後半の芸術や科学の世界の至る所に見られた。芸術家、哲学者、数学者、物理学者が、四番目の次元についてそれぞれに想像をめぐらした。全員が、この高次の次元を空間の次元の一つと考えた。空間には、わたしたちがよく、長さ、幅、高さと呼ぶなじみ深い三つの次元があり、線で表せば互いに交わる。ここにもう一つ、垂直面が加わると考えたのだ。しかし、重大な問題が一つ残っていた。この高次の空間次元をどのようにして概念化あるいは視覚化するかである。いまあなたが座っている部屋の天井を見れば、その苦境はすぐわかる。二つの壁が隅で合わさり、それが天井と出会ってぴったりした三重接合点ができているのが見える。あれのどこに、もう一つの面を挿入できるだろう？　空間の四番目のベクトルをどう思い描けばいいのだろう？

ミンコフスキーの卓越した直観によれば、第四の次元は空間の四番目のベクトルを構成するのではなく、むしろ空間と時間が再結合したものとなる。彼は空間の三つのベクトルである高さ、長さ、幅を、時間の三つの持続期間、すなわち過去、現在、未来と結合させた。そしてこの新しい第四の次元を特定するため、新しい語句、「時空連続体」を考案した。劇作家並みのセンスを伺わせるこの造語をひっ下げて、彼は一九〇八年にメジャーな物理学会議に乗り込み、こう切り出した。

「紳士諸君！　これ以降、空間そのもの、時間そのものは無価値な影のなかに姿を消し、この二つからなる一種の混合物だけが、他に依存することなく存在するのです」

ミンコフスキーの新しいアイディアを理解できたのは、ほんの一握りの学者だけだった。

時空が有用な概念となるのは、アインシュタインが一九一九年に次の大胆な行動を起こしたときだった。このときアインシュタインが、カントが現実の世界を構成するものとして定義した四つの基本的要素、すなわち「物質、エネルギー、空間、時間」に、「時空」を加えたのである。

時空という考え方はあまりにも難解で常識とかけ離れていたため、一般大衆にとっては不可解な難題であり続けた。ほとんどの人は信用して受け入れるしかなかった。彼らの信頼はその後の劇的かつ説得力のある科学的な偉業によって、正しかったことが裏づけられている。科学者はアインシュタインの相対性理論とミンコフスキーの系統的論述を使って、NASAの惑星間探査から、ハッブル宇宙望遠鏡から送られる写真まで、あらゆるものを判断している。

このような第四の次元を思い描ける人がきわめて少ないのは、人間の脳が、相対性原理という奇抜な思いつきも時空連続体もはっきり現れない速度を扱うようにデザインされているからである。秒速三十万キロの世界を日常的に考えなければならない人などいないのだ。

『10月1日では遅すぎる』（伊藤典夫訳、早川書房、一九七六年）で、宇宙飛行士でありSF小説家であるフレッド・ホイルは次のように書いている。

君はグロテスクで馬鹿げた錯覚に囚われている……時間は止まることのない流れだという考え……この件で絶対に確かなことが一つある。時間を、過去から未来へ着実に進むものと考えるのは間違いだ。主観的にそう感じられることはよくわかる。だが、我々は信用詐欺のカモなのだ。

もう一つの深遠な洞察が、量子物理学の発展の結果、もたらされた。論理的な確実性も局在という空間概念も幻想に過ぎないという証拠が、明らかになったのだ。量子物理学は一連の見解を公表したが、専門家でないわたしたちにはまだよく理解できない。たとえば量子物理学者のユージン・ウィグナーは、「量子力学の法則を意識という概念に頼らずに公式化することはできない」と書いている。ほかにも多くの量子物理学者が、自分たちの発見したことを説明しようと試みたが、非局所性とか超感覚的知覚といった概念を理解するのは難しい。それにもかかわらず、量子物理学者と相対性理論推進者の組み合わせが、彼らを理解できる人々の感じ方を変えた。

そしてここから、レオナルドの脳の構成の物語が始まる。

彼は意識の変容状態に到達できるような脳を持っていたのだろうか。第四の次元にアクセスできたのだろうか。彼の脳は量子状態にアクセスする手段を持っていたのだろうか。

第15章
レオナルド／遠隔透視

科学とは、現在であれ、過去であれ、ありうる物事の観察である。予知とは、たとえゆっくりではあっても、やがて来て去ってゆくかもしれない物事の知識である。

——レオナルド・ダ・ヴィンチ

芸術家は常に未来の詳細な歴史の記述に没頭している。現在の性質に気づいている唯一の人間だからである。

——美術批評家、ウィンダム・ルイス

量子論によれば、実在には分離された部分というものはない。代わりにあるのは、分離不可能なほど互いに固く結びついた、密接な関連のある現象だけである。

——量子物理学者、ヘンリー・スタップ

古代の人々が創作したとされる巨大な地上絵が、多くの国々で見つかっている。エジプト、マルタ、チリ、ボリビア、米国（ミシシッピ州とカリフォルニア州）、それに古代人が作ったその他の国々である。

最も有名で謎めいているものに、ペルーのクスコ郊外にあるナスカの地上絵がある。この平らで不毛な高原に、インカ人（あるいはナスカ人）が、石を取り除いてその下の石灰岩をあらわにすることによって、巨大な絵を描いた。この地域ではめったに雨が降らないので、ほかの地上絵と違って非常に保存状態がいい。そうした巨大な地上絵が二六も見つかっている。その多くは動物や鳥、植物を表現したものだ。幾何学的なデザインも多少ある。

この地の先住民がなぜ、このようなものを造ったのか、目的は何だったのか、誰にもわからない。古代の部族はこのようにして歴史に足跡を残したわけだが、彼らの描いたものは差し渡しが数百メートルに達している。現代の旅行者がその間を歩き回っても、そのデザインを把握することはできないだろう。

どういうわけか、古代人はこうしたデザインを創造することができた。まるで高く遠く離れた地点から見下ろしたかのように、形を視覚化することができたからだろう。そうした高みからでなければ、クモやサル、クジラ、ハチドリ、植物、幾何学模様などの巨大な輪郭を見て取ることはできない。科学者が説明を考え出そうとしてきたが、まだ成功していない。一番可能性が高そうなのにしばしば却下される説は、これらの巨大な絵を創った人々はいわゆる「遠隔透視」ができたのではないか、というものだ。

透視実験

一九六〇年代、物理学者でスタンフォード研究所（SRI）の認知科学プログラムの責任者であるハル・パットホフは、わたしたちが「普通の世界」と呼ぶ領域で量子効果が観察できるかどうか知りたいと思い、それを知るためのささやかな実験助成金を申請した。

彼の実験には遠隔透視が含まれていた。自分のいる場所からは見ることのできないものを見る技術である（多くの普通の人々がこの技術を持っていると主張している）。彼はインゴ・スワンという名のニューヨークの芸術家の接触を受けた。同様の実験に参加したことがあり、今回の実験にも加わりたいという。

パットホフは十分に遮蔽《しゃへい》された磁気探知機を利用することができた。非常に精密で、原子の崩壊を検出できるほど高感度な計測機器である。地下のアーチ形の空間に設置され、ミュー合金（非常に密で高透磁率の磁性合金）と、銅およびアルミニウムの容器で遮蔽されていた。スワンは磁気探知機の操作を混乱させるよう、依頼された。驚いたことに、彼はおよそ四五秒間、磁気探知機の針をそらして場のチャージを完全にストップさせることができた。彼はこれを磁気探知機があるのとは別の階に居ながら、純粋に精神活動によって行った。次いで彼は装置内部の正確な概略図を描いた。スワンの「遠隔透視」は十分に意義深いものだったので、パットホフはある会議で発表した。すると数週間後、ＣＩＡの局員が二人、訪ねてきた。

一九七二年、ラッセル・タークという名の別の物理学者と一緒に、パットホフは二四年にわたる二千万ドルの研究プロジェクトを開始した。遠隔透視という現象を調査するためにデザインされた研究である。被験者は視界から隠された遠くの「標的」を突きとめ、描写するように頼まれた。共同研究が終了するまでに、彼らは二六六もの論文を科学誌に発表していた。

パットホフとタークが初期の実験で使ったのは単純な方法だった。「ビーコン」と呼ぶ誰かをＳＲＩからある程度離れた一連の場所に送り込む。場所は膨大なリストから無作為に選ばれた。ビーコンは各場所で三十分ずつ過ごす。その間、遠隔透視者はＳＲＩの鍵のかかった部屋に座り、ビーコンがいると思う場所をスケッチするとともに、その場所の印象を言葉で述べる。手順はすべて二重盲検で行われ、実験者も透視者も、ビーコンがどこにいるかについては何の情報も与えられなかった。一回の実験で通常、六つから一〇の場所が使われた。

その後、実験で使った標的場所のリストを実験とは何のかかわりもない外部の判定者に渡し、各場所に行くように依頼した。行った場所で判定者は透視者のスケッチおよび描写と実際の様子とを突き合わせ、どれくらい一致しているかを調べた。この時点で、一致の程度が偶然予想した結果よりも正確かどうかに注意を向けた。こうした初期の遠隔透視実験から浮かんできたのは、最も正確な情報はしばしば、透視者に印象をスケッチするように頼んだときに得られるということだった。

スケッチのほうが、そのまま言葉で述べるより一貫して正確だった。

結果はすぐに大衆紙にも掲載され、その後二人はカリフォルニア州バーバンクの引退した警察官パット・プライスから連絡を受けた。彼には生まれつきＥＳＰ（超感覚的知覚）があり、警察署長としての仕事にそれを用いて素晴らしい成果をあげたという。ＣＩＡがこの人物の能力のテストを研究者らに依頼した。緯度と経度だけを与えられた特定の場所を、遠隔透視できるかどうかというものだった。

彼らがパット・プライスに緯度と経度の組み合わせを与えると、彼はすぐにその地域を描写した五ページの報告書を提出した。最初、彼は数棟のログキャビンと二本の道路を描写したが、次いでこうつけ加えた。「ああ、尾根の向うにとても興味深い場所がある。あなたがたが関心を持っているのはあれに違いない」。彼は軍事拠点を非常に詳細に描写し、扱いに高度な注意を要する場所で、周囲には最大級の警備態勢が敷かれていることを確認した。プライスは暗号名も突きとめたが、それはビリヤードゲーム関連の言葉に集中していた。そこで行われていることや、かかわっている人物など、その他の情報もあった。確認のため、彼らは報告をそのまま筆記したものをＣＩＡに送った。以前の被験者であるインゴ・スワンにも、同じ位置座標に注意を集中するように頼み、その報告も一緒に送った。

しかし、ＣＩＡの最初の反応は、透視なんてデタラメだ、というものだった。

位置座標は科学情報収集事務所（ＯＳＩ）の所員から提供されたもので、ウエストバージニアにある所員たちの休暇用キャビンの位置を正確に示していた。従って、厳戒態勢の軍事施設というのは、あまりにも的外れに思われた。しかしCIA局員は、プライスとスワンが別個に行った記述の間に驚くほど関連があることに気づいた。とても偶然の一致とは思えないほどだったので、OSI所員を現地に送った。

現地に行ってみてわかったのは、キャビンの持ち主である所員も知らなかったのだが、尾根のすぐ向うに政府の極秘の地下施設があったことだった。データを詳しく調べた局員は非常に驚いた。細かい点にいくつか誤りもあったが、多くが正しく、呆然とするほど正確な情報もあった。たとえば地下の建物の鍵のかかった書類入れにあるファイルにはラベルが貼られていたが、それがすべて、キューボール、キュースティックなど、ビリヤード用語から取られていた。プライスはその施設の実際の暗号名、「ヘイスタック」まで見つけ出していた。

わたしの考えでは、レオナルドにもインゴやパット・プライスと同じような能力があって、遠隔透視ができたのだと思う。

地図の誕生――レオナルドの超能力

チェーザレ・ボルジアに雇われていた期間に、レオナルドはイモラの町の非常に詳細な地図を描いたが、これはとても美しい作品でもあった。

見晴らしのいい地点から眺めたかのように描かれているが、それはナスカでインカ人が用いたのと同じくらいの高さだった。レオナルドの伝記作家の一人であるロジャー・D・マスターズは、地図の宝石とも言うべき素晴らしさ（巻頭図16参照）に熱狂的な賛辞を呈している。町のあらゆる通りと建物が詳細に描かれ、周囲の田園の特徴も取り入れられている。マスターズによれば、レオナルドはあらゆる通りと家の間の距離を歩測してその結果を記録し、それらを突き合わせてから、別の寸法に直したのだという。そうでもしなければ、このような驚くべき正確さは達成できなかっただろうと、マスターズは推測している。

レオナルドは実際に、町を正確に測定したいとノートに記している（周囲の河川系も含めているが、これについてはメモを残していないようだ）。しかしこれは彼の最初の地図で、わたしの考えでは、彼の目標の一つは遠隔透視能力を確かめることだった。

伝記作家は互いの記述を繰り返すという悪癖に陥りがちで、この素晴らしい地図を「鳥瞰的な」視点と描写する。レオナルドがこの地図を描いた高度は千八百メートルを超える。それほど高く飛ぶ鳥はいない。のちに、レオナルドはさらに高い地点から見た地図を描いている。北イタリアの地形学的な特徴を驚くほどの正確さで再現しているのだ。五百年後に人工衛星が高解像度の写真を送信してくるまで、そのような地図は二度と目撃されることはなかった。

一五〇二年頃、フィレンツェの指導者たちが、チェーザレ・ボルジアに雇われて一緒に働いていたニコロ・マキャヴェリとレオナルドに近づいてきた。代表団の嘆願によれば、最大のライバルであるピサの都市国家の力を弱める計画を作ってほしいとのことだった。レオナルドは大胆な構想をひねり出す。あまりにも見事な案だったため、マキャヴェリはそれをフィレンツェの統治機関であるシニョーリアに売り込んだ。

アルノ川はフィレンツェ中心部を流れて、東へ約百キロ行った海岸に位置するピサで地中海に注ぐ。計画はアルノ川の流れをピサからそらすものだった。

レオナルドはこの新しいアイディアにより、当時は乾燥地帯だったヴァル・ディ・キアーナ全域を潤すことも望んでいた。シニョーリアのメンバーの注意を本当に引いたのは、遠洋航海船が直接フィレンツェと交易できるようになるという、付加的な恩恵だった。一連の水門を設ければ、アルノ川を遡ってフィレンツェの波止場に着くのが可能になるだろう。ピサを通さずに海上交易路を利用できるようになるのだ。

こうした計画を実際に進める前に、河川系全体の正確な地図を創る必要があった。レオナルドはアルノ川の流れ全体を、何千メートル、ひょっとすると一万メートルもの高さから見たように描いた（巻頭図17参照）。これは北イタリアの地図のときよりも高い。彼の過密なスケジュールを考えると、自ら河川系を調査した可能性は低いし、助手がいたとも考えにくい。

プロジェクトは結局、現場での土木工事が不適切だったために失敗した。レオナルドの計画がきちんと実行されず、悪天候も邪魔をした。しかしアルノ川はその後、レオナルドが思い描いた通りに管理されている――ピサからの流路変更を除いて。

レオナルドの地図のなかに、ポンティノ湿地（イタリア西部）を描いたものがある。これはローマ市と、害虫のはびこる湿地の排水を望む教皇の依頼によるものだった。詳細な地図は、人工衛星のみが到達可能な高度から見たように描かれている。

このほかにもレオナルドは多くの詳細な地図を描いた。多忙で、ほかに多くの科学的試みや芸術的な企てを抱えていた人間が、どのようにしてこれほど多くの場所の地形を調査できたのか、信憑性のある説明はまだ一つもない。地形の特徴を捉えたレオナルドの地図と、ほかの十五世紀の地図製作者の地図を比べると、レオナルドの地図がどれほど洗練されていて正確か、よくわかる。

レオナルドが航空写真のような地図をどのようにして描いたかをめぐる謎に加え、さらに不可思議なのが、彼の「アルメニア書簡」である。これらの手紙は、ほかでもない、遠く離れたシリアの権力者とアルメニアという国の支配者あてに書かれているのだ。いくつかには風変わりな話が含まれているが、決まって、地形についての詳細な記述が含まれていた。これらの手紙を受け取ったのが誰だったにしろ、当人がその地域に住んでいるのだから、そうした記述はすでによく知っていることだったに違いない。それでも、レオナルドは何らかの理由で、一度も訪れたことがないと思われる場所の地理を詳しく書かずにはいられなかったのだ。

この手紙はレオナルドの手稿を読み解こうとする多くの人々にとって、常に謎の源であり続けている。一部の人々は、想像力を羽ばたかせる助けにするために書いたのだという説を唱えている。絵に描き込む遠景を創作する際の刺激にしたのだという。

つまり、どういうわけか、一度も見たことのない場所を描写すると、描きたい情景を思い浮かべることができたというのだ。また別の説では、それらの手紙は、旅行者から聞いた遠くの場所の描写を文学の形で書き留めようとしたものだという。

第三の説は、レオナルドが白昼夢に耽って空想物語を書いたのだとするものだ。

しかし、彼の書いたもののどこにも、空想物語の執筆を望んでいたことを示唆するようなところはない。科学に関する書きものでは一貫して、書こうとする現象を自分で調べずに受け売りで記述する人々を激しく非難している。

レオナルドはエトルリアの埋葬用の塚とその頂上にある構造物を記述しているが、その構造物はサルディーニャ島にだけある。文章での記述にはスケッチも添えてある。包括的な著作である『The Mind of Leonardo da Vinci』（レオナルド・ダ・ヴィンチの精神）を書いたエドワード・マッカーディはなんとか説明をつけようとしているが、やはり困惑を隠せない。

フォリオ285r.cにある寺院の記述はある疑問を提起するが、それにはまだ答えが出ていない。記述は明確で細かい。「十二個の階段が、八角形の設計に従って建てられた外周八百ブラッチオ（古代イタリアの長さの単位で、一ブラッチオは六六～六八センチ）**の大きな寺院へと続いていた。八つの角《かど》には大きな台座が八つあり、高さ一・五ブラッチオ、底部の幅が三で長さが六、中央に角《かど》が来るようになっていて、その上に高さ二四ブラッチオの太い円柱が立っていた……」。この記述が、彼が見たことのある寺院のものだという可能性はあるだろうか。もしそうなら、どんな**

機会に？　それとも、詳しい寸法が二度も述べられているにもかかわらず、この節全体が、建物を想像する練習に過ぎず、壮大な建築物に対するレオナルドの興味を実証するものにほかならないと考えるべきなのだろうか。

もう一つの謎。ウェヌスの神殿を詳しく記述した節の末尾にレオナルドはこうつけ加えている。「チリティアの海岸から南へ向けて乗り出すと、キプロス島の美しさを発見する」。そして同じ紙の裏側で、チリティアの南海岸からキプロスが見えると断言している。エジプト、エチオピア、アラビアの記述も異様に正確だ。

エジプト人、エチオピア人、アラビア人はナイル川を渡るとき、ラクダの体の両側に二つの袋、つまり下に示すような形の葡萄酒用の革袋をくくりつけることを習慣にしている。

マッカーディによれば、本文に添えられたスケッチには「そのような装備の五頭のラクダが川を渡っているところ。しんがりのラクダには乗り手がいる」という説明がついていた。レオナルドはまた、エジプトやアラビアで砂が吹き寄せられて巨大な砂丘となるさまもよく知っていた。

こうした奇妙な記述を説明するため、ジャン・ポール・リヒターは一八八八年に、レオナルドがミラノでの務めを引き受ける前にフィレンツェからこっそり出て、そうした土地を旅したのかもしれないという説を唱えた。とは言え、サルディーニャ、次いでエジプトを旅程に加えるのは、無理だったのではないだろうか。マッカーディは、この仮説を、当時のレオナルドの所在についてわかっている詳細な情報に当てはめようと悪戦苦闘している。

さらにマッカーディは次のような事実にも首をひねっている。

研究所の手稿Lの表紙に、時間的な参照事項からわかるように一五〇二年に書かれたメモがある。「ロードスには五千軒の家がある」。レオナルドがいつどこでこの知識を得たかについては、推測を支えるいかなる情報もない。次の言及はレスター手稿のフォリオ10bに現れ、「八九年」にロードスに近いアンタルヤ海で地震があったという。海の底が開き、この開口部から激しい水流が流れ出したので、海面がもとの高さに戻るまでに三時間以上かかった。「八九年」が「一四八九年」を指すというきわめて理にかなった仮定のもとに、リヒターはパリにある未発表のアラビア語の写本に注意を向けた。そこにはムハンマド暦の八六七年に恐ろしい地震が起こったことを示す証拠があった。これは西暦一四八九年にあたる。

前と同様に、レオナルドがこの知識をどのようにして得たのかに関する推測を支えてくれるものは何もない。ひょっとすると、すでに誰かが示唆しているように、レオナルドは空想物語としてこういうことを書いていたのかもしれない。マッカーディはそうした見方を検証している。

レオナルドがこれらの手紙で、想像上の旅を記述する空想物語に手を染めようとしていたというのは、ありそうもない話だ。手紙がそうした趣旨で書かれたとは、到底思えないからだ。文面があまりにも事務的で、公務の不履行に対する弁解に始まり、本文へと続いている……

マッカーディによれば、地理学者のダグラス・フレッシュフィールドがアルメニア書簡に関するリヒターの結論に異議を唱えた。レオナルドによるチグリス・ユーフラテスの水源のスケッチ地図を、「非常に大雑把だが、当時としては正確」と述べたという。

マッカーディは続けて次のように書いている。

そこで、アルノ川流域の岩や川による浸食などの地質を彼自身が調査した結果明らかになった線から、彼はある時代を思い描いた。レスター手稿の初めにある一節は、いまだに迫力ある筆致で迫ってくる。すなわち、貝や大きな魚の骨が山のそばで見つかるという事実からわかるように、黒海の水が、いまはダニューブの谷となっている場所の多くと、その他の東ヨーロッパと小アジアの多くを覆っていた時代である。彼は次にタウルス山脈とコーカサス山脈の山脚に言及し、そして再び同じ手稿のフォリオ31ａで、タウルス山脈とアルメニアの山々に触れている。

これらの一節が含まれる手稿は、アルメニア書簡が書かれた可能性のある最後の日付の二十年から三十年後までに書かれた。それらの手紙が書き手自身の経験の記録であると認めるならばの話だが。しかしながら、どちらの節にも、直接体験して得た知識であることを示唆すると解釈できる言葉はないし、これらの情景の記録が記憶に刻み込まれたものであることを示す手がかりもない。

リヒター、フレッシュフィールド、マッカーディは、レオナルドがひょっとすると時空を感じ取る意識状態に入るスキルを持っていた可能性、理性的な左脳を放棄して世界を量子論的に見ることができた可能性を全く考えていない。彼はそうした場所を物理的には一度も訪れなかったのだ。たぶん彼には、世界を遠隔透視する能力があり、過去も同じように透視できたのだ。

レオナルドの動体視力

美術批評家のケネス・クラークは、レオナルドが「特別に素早い目」を持っていたという説を唱えている。クラークは著書の『レオナルド・ダ・ヴィンチ　芸術家としての発展の物語』（丸山修吉訳、法政大学出版局、二〇一三年）で数回そのことに言及し、感嘆している。レオナルドの動体視力の機敏さをよく示す例として、クラークは二つを取り上げて考察を加えている。一つ目は、レオナルドが鳥の翼の素早い羽ばたきを心の目で遅くして、飛行中の翼の一連の動きを丁寧にスケッチすることができたこと。二つ目は、落下する水を「特別に素早い目」で凝視して水のイメージを落下の途中で凍りつかせ、一瞬静止した流れをスケッチできたこと。

さらにレオナルドはそれ以上の芸当さえした。池に落ちる水をスケッチし、落下する水が水面下をどのようにかき乱すかまで、描き加えたのだ！ ほかの芸術家は誰も、こうした偉業のどれ一つ成し遂げてはいないだろう。

レオナルドは、揺れている途中の多数の像を含む振り子のスケッチも描いている。もし振り子にストロボをあてたとしたら、揺れの底の部分では端よりも動きが速いので多くの像が見え、気味が悪いほど正確に動きが描写されることだろう。レオナルドはこの像の増え方を擬人化し、振り子は端の近くに達するときよりも中心に近づくと速く揺れると指摘している。

レオナルドを「特別に素早い目」の持ち主とするより、ひょっとするとわたしたちは彼のことを、時間の知覚の仕方が異なる人物と考える必要があるのではないだろうか。もし彼が時空を意識することができたなら、鳥の飛翔をスローモーションで描いたり、時間を止めて、空中に囚われた水を正確に描いたりできたはずだ。水面下がどのように見えるかも同じように明らかにして、作品を完成させることができただろう。

レオナルドは時間も空間と同じように広い範囲を考えることができた。

何世紀も前から石工は、山の高いところにある石切場から切り出される石のなかに閉じ込められているのは、海の深みにいた生き物が化石になったものだと気づいていた。しかし海の生き物の化石がなぜ、どのようにして、水から遠く離れた山の高いところの石のなかから見つかるのか、誰も真面目に疑問を呈しようとはしなかった。旧約聖書に書かれた洪水によるものだという説明が、広く受け入れられていた。膨大な量の水がそれらの化石を内陸に運んだのだという説明に、誰もが満足していた――レオナルドを除いては。

この化石を含んだ石が聖書の教えよりもはるかに古いと洞察するには、時間について、十五世紀のヨーロッパに生きていた人が誰一人想像もできないような考え方をする必要があっただろう。山のてっぺんがかつては海の底で、いまの海底がかつては――非常に遠い過去には――どこか別のところの山の頂だったと想像しなくてはならないのだ。

レオナルドは、地球がこれまで誰も想像しなかったほど古いと示唆した歴史文献上初めての人物だった。彼の見解はあの二人の地質学者に三百年も先んじていた。地球の年齢が七万五千年だと初めて述べたビュフォン伯のジョルジュ＝ルイ・ルクレールと、何十億年かになると唱えたチャールズ・ライエルである。時間の膨大な経過を思い浮かべるレオナルドの能力には、時空を感じ取る意識状態が一役買っていたのだろうか。

時空を旅した芸術家

レオナルドの生涯と仕事の癖に見られるその他の奇妙な点も、彼を初期の時空旅行者だったと考えると、納得がいく（『岩窟の聖母』の最初の版に満足しなかった修道士たちに、何と二五年も経ってから二番目の版を渡すことを異例と考えなかったのも、レオナルドの時間の捉え方で説明できるかもしれない)。

始まりとか終わりという言葉は、線状の時間という、わたしたちが生まれながらに持っている観念に矛盾する。

レオナルドがあれほど多くの作品に着手しながら途中で投げ出したという事実も、必ずしも普通の時間の流れで物事を見るとは限らない芸術家として考えれば、理解しやすい。彼の不可思議な性格を説明しようとして、何世紀にもわたる伝記作家がヒステリーを起こしてきたが、これがもう一つ別の説明となるかもしれない。

レオナルドは、人体の器官と筋肉が互いにどのような関係にあるかを描写する際に、「分解された」図を用いた初めての芸術家だった。剝ぎ取った上の層を、ある程度の間隔を開けて下の層の上方に浮かんでいるように表現することで、一つの視点から見ただけでは理解が難しいと思われる互いの関係を伝えることに成功している。また多くの工学関係のスケッチを描く際にも、断面図や分解図を用いている。同様に、人体を同時に多くの異なる方向から見た図を描いたのも、彼が最初だった。まるで、固定された物体の周りを移動しながら見ているかのようだ。

宇宙から眺めるかのように地球を見るレオナルドの能力がコペルニクスにあったなら、(天動説を唱えた)プトレマイオス的な「宇宙の中心としての地球」という中世の考え方を引っくり返す助けになったかもしれない。

コペルニクスは、「地球からではなく火星という有利な地点から眺めたとしたら、太陽はどう見

える だろう？」と自問した。彼はこの奇抜な疑問をもとに、革新的な説を唱えた。一歩下がって全体像を見ようとする姿勢から生まれる疑問であり、まさにレオナルドが抱きそうな疑問だった。

第16章

レオナルドの脳

女性の場合、脳梁の寸法は、全体としても、あるいは七つの下位区分のどれか特定のものの寸法を採ってみても、より大きい。

――H・シュタインメッツ他

レオナルドは創造的な行為が圧倒的に女性的な行為であることを理解していた。生殖における男性の役割は短く、容易で、彼の分析力の及ばないものだった。女性の役割は長く、複雑で、探求の題材になる可能性があった。

――ケネス・クラーク

「いい天気だ。出かけて行って、何か殺そう!」。典型的な男性が本能的に叫ぶ。「生き物がいる。世話してあげないと死んでしまう」。平均的な女性が、ほとんど同じく本能的に言う。

――フェミニスト、オリーヴ・シュラィナーストレート、ゲイ、女性、左利きの人の脳の違いを考えてみよう。

こうした脳配列の特異性がもたらす機能の差を説明する事実が、最近明らかになってきた。右利きの異性愛男性（今後はright-handed heterosexual malesの頭文字を取ってRHMと呼ぶことにする）と、左利きの異性愛男性、女性、ゲイ男性、レズビアンとで、脳梁の相対的なサイズに違いがあるという。脳梁は人間の脳内の単一の構造としては一番大きく、左右の大脳半球を繋ぐ二億を超えるニューロンを含んでいる。左右の半球で異なる感情や欲望、性癖、意見、感覚体験を調整し、「わたし」と呼ばれる統一された存在が、首尾一貫した反応を外の世界に示すことができるようにしている。脳梁は解剖学的にはっきり区別できるいくつかの構成ケーブル（線維体）からなる。最大のものが前交連である。

＊1：ホモセクシュアル（同性愛）という言葉は感情的な色がついている上、不明確である。ホモとは、大半の人が思っている「人間」を意味する語ではなく、「同じ」を意味するギリシャ語の接頭辞である。この用語が不正確なのは、ときにはバイセクシュアルとトランスジェンダーも含むからである。わたしならexclusive same sex preference（同性だけを好む）あるいは頭文字を取ってESSPと言いたい。ホモセクシュアル（ESSP）男性をゲイ、ホモセクシュアル（ESSP）女性をレズビアン、ヘテロセクシュアル（異性愛）の男性および女性をストレートと呼ぶことにする。バイセクシュアル（両性愛）については、論ずるときに定義することにする。

感情表現が得意なのは誰か？

最近の研究で、ストレートで右利きの音楽家でない男性の大多数に見られる「標準的な」脳配置に、多くの例外のあることが明らかになった。レオナルドの奇癖を記述したルネサンス期の文献とこうした現代の神経学的な所見との間を行ったり来たりすることで、彼の特殊な脳の設計図の作図に取り掛かる土台が得られる。しかし最初に、平均的な人に見られる最もありふれた配線図を調べる必要がある。

最も二分された脳、すなわち二つの半球が最も専門化している脳は、右利きの異性愛男性（RHHM）の脳である。この場合、主要な言語モジュールの九七パーセント前後が左半球にあり、左半球をはっきりと優位脳にしている。これほど極端な非対称は、右利きと左利き双方の女性、ゲイおよびレズビアン、左利きの男性には見られない。

もちろん、ここまで述べたことはすべて、ベル形の分布曲線に従う。右利きでストレートの男性の大半よりも専門化された脳を持つ左利きの人や女性、ゲイが常に多少は存在するし、言語や利き手に関してそれほど片側に偏っていない右利きのストレート男性が多少は存在する。しかし一般に、脳構造のこうした特徴は、人口の大半について正しい。

女性は右利きであろうと左利きであろうと、言語や脳の優位性について、左右の半球間の分配がより均等である。右利き女性もやはり言語モジュールの大多数を左脳に持つが、RHHMが十中八九、言語スキルの九七パーセントを左脳に集中させているのに対し、女性の場合は左脳にもっと低いパーセンテージ（約八〇パーセント）を割り当て、残り二〇パーセントは右脳にあることが多い。

こうした配置の違いの持つ意味が、ＲＨＨＭが左脳に重い脳卒中や外傷、腫瘍を抱えたときに明らかになる。結果としてもたらされる障害が、社会生活に広範囲の壊滅的な打撃を与えるのだ。彼らは意思疎通の能力を失い、利き手のある右側に悲惨な麻痺が起こる。卒中を起こした左側とは反対側の太腿、脚、足はもちろん、腕、前腕、手も機敏さを失い、思い通りに動かせなくなる。脳に同じ大きさの不具合が起こっても、女性全般、左利き男性、ゲイ、レズビアンには、これほどの障害は起こらない。そのうえ、これらのグループはＲＨＨＭよりも左脳の災難から速やかに回復する。

こうした結果を説明するのが、ＲＨＨＭと、女性全般、左利き異性愛男性、ゲイおよびレズビアンとの間で、脳梁の相対的なサイズに違いがあるという最近の研究結果である。

こうした結果をめぐっては神経科学者の間に多少の異論がくすぶっているものの、科学論文の証拠の重みが、サンドラ・ウィテルソンらの結論を支持している。

ウィテルソンらは非常に多くの男性と女性のＭＲＩスキャンを調べて、女性の前交連が男性より三〇パーセントも大きい可能性があることを発見した。形も違う。さらなる研究が、ゲイ男性の前交連のサイズが、女性とストレート男性の差の半分だけ、大きいことを示唆している。つまり、もし女性が男性より三〇パーセント大きいなら、ゲイの脳梁――前交連ともども――はストレート男性より平均して十五パーセント大きいことになる。こうした結論をさらに修飾するように、ウィテルソンは最近、脳梁も前交連も、左利きの男性と女性の両方で、右利き男性より大きいと報告している。

これら二つの発見、つまりＲＨＨＭでは女性、ゲイ、左利きに比べて、脳がより専門化していることと、前交連が小さいことは関連がある。それぞれがもう片方の重要性を際立たせる。横滑りして脳梁の左側に居を定めた唯一の感情が、幸福な感情である。

喜び、楽観、快活、幸福感は、逆説的なことに、右脳とかかわりのあるもっと否定的な感情に別れを告げ、左前頭葉にわが家を見い出したようだ。神経科学者のアントニオ・ダマシオによれば、笑いさえ、そちら側にある。こうした感情はすべて、「偉大なる決定者」、「執行者」である左脳と密接な関係にある。したがってそういう感情は、右側にあるセックスとか幼児の養育にかかわる感情とも、切り離されていることになる。右と左への感情の分割は、女性、ゲイ、左利きという下位集団に比べると、ＲＨＨＭのほうが極端である。

二つの半球の感情機能が非対称であることと、言葉に対する左脳の支配とが相まって、左脳と右脳との間の結合が太くて多くのニューロンを含む人ほど、感情表現が得意だという結論が導かれることは避けられない。ニューロンが多いことは感情と言葉とのつながりがたくさんあることを意味するからだ。また、言語モジュールに近接している感情中枢が活動的であるほど、感情表現力が高まる。

さて、こうした情報がメディアを通じて広まると、女性と男性の間には予想通りの反応が見られた。格差を知らされ、自分たちの前交連のほうが大きいことを知った女性は、この驚くべき新事実を自分たちの間で議論した。女同士の連帯に自信を強め、感情表現が貧しい男性に同情を覚えた。「やっぱりね」と彼女たちは言った。

対照的に男性は安堵の溜息を漏らした。

ついにお墨付きが出た。そろそろ自分たちの関係について話し合うべきだと女性に切り出されたときはいつも、呻《うめ》き、溜息をつき、ヘッドライトに照らされて立ちすくむ鹿のような表情を浮かべればいいのだ。昔から男性が恐れてきた瞬間だが、もう怖くない。女性のほうが自分の感情を「よくわかっている」という固定観念には、これまでも経験に基づくある程度の根拠があったのだが、いまや科学的根拠もできたわけだ。

脳の編成に関するこうした最近の発見は、この本のテーマである脳の配線図を解読するにあたって、かなりの手がかりを与えてくれる。ゲイの可能性があり、左利きでしかも両手利きに近く、著しく創造的なルネサンス時代の男性、「統計上の異常値」とも言うべき特異な人物であるレオナルド・ダ・ヴィンチの脳である。

レオナルドのゲイ疑惑と才能の関係性

レオナルドの性行動がどうだったかは、当面の問題に関係のある疑問だ。この限定されたグループ、ＥＳＳＰのメンバーは、ＲＨＨＭの標準モデルには従わない。それどころか、完全に逆なのだ。『Sex, Time, and Power』（性と時間と権力）という自著で、わたしは持論の「八の理論」を提示した。人間の男性の八パーセントがESSPで、男性の八パーセントが左利きである（女性では五パーセントに過ぎない）。もっと奇妙なのもある。男性の八パーセントは色覚異常の遺伝子を持って生まれる（女性でこの異常を持つのは〇・〇一パーセント以下である）。そして最後に、男性の八パーセントは壮年期に禿げ頭になる（女性が禿げることはめったにない）。

ロビン・ダンバーとレスリー・C・アイエロの推定によれば、先史時代の人類の共同体は、一五〇人から二二五人の構成員がいれば、経済的に存続可能だったらしい。

女性や子供、障害者、高齢者の数を考慮すると、狩猟隊は男盛りの九人から十二人で構成されていたことだろう。実は社会はこの原理に基づいて編成されている。フットボールチームは十一人で、野球は九人である。古代ギリシャでは十二人の神がゴールデンサークルを形成する。キリストの使徒は十二人だったし、中国仏教では十八人の羅漢《らかん》がヒマラヤを越えて釈迦牟尼《しゃかむに》の教えを伝えた。公の礼拝を行うのに必要なユダヤ教徒の数、ミニヤーンは十人で、陪審員は十二人、取締役会も十二人だ。十二人のとき、一人の存在は八パーセントにあたる。

もし狩猟隊が幸運に恵まれて大きな哺乳類を仕留め、その十二人のうち一人がESSPだとすると、彼には分け前を家に持ち帰って妻や子に食べさせる義務はない。その結果、八パーセントの肉が、本拠地で待っていた女性や子供、老人に分配されることになる。十二人のハンターの一人が色覚異常なら、彼は潜んでいる肉食獣や背景に溶け込んでいる獲物を見つけるのが得意だろう。第一次および第二次大戦では、どちらの陣営も色覚異常の兵士を求めた。カモフラージュに惑わされずに正体を見抜くことができるからだ。

獲物を追い立てる際には、ハンターの右側に逃げるように追えば、槍を投げるのに有利だ。しかし、ときには獲物が左に向きを変えることがある。十二人のなかに、右より左に投げるのが得意なハンターが一人いれば、右利きの十一人にとって貴重な存在となるだろう（右利きのクウォーターバックがボールを右に投げようとする際のぎこちなさを見れば、なぜ狩猟隊に左利きが必要かわかる）。

また、八パーセントの男性が壮年期に頭頂部の髪だけを失うというのは奇妙なことだが、それによって、ハンターは獲物に忍び寄って混乱させるのが容易になっただろう。

ＥＳＳＰ、色覚異常、左利き、禿頭《とくとう》の間に関連があることは、それぞれの特性がほかの特性を持つ人に高い頻度で現れることから、確認できる。左利きはストレートに比べてＥＳＳＰのほうが多い。色覚異常もストレートに比べてＥＳＳＰのほうが多い。ＥＳＳＰであることは、脳の構造に大きな違いがあることを示しているのだ。

「八の理論」については、わたしの以前の著書でもっと詳しく取り上げてある。なぜ人類にだけ、ホモセクシュアリティがこれほど目立つのかを説明しようとしてのことだった。もともと、ＥＳＳＰは人間特有のものだと一般に信じられていたのだが、その後このタイプの行動が動物の共同体でも確認された。生き物は大小を問わず、同性愛行為をするようだ。いままでに二百種ほどの動物が、同性愛行為と見なせる行動を示すのが観察されている。とは言え、その動物が単に優位を誇示していただけではないと、自信を持って言い切れるわけではない。

より複雑な動物種の一部では、オスもメスも、ときにはセックスをすることで社会的な緊張を和らげたり、有利な立場を手に入れたり、同盟を結んだり、引き換えに食べ物を得たりする。チンパンジーの一種であるボノボは、オスもメスも、同性愛と解釈できるような行為をする。ただし同性にだけ性的な誘い掛けをするわけではない。また、メスが発情期に入ると、オスとだけ交尾をする。一〇〇パーセントそうなのだ。

となると、かえって人間の特殊さに目が向く。人間は他のどんな種よりも、ESSPのパーセンテージが高いように見える。これはどう説明がつくのだろうか。重要な理由が一つある。次の世代が生殖年齢に達するまで確実に生き延びるようにしてやることに、これほど大きな責任を負わされている種はほかにない。ゲイやレズビアンが加わることは、その実現を助ける一つの方法となる。

自分の子供を育てる重荷を背負っていない叔父や叔母を持つことは、子供にとって一つの財産だ。ESSPは、最初は母親と赤ん坊の口にもっと肉を入れてやる役目を果たしたかもしれないが、その用途が何か別のものに進化したのだ。

進化という視点からすると、ESSPは究極のパラドックスである。それが遺伝子によって起こると想定した場合、コントロールしている遺伝子はその特質の消滅を保証しているということになってしまう。もしその遺伝子を持つ人が生殖を望まないなら、ホモセクシュアル遺伝子はどうやって生き延びることができるだろう。複製しない「非利己的な」遺伝子というのは、言葉自体に矛盾を孕んでいる。理論的には、そうした遺伝子は数世代でゲノムからふるい落とされてしまうはずだ。

創造的な少女は男性的、少年は女性的!?

男性のなかの女性的性質と女性のなかの男性的性質には、創造力を助ける何かがある。ハンガリー出身のアメリカの心理学者ミハイ・チクセントミハイが、著書の『Creativity: Flow and Psychology of Discovery and Invention』(創造性:フローと発見および発明の心理学)で、そうした特性は互いに関連があると述べている。

あらゆる文化において、男性は男らしく振る舞うように、そして女性的だと文化が見なす気質は無視し、抑え込むように育てられる。一方、女性にはそれと反対のことが期待される。創造的な個人はある程度、ジェンダーに基づく役割という硬直したステレオタイプから逸脱する。男らしさや女らしさのテストを若い人たちにしてみると、繰り返し、同じ結果が得られる。

創造的な少女はほかの少女よりも支配的で逞しく、創造的な少年は仲間より繊細で攻撃的なところが少ないのだ。

両性具有へ向かうこうした傾向はもっぱら性的な用語で理解されることがあり、そうすると同性愛と混同されてしまう。しかし心理的な両性具有はずっと広い概念で、ある人がジェンダーにかかわりなく、同時に攻撃的にも愛情こまやかにも、繊細にも厳格にも、支配的にも服従的にもなれる能力を指す。心理的に両性具有の人は事実上、反応のレパートリーが二倍あることになり、

ずっと豊かで多様な機会という観点から、世界に衝撃を与えることができる。創造的な個人が、当人のジェンダーの強みを持っているだけでなく、もう一方のジェンダーの強みも持っていることが多いのは、驚くに当たらない。

一九三三年、ディーン・ハマーと同僚の研究者らは、同性愛行動の決定に重要な役割を果たすと思われる遺伝子を同定した。この分野の研究はいまだ揺籃《ようらん》期にあるが、男性あるいは女性が同性愛者になるかどうかは遺伝子で決まるという見解にまとまりつつある。

オランダの研究者リチャード・シュワブは、脳の扁桃核内にある、性的指向を決定する可能性のある細胞の塊：分界条床核（ＢＳＴｃと呼ばれる）という部位を特定したと考えている。ストレート男性はストレート女性より大きなＢＳＴｃを持つ。また女性はこの領域が性転換願望女性（自分は女性の体に囚われた男性だと信じる人）の一・五倍ある。ゲイ男性ではさらに小さい。ゲイの神経科学を研究しているサイモン・ルヴェイも、視床下部のどこに「ゲイであること」が宿っているかを突きとめる研究が進んでいると主張している。ＥＳＳＰについて、ハマーは「どのようにして」という疑問に答えを出してくれるかもしれず、シュワブとルヴェイの研究は「どこに」についての洞察を与えてくれるかもしれない。しかしどちらも、「なぜ」について、説得力のある進化理論を提供してはいない。

長年にわたって、性的な嗜好には心理的な要因が主導的な役割を果たすと一般に考えられてきた。

我が子に無関心な父親と高圧的な母親が男の子をゲイにするのだという説が、盛んに唱えられてきた。最近このフロイト派的な見方は覆された。そうした親は、なぜ少年がゲイになるかの原因ではなく、ゲイであることを少年が表明した結果なのではないか。そういう見方が出始めているのだ。多くの父親は、息子が期待通りの男らしさを見せないと感情的に距離を置くようになる。母親のほうは、それを埋め合わせようといっそう過保護になる。

小さい頃の愛情が足りなかったせいだと母親を責めるのは、父親が都合よく使ってきた常套句である。息子の性的指向に対する責任が少しでも自分に降りかかってくることのないように、目をよそへ向けさせようというのだ。

原理主義宗教の多くは、同性愛は罪であり、ゲイは神の罰を受けるだろうと信じている。自然と信仰に反すると自分たちが見なすものを、神は良しとなさらないというわけだ。自分たちの神は全知全能であると原理主義者は主張するが、彼らの議論を聞いてもよくわからない。それほどの力と先見の明のある神がなぜ、生まれつき神に背く罪を持った人間を創造するのだろう。ルネサンスの人文主義者で、カトリック司祭でもあったエラスムスは、この種の推論を恐ろしい冒瀆の極みと見なした。そのような神がいるとしたらそれは怪物であり、礼拝に値しないと彼は考えた。多くの原理主義者が、ゲイやレズビアンに対する非寛容な糾弾を正当化するために、都合よく捻じ曲げた議論を用いる。そうした議論はただ、暗黒時代がまだ完全には一掃されていないことを証明するだけである。

比較的最近まで、西洋社会ではゲイやレズビアンのライフスタイルは精神疾患と扱われていた。米国精神医学会が、おおいに紛糾した議論の末にようやく同性愛を精神病のリストから外したのは、一九七三年のことだった。

レオナルドの脳を分析しようとしても、そこから断言できることというのは、ほとんどない。とは言え、この微妙なテーマに関する状況証拠ならたくさんある。同時代の人の評価や、このテーマに関するレオナルド自身の記述があるし、数多くのスケッチにも豊富な手がかりが残されている。わたしたちは、彼の持つ途方もなく多彩なスキルと、彼が標準的なESSPに適合しないことを示す証拠とに、同時に取り組まなければならない。レオナルドのような桁外れに創造力豊かな男性を取り上げる際には、彼が性的傾向に対して慣習に囚われない姿勢を示していたことを考慮に入れる必要がある。

ほかの人々の記述から、レオナルドが容姿端麗な社交的な人物であり、当時の文化の厳格な決まりに挑戦するようなファッションに身を包んでいたことがわかる。くすんだ色の長い袖なし外套が一般的だったのに、レオナルドは鮮やかな色の短いチュニックを着ていた。彼の振る舞いは、目立ちたがり屋と言ってもいいくらいだったらしい。

彼は共に過ごす相手として人気があった。

誰に聞いても、彼は人あたりがよく愉快な話し上手で、優れた歌い手、楽師、歌作りであるということだった。生涯のこの時期のレオナルドと一緒に過ごすことは、ヘミングウェイがパリでの若き日々を描写したあの言葉、「移動祝祭日」によく似ていたに違いない。違っていたのは、レオナルドの場合、女性の存在が著しく欠けていることだった。

そしてあの失敗がある。セックスに対するレオナルドの態度がこの出来事に影響を受けたことはありうる。彼のほか五人がソドミーの罪に問われ、判決を待つ間しばらく投獄されたのだ。

結局、有罪とも無罪とも判決が下ることはなかった。これが性交についての彼の感情に影響を与えたのかどうか、あるいは、そもそも彼はそれに嫌悪感を持っていたのかどうかは不明である。

晩年になってから、彼は十歳の少年ジョヴァンニの父親を説得して、その子と一緒に住むことにした。レオナルドを引きつけたのはその子の才能ではなく、並外れた美しさだった。レオナルドには若い男性の肖像画や横顔像がたくさんあるが、その多くはこの少年を描いたものに違いない。それほど、この少年の容貌に夢中になっていたように思われる。サライ（「小悪魔」）と彼が呼んだ少年は、彼から盗みを働き、絶えず厄介ごとに巻き込んだ。しかしながら、レオナルドが自分の同性愛傾向にのめり込んだかどうか、明確ではない。「己の欲望を制御できない者は獣《けだもの》と同じだ」と彼は書いている。

奇妙な性交図

記録からは、レオナルドに異性との性交渉の経験があったのかどうかは釈然としない。なかったと示唆する文献もある。彼は両性の性器の解剖スケッチを描き、性交中のカップルのスケッチさえも一枚描いている。ただ、ほかの解剖スケッチのなかには美術的傑作とされるものもあるのに対して、性交を解剖学的に理解するために描いたものには、彼らしくない不正確な点がいくつか見受けられる。男性の性器のほうが、女性の性器よりも詳細かつ正確に描かれている。全身が描かれている男性と違って、女性は骨盤部と胸部しか描かれていない。画像には歪みもあり、あれほど鋭い目と、比率に対する優れた感覚を持っていた芸術家にしては奇妙なスケッチだ。

このスケッチで最も驚かされるのは、カップルが直立姿勢で性交している点である。世界中どこでも、性交するカップルは横たわった姿勢を好む。楽しむにはそのほうが自然だ。稀な例としてヒンドゥー美術には立位のカップルが描かれ、挿入が最大になるような位置に脚が配置されている。双方とも恍惚の表情を浮かべ、心から楽しんでいるように見える。

レオナルドのスケッチではそうではない。女性が楽しんでいるかどうかは全くわからない。ただ、男性が何を体験しているのかは推測できる。レオナルドは男性がまぶたを閉じてしかめ面をしているように描くことを選んだ。口元はへの字になっていて、至福の喜びを味わってはいないことを示している。さらに当惑させられるのは、男性の頭部が背中まで届く長い巻き毛で飾られていることだ。スケッチの上半分だけ見たとしたら、ほとんどの人はこの人物を女性と見るに違いない。

レオナルドの女性蔑視を示すもう一つの特徴が、女性の乳房の不愉快な描き方だ。不正確でもある。解剖学が知られていない時代なら許されるかもしれないが、飽くことを知らぬ好奇心に駆られて興味の対象を自ら詳しく調べた人物の作品としては、釈明が難しい。授乳中の女性の乳首を調べたなら、母乳が一本の太い管ではなく、多くの小さな導管から滲み出てくることがわかったはずだ。レオナルドが内気すぎて、乳房を間近で調べさせてほしいと頼めなかったとしても、牛や馬の乳首なら簡単に調べることができただろう。他の解剖スケッチの場合には、ためらわずに牛や馬を調べていたのだから。

死体を前にした場合も、レオナルドの強烈な関心は、女体の構造のなかでこの特性にまでは届かなかった。彼は、母乳が子宮につながった一本の太い導管から出てくると想像した。神経と筋肉とその他の器官とのつながりを解剖によって初めて発見した人物にしては、説明しにくい不正確さである。彼はかなりの注意を傾けて、男性の睾丸、精索、睾丸の上にある小さな精索上体を描いている。それに比べ、女性の膣と子宮は著しく細部を欠く。ほかの動物の体内を数多く調べたレオナルドにはこれら二つの器官の関係を知る機会があったはずなのに、驚くほどいい加減に描いている。

しかし一番みっともない失態は、二人の下肢の描き方にある。足の親指は常に足の内側にあることを考えると、レオナルドは足を反対向きに描いたように見える。ミスをなんとか説明しようと、この脚は別のスケッチの一部だとする説もあるが、根拠に乏しい。どう見ても、脚は絡み合う恋人たちのもののように見える。

このような間違いを犯したということは、この性交のスケッチが彼にとって感情的に緊張を強いられるテーマだったこと、正確に描くのが困難なものだったことを示す何よりの証拠である。

もっとある。彼のノートには、女性との友達付き合いや恋愛関係に言及した文言が一つもない。

「生殖行為と、それにまつわるあらゆることはあまりにも気色が悪いので、確立された昔からの慣習がなければ、また美しい顔と感じやすい本性がなければ、人類はすぐ死に絶えてしまうだろう」と彼は書いている。これは、まるで一つの胴体から生えているかのように二つの体が絡まり合い、美徳と嫉妬との戦いを表しているスケッチに添えられた言葉だ。添えられたコメントから判断する限り、彼は女性をよく思っていなかったと思わざるを得ない。

美徳が生まれる瞬間、女性は彼女自身に対する嫉妬に命を与える。嫉妬を伴わない美徳より、影を持たない体のほうがむしろありうるくらいだ……彼女は顔に美しい見せかけの仮面をつける……彼女が痩せて干からびるのは、果てしない欲望に絶えず心身をすり減らしているからである。彼女は獰猛なヘビに心臓を噛ませるようになる。矢として働く舌で彼女が震えさせられるのは、彼女がしばしば舌で人を傷つけるからである。彼女にヒョウの皮を纏わせるのは、ヒョウが嫉妬からライオンを狡猾に殺すからである。彼女には一握りの花を入れた花瓶が与えられる。その下はサソリとヒキガエルとその他の毒のあるもので満たされている。彼女は死を乗りこなす。なぜなら決して死なない嫉妬は死を支配するからである。死はその口に轡《くつわ》をはめられ、さまざまな武器を積んでいる。それらはすべて死の道具だからである。

しかもこれはモナ・リザの微笑み、子を慈しむ母、女性の美しさを描いた男性の言葉なのだ。

左利きだったレオナルド

レオナルドの一番目立つ特徴は左利きだということである。

中世に引き続きルネサンス期でも、子供が左手を使おうとするとその手を叩かれた。左利きに対する偏見は、ほぼあらゆるキリスト教社会に共通する。そうした偏見は、左手は悪魔の手先であるという、教会の不吉な宣言によく表れている。それなら、生まれつきの左利きがそのままでいることを許されたのはどういうわけだろう？ カトリックの学校で正式な教育を受けなかったからだろうか。もしそうなら、田舎の教育はもっと寛容だったのだろうか。それとも、左利きの性癖があまりにも強かったため、矯正に抵抗したのだろうか。こうした疑問に答えるには情報が乏しすぎる。いずれにせよ、十代の初めには明確な左利きで通していた。最初のスケッチが強い左利き傾向を維持していたことを示している。

歴史を振り返ってみると、芸術家には左利きが多かったことがわかる。

一般集団では左利きが八から一〇パーセントだとすると、美術学校では三〇から四〇パーセントと偏りが見られる。またＥＳＳＰも左利きのパーセンテージが高く、このことからも、ＥＳＳＰとＲＨＭで脳の編成に違いがあることがよくわかる。さらに、左利きの人は両手が同じように使える傾向が強く、脳の優位性が混じり合っていることを示す。

また、左利きのほうが右利きよりも脳梁が大きいという新たな知見もある。

レオナルドは左利きだったが、両手利きでもあった。これは、左手を使うことを好んだとは言え、右手でも同じように細かな運動能力を発揮できたことを意味する。右利きの人のほとんどは、左手で細かな運動能力を要する作業ができるようにはならない。やろうとしても、ひどくぎこちない動きしかできない。

レオナルドは逆向きに字を書いたことが知られている歴史上唯一の人物である。なぜ、そのような普通でない書き方をしたのかについては諸説唱えられてきた。しかし結局は、最も単純な答えが最もいい答えだ。書くときにインクが擦れて汚くならないようにしたかったのだ。左利きの人は、左から右に書く場合、そうした失敗を避けるために手首を鉤《かぎ》のように曲げて書く方法を用いなければならない。右から左へ逆向きに書けば、問題は解決できる。レオナルドは、自分のノートを他人が読むことになるとは考えもしなかっただろうし、たとえそう考えたとしても、鏡にかざす時間をかけてまで読むとは思わなかっただろう。自分に都合がいいやり方で書いたら、他人には分かりにくいものになってしまったわけだ。

右から左へ書かれた文のなかに、従来のやり方で書かれた言葉が時折混じっている。両手が使えた証拠だ。

神経科医はどちら側の目や耳、手、足を好んで使うかで、左利きと右利きを区別する。純粋な右利きとは、優先的に右目で銃の狙いをつけ、右耳に受話器を当て、右手でボールを投げ、右足で空き缶を蹴る人を指す。そのパーセンテージは、自分を右利きと見なしている人全体のパーセンテージよりは低くなる。

自分を右利きと考えている人は、世界的に見て平均九二パーセントであるのに対して、純粋な右利きはおよそ八八パーセントである。この食い違い部分に入る人は一見少数派だが、非常に重要な意味を持つこともある。たとえば、ある軍隊の基本訓練期間中に指導教官は、右の手と腕で銃を支えながら左目で狙いをつける新兵を見つけ次第、列から外す。銃の反動で左の胸と肩が傷つき、歩兵として使い物にならなくなる恐れがあるからだ。

左利きと右利きの差は、わたしたちが思っている以上に大きい。かかりやすい病気さえ違う。左利きの人は、リウマチ性関節炎や多発性硬化症のような自己免疫疾患を発症しやすい。相対的にRHHMはこれらの病気からは守られているが、心臓発作やその他の血管疾患を発症しやすい。

じかに見た人によれば、レオナルドは優れた演奏家で、自分がデザインした数多くの楽器を弾きこなし、「神々しい」声で歌ったという。これはこの偉大な思想家の脳の音楽中枢がどうなっているかを示している。演奏をしない人が音楽を聴いている場合、MRIスキャンで右の頭頂葉の活性化が見られる。この人が、耳で覚えた曲を演奏できるけれども楽譜は読めない演奏家だった場合、右頭頂葉と右前頭葉が活性化する。しかし、もし楽譜を読むスキルを持っていると、そのスキルには左半球への顕著な移動が含まれる。音楽は明らかに右半球に根差すが、楽譜を読むスキルだけは別で、これは左脳の機能になる。

レオナルドは歌うことも、演奏することも、楽譜を読むこともできた。

作曲家がオーケストラの個々のパートのための楽譜を書くには、逐次的で分析的な左半球が必要となる。それは複雑な数学の問題を解くのに似ている。けれども、レオナルドの作品の多くは、判じ絵（絵ときなぞなぞ）や象徴的な意味を持つパズルで構成されている。才能のある作曲家は一般大衆と違って、左右の半球を繋ぐ太い線維の束を持つ。でなければ、言語と音楽がそれぞれの半球にもっと平等に分配された脳を持たなければならない。また、音楽家がそうでない人より遠隔透視に適しているという証拠がある。ある研究で、ジュリアード音楽院の五〇人の学生に、遠隔透視にかかわるいくつかの課題を与えた。学生たちの成績は一般集団の最高の成績を上回った。

レオナルドが用いた言語形態はメタファーに満ちていた。彼はなぞなぞを考案し、絵にメタファーを埋め込んだ。そうしたことをするためには、左右の半球を繋ぐ脳梁が大きくなければならなかったはずだ。たとえ言語が主に左半球の機能だとしても、メタファーに基づく言語形態、たとえば詩は右半球に存在する。詩を創るという仕事をこなすには、右半球の各部分間にかなりのつながりが存在しなければならず、そのうえ、二つの半球間にも多くの相互連絡がなければならない。連絡のためのこうした神経線維が左半球の言語中枢にしっかり結合していないと、詩的なメタファーを言葉で表現することはできない。レオナルドは書きものにメタファーを盛んに用いた。半球間のつながりが密接だったことを示すもう一つの実例である。

メタファーを用いた、詩を思わせるような表現を盛んに用いたにもかかわらず、レオナルドは詩を絵画より劣るものと見なしていた。

詩が何ページもの言葉を費やして掻き立てる感情を、自分なら一つの画像で表現できると断言している。詩が右と左の混合物であるのに対して、画像はもっぱら右で知覚される。何かを見るとき、わたしたちはそれを右脳で同定し、その後、左脳でその名称を見つけ出す。

レオナルドの脳には美や調和、創造性に対する感受性を高めてくれるあらゆる特徴が揃っていた。それらはゲイの可能性があり、左利きで、音楽家の、逆向きに書く両手使いの脳が持つ編成上の違いがもたらした結果なのだ。

菜食主義だった理由

それに、ある時点で菜食主義者として生きることを選んだレオナルドの決心を、どう考えればいいのだろう？

当時は、鷹狩りや狩猟パーティー、肉が豊富に並ぶ祝祭が当たり前の時代だった。貧しくて肉に手が届かない人々は、食べられる機会を待ち焦がれた。肉を買う余裕のある人々は贅を凝らした宴会を開き、そこでは肉がメニューの主役だった。レオナルドが菜食主義者になることを選んだのは、健康上の理由からではない。どんな動物にしろ、食べるために殺すことに反対したのだ。植物は神経を持たず痛みを感じることができないが、カニ、カモ、魚、雄ブタはみな、自分と同じように痛みを感じると彼は信じていた。

レオナルドのこの考えは当時としてはあまりにも異例だったため、幾人かの友人がそれについて批評している。しかし地球上の生命が互いにつながっていることに対するレオナルドの姿勢は、数多くの神秘主義者や教祖、シャーマン、それにブッダなどの掲げた態度と響き合う。こうした人々も、世界を一つの大きなつながり合った共同体と見ていた。このような考え方は東洋によく見られた。アルファベットが支配する西洋では、つながり合いを信じるようなタイプの考え方はだいたいにおいて抑制された。レオナルドは、少数ではあるが並外れた西洋人の集団に属していた。

あらゆる生命がつながり合っているさまを思い浮かべることができる人々の集団だ。

左脳は世界をサバイバリストの視点から見る。

あらゆるものは「わたし」と「わたしでないもの」に分けられる。自我は左半球に宿る。右脳はすべての生き物のつながり合いを見る。通常、右脳は左脳に抑えつけられている。アルファベットの読み書きは、我々対彼ら、「内側」対「外側」という態度を強める。マーシャル・マクルーハンがこれを次のようにまとめている。

我々はもう一度、両方［左脳と右脳］の知覚バイアスを受け入れ、調和させなければならない。そして、何千年もの間、左半球が右半球の定性的判断を抑圧してきたこと、そのために人間の性格が報いを受けていることを理解しなければならない。

読み書きは、創造物が創造者の顕現であることに気づくよう促すのではなく、ある創造主を称える宗教の発展を促す。あらゆる生き物とつながっているというレオナルドの感情が、菜食主義を実行した理由だった。彼の右脳は、西洋社会で正常と見なされている以上に大きな影響を、彼の意識に与えていたに違いない。

レオナルドはスフォルツェスコ城のアッセの間の天井に非常に風変わりな装飾画を描いている。最初は、空間を奪い合うように伸びる多くの蔓がやたらに重なり合い、青々と茂って、覆いかぶさっているように見える。しばらく注意を集中して観察するとようやく、何本もの蔓は分かれてはおらず、一本の長い蔓がそれ自体と絡み合っているのだとわかる。これはレオナルドの世界観を写実的に表した像である。自分にとっての真実、すなわち、「あらゆる生命はつながり合っている」という考えを、複雑な図形の形で公にしているのだ。

四百年後、沈着冷静で真面目な物理学者たちが物理学界を引っくり返すことになる。世界はつながり合っている、そして人間の意識は計算して方程式に入れなければならないという基本的な前提のもとに、数学的な証明を発表したのだ。羽ばたく蝶は本当にハリケーンとつながりがある。量子理論と複雑性理論（カオス理論）がそれを裏づける。彼らの結論は、高さ、長さ、幅という空間の三つのベクトルと、過去、現在、未来という三つの持続時間を含む第四の次元と相まって、現実に対するわたしたちの共通認識に挑戦する。

これはハイゼンベルクやボーア、パウリ、ボーム、ベルなど多くの人々が理論化した考え方であり、パットホフとターグがＳＲＩで遠隔透視実験を行ったときに確立したものである。レオナルドはこうした洞察を先取りしていた。レオナルドの脳はきわめて複雑であり、人類という種にとって重要な意味を持っていたのだ。

第17章

レオナルド／非同時性

レオナルドのユニークさを考えると、彼はミュータントではなかったのかと思いたくなる。精神技術で左右両半球を統合した、輝かしい両性具有モデルだったのではないかと。彼は十分に理解される前に逝ってしまった――彼自身にさえも。

――ホセ・アグエイアス

あらゆる悪は記憶に悲しみを残していく。究極の悪、死を除いて。死は命とともに記憶をも破壊する。

――レオナルド・ダ・ヴィンチ

信じがたいほどの苦しみと努力の六十年をかけて、ようやくユニークで自意識過剰の人間になったと思ったら、あとは死ぬしか用がない。

――アンドレ・マルロー

レオナルドの類い稀な創造力は、別の考え方を値踏みする能力から来ていた。ESSPであることが、彼の存在を男性と女性の間のどこかに置いた。左利きで、両手が自由に使えて、鏡文字を書いたことは、脳の片側が優位にあるのではないことを示す。誰もが肉を食べていた時代に菜食主義にこだわったことは、全体論的な世界観を示唆する。

左右の脳の半球が同等であることが、芸術と科学における史上並ぶもののない業績に貢献した。彼の脳のユニークな配線は、世界を高次の見晴らしの良い地点から体験する機会も与えた。彼の芸術と科学双方に見られる不可解なまでの妙技をじっくり考えるには、一歩退いてこう問いかけるしかない。

「彼の知的能力はただ程度だけが異なっていたのだろうか、それともわたしたちとは質的に異なる認知形態を体験していたのだろうか」。

非凡な才能と精神障害

思うに、レオナルドの成功(そして失敗)の多くは、彼がより高い意識へのアクセスを獲得した結果なのではないだろうか。どんな種類の人間なら、十五世紀への変わり目に、次世代版の空間(遠隔透視)と時間(予測精度)にたどりつけるのだろう?

チグリスは小アジアを通り、ムナケ、パラス、次いで一番低いトリトンと、高度の異なる三つの湖の水を順に運びながら流れる。ナイルもエチオピアの非常な高地にある三つの湖に発して、エジプト海へ向かって北へ流れる。全長は七千キロに及び、最も短い直線の川筋でも五千キロに達する。レオナルドはノートに次のように書いている。

地中海の深き懐《ふところ》は、海のように、アフリカ、アジア、ヨーロッパの主要な河川を受け止めた。それらの河川は地中海へと流れ、地中海を取り巻いてその堤をなす山々の裾に達した。そしてアペニンの山脈はこの海のなかに、塩水に囲まれた島の形でそびえていた。アトラス山脈の背後にあるアフリカも、三千マイル（約五千キロ）に及ぶ大平原の地面を現してはいなかった……そしてこんにち鳥の群れが飛ぶイタリアの平原の上には、魚の大群が泳いでいた。

これは驚くべき記述だ。ナイルの水源はまだヨーロッパ人が探検しておらず、一八五八年にジョン・スピークが発見して記述するまで、ヨーロッパでは存在すら知られていなかった。それなのに、その三五〇年も前にレオナルドがほぼ正確に記述している。また、先史時代に起こった出来事に対する知識が、旅人によってもたらされたとは考えられない。

これからわたしがしようとしているのが非常に思い切った推論であり、非現実的と受け取られかねないことは、よくわかっている。しかし、わたしたちの日常的な現実認識には合わない重要な出来事や事実が実際に存在するのに、それに対する説明が欠けている。次に述べるのはそうした出来事のほんの一部である。

ルパート・シェルドレイクはオックスフォードで教育を受けた生物学者で、人間や動物でＥＳＰ（超感覚的知覚）実験を行った。著書の『The Sense of Being Stared At』（見つめられている感覚）で、大部分の人がある程度のＥＳＰを持っていることが実験でわかったと述べている。たとえば、ある簡単な実験では、四人のうちの一人に、決められた時間に四人以外のある人物に電話をかけるように頼んだ。誰が電話することになるのか、各自の家で封筒を開けるまで、誰にもわからない。四人のうちから一人が選ばれて電話をする。

電話のベルが鳴り始めたとき、受け手は誰がかけてきたのか推測しなければならない。当たる確率は四回に一回、つまり二五パーセントとなるはずだった。ところが、六〇パーセント以上正しく当てる人がいた。またそれは偶然の結果でもなかった。かける人と受ける人の関係性が成績に大きく影響したのだ。なかでも、母親と娘が一番密接な関係にあった。距離は全く問題にならなかった。ニュージーランドから英国というように、非常に遠方からかけた場合もあったのだ。彼の実験の要点は、一部の人には空間を折り畳めるほどの超感覚的知覚が備わっているということだった。

普通とは違うやり方で空間を思い描く能力は、別の特殊な集団にも及んでいる。目隠しをしたまま、同時に複数の試合をこなし、しかもその大部分またはすべてに勝つ。そんなチェスの達人の知的能力を、一体どう考えればいいのだろう？　一九〇二年にフィラデルフィアで、当時二八歳のハリー・ピルズベリが目隠しをして同時に二十人と対戦し、全員を負かした。彼は米国中を七万キロも旅して、目隠しをして同時進行のチェスゲームをするという特技を見せて回り、多くの人々を感嘆させた。

その後も目隠しをしたチェス名人が現れて、観衆を当惑させ続けた。一九二五年にはリチャード・レティが目隠しをしてサンパウロで二九人と同時に戦った。試合後、帰宅する彼はスーツケースを忘れた。誰かにそう言われた彼は、「ありがとう。記憶力が悪くてね」と笑った。


現代の神経科学者には、目隠しをしたチェス名人がこうした偉業を成し遂げる際の精神機能を説明することはできない。多くの盤面をどうやってたどれるのか訊かれると、こうした名人のほとんどは、そもそも言葉で説明できる場合はということだが、こう答える。すべての盤面を全部一度に、心の目に思い浮かべることができるのだと。言い換えれば、全体論的に見ることができるのだ。あなたやわたしがそうした偉業に挑むことがあったとしたら、すべての盤面の配置を順々に記憶しようとするだろう。最初の何手かを指し終えたところで、この戦略は破綻する。わたしたちは一試合も、勝つことはおろか引き分けにさえ持ち込めないだろう。どの盤面がどういう配置になっていたかを思い出すだけでも、四苦八苦するに違いない。

ピルズベリなど目隠しチェス名人のスキルを持つ人たちは、空間と時間をわたしたちとは違ったふうに思い浮かべる。それは単に程度の問題ではなく、それ以上の何かだ。彼らがどうやってこの偉業を成し遂げているのかを推し量ることは、わたしたちにはできない。世界を三次元の空間として捉え、直線状に過ぎてゆく時間を観察する者には、到底理解できないのだ。

自閉症は先天的な精神疾患の一形態である。特徴は、この疾患の子供が「精神的盲目」であること、つまり他者に共感することができないことだ。人間とその他の高等動物、たとえばチンパンジーやボノボは、「心の理論」とでも呼ぶべきものを持っている。わたしたちは他者の心に自分自身を置いてみて、相手がどう考え、どう感じているか想像することができるのだ。これは人間やそのほかの高等動物に、他者の苦しみに感情移入して同情することができる能力を与える。

障害スペクトラムの端に位置する自閉症の人の一部はそれができない。彼らは人間よりも物を相手にするときのほうが安心できる。外から見ると、彼らの内面の精神生活はきわめて限られていて、内省や心のなかの対話はあまりないように見える。高機能自閉症は家庭で世話をすることが可能だが、かなりの気くばりが必要である。

自閉症の人たちのなかに、非凡な知的才能を持っているように見える人が稀にいる。そうした自閉症サヴァンと呼ばれる人は、しばしば神経科学者を途方に暮れさせる。彼らの非凡な能力をどう説明すればいいか、依然として確信が持てないのだ。精神科医のダロルド・トレッファートが著書の『なぜかれらは天才的能力を示すのか――サヴァン症候群の驚異』(高橋健次訳、草思社、一九九〇年)に、この現象の記録例すべてを集めている。彼はそれらを四つのタイプに分けている。電光石火の計算者、直観または写真記憶者、並外れた音楽記憶力の持ち主、そして一番稀なのが、教わったはずがないのに芸術的能力を持つ者である。

電光石火の計算者は、ほんの何秒かで、三〇六七年の五月一〇日は何曜日になるか答えることができる。直観記憶者は印刷物のページを一度見ただけで、それをいつまでも記憶に留めておくことができる。特殊な音楽的才能の持ち主は、一度聴いただけの曲をすぐに弾くことができ、しかもいつまでもそれができる。高機能自閉症サヴァンのキム・ピークは、映画『レインマン』（一九八八）でダスティン・ホフマンが演じた人物のモデルである。読んだことがある本ならどれでも完璧に暗唱でき、聴いたことのある曲なら、楽譜なしで何でも演奏できる。最も興味深いのは、キム・ピークには右脳と左脳との間の接続がないことだ。脳梁がないのである。

自閉症サヴァンのなかでも最も不可解なタイプが、何年も経験を積んだ熟練の芸術家でなければできないような、完成度の高い絵を描ける人々である。

心理学者のローナ・セルフは、ナディアという名の二十世紀初頭に生きた女の子を精力的に研究した。ナディアは三歳半で非凡な才能を見せ始め、五歳になる頃には、円熟期のレオナルドのスケッチに匹敵するほどの傑作を生み出していた。ナディアについて興味深いのは、生まれつき話せなかったことである。言語能力はきわめて原始的で、叫び声しか出せなかった。言葉を教えられ、徐々に話せるようになるにつれ、芸術の才能のほうは衰退していった。九歳になる頃には、五歳から七歳まで見せていた特殊なスキルをすっかり失っていた。

芸術家としての最盛期には、ナディアは理解可能な話し方はできず、目もほとんど合わせず、たいていは受け身で、何事にも無関心だった。どちらかといえば無力で、服を着るとか靴紐を結ぶといった基本的なことにも手助けを必要とした。ところが紙とペンを与えられると、そうした重い障害は影をひそめる。左利きの彼女は、乗り手を乗せてギャロップしている馬を、斜め前からの視点で正しい遠近法を用いてスケッチすることができた。どのようにしてこれほどのスキルを獲得できたのか、説明できる理論もなければ、科学的な説明も存在しない。芸術的なスキルの獲得は通常、時間を追って進むものなのだ。

小児心理学者のジャン・ピアジェが、子供が具象美術の知覚力をどのように獲得するかを詳細に述べている。最初は棒のような形を描く。次に手とか足といった細部が付け足される。年齢が進むにつれ着実に進歩して、もっと洗練された形が描けるようになる。たとえば、五歳児はまだ首の描き方がわからない。何年もかけて、適切な解剖学的細部を備えた人物を正しい遠近法で描くにはどうすればいいかを学ぶ。わずか五歳の、事実上知的障害のある子供が、一体どうすればこれほどの馬を描くことができたのか？　時空連続体にしか存在しない集合的無意識という知識の宝庫を利用したのだろうか。ナディアは厄介な謎を提示する。わたしたち普通の人間には手の届かない一種の時空意識があって、彼女はそれを利用できたのではないか、とトレッファートは思いをめぐらせている。

時空を意識できる人々の例や量子非局所性現象は、因果律も無視するし、空間と時間の限界も侵害する。そのため、左脳——それに科学界——はそうした能力を変則として退けてきた。それらは誰にも説明できない。UFOの目撃談やトリノの聖骸布《せいがいふ》（キリストの遺体を包んだ布）と一緒に超常現象としてひとまとめにしておけばいい、そういう現象は存在しないのだ。大半の科学者は自分にそう言い聞かせる。きっちりした科学の枠組みのなかで仕事をするほうが気楽だし、証明できるものに注意を集中するほうがいいというわけだ。けれども、いわゆる合理的な世界に挑戦するような能力の例が、あまりにも多く存在する。遅かれ早かれ、わたしたちはそれらを受け入れざるを得なくなるだろう。

レオナルドの脳について思いをめぐらすとき、わたしたちは次のように問わなければならない。「彼の脳はひょっとすると、人類の未来への飛躍を表すのではないだろうか？　種としてのわたしたちは、時空と非局所性を正しく認識する方向に動いているのではないだろうか？」

よく考えなければならない疑問はほかにもある。

なぜわたしたちは、ほかのあらゆる動物に比べて、これほど速く成長するこんなにも進化した脳を持っているのだろうか？

なぜ、左右の脳機能が分割されている唯一の種なのだろうか？

あらゆる動物のなかでなぜわたしたち人間だけが、直立姿勢を当然と見なすのだろうか？

霊長類のなかでなぜわたしたち人間だけが、毛皮を失ったのだろうか？

なぜ左利きがいるのだろうか？

なぜわたしたちは互いに殺し合うことができるのだろうか？

わたしたちの種の、現在進行中の進化という測り知れないドラマにおいて、ことによるとレオナルドの孤独な存在が、これらの疑問の答えに近づく唯一の道なのかもしれない。

第18章

進化／絶滅

ひょっとすると、自然は人間を絶滅させるべきなのではないだろうか。というのも、人間は世界の役に立たないだろうし、あらゆる生き物に破滅をもたらすだろうから。

――レオナルド・ダ・ヴィンチ

宇宙が人間を押し潰すときも、人間は彼を殺すものよりも気高い。彼は自分が死につつあること、そして宇宙が勝利を収めることを知っているが、宇宙は何も知らないからである。

――ブレーズ・パスカル

それは再び永遠の疑問を提示する。我々は命ある世界全体を見ることができるのだろうか、それとも、我々が一つの半球だけで見るこの死の側においては、それは無理なのだろうか。

――フィンセント・ファン・ゴッホ

わたしたちは進化の過渡期にいる。

その輪郭を描こうとしているのが、「人間原理」と呼ばれる理論（宇宙の中心は人間であるという考え方）である。一般に科学者はこの原理を論じたがらない。宇宙の進歩が行き当たりばったりではなく、隠れた目的に沿っているとする理論だからである。この宇宙にはニュートンの重力定数、光の速度、プランク定数など、人間が発見したいくつもの定数がある。なぜそれらが一定なのか、誰にもわからない。たとえ一兆分の一であろうと、何かが違っていたなら、原子はいまのような安定した元素となることができず、星々は熱と光を作り出すことができなかっただろう。微粒子は結びついて原子となることができず、やがて意識という頂点に達する進歩の連鎖も、決して起こらなかったことだろう。

この世の終わりはあるのか

量子物理学者のヒュー・エヴェレットは、量子論が暗示するものの一つに並行宇宙の存在があると述べている。一部の科学者は、「なぜ自分たちはここにいるのか?」という質問をすることがたまたま可能な宇宙にわたしたちがいるのはなぜなのかと、問う。なぜわたしたちは、これほど大きく、過度に複雑な脳を持っているのだろうか。サバンナで生き延びるのに必要とされるよりもはるかに進んだ脳を持っているように思われるが、それはなぜなのだろうか。

さまざまな任務を専門にこなす領域が脳のどこにあるのかを同定する技術は、大幅に進歩した。

けれども、意識の中枢は探索の手をすり抜け続けている。わたしたちは、周りを見回し、過去を振り返って「なぜ？」と問う地点まで進化した。命ある物から、新しい特性が姿を現した。宇宙について思いをめぐらす能力である。

自著の『四次元の冒険』（矢沢攻一訳、金子務監訳、工作舎、一九八九年）で、科学者で哲学者のルディ・ラッカーがうまい表現をしている。

わたしは言わば、宇宙が自分自身を見るのに使う目だ。心はわたしだけのものではない。心はいたるところにある。

こうした進化の段階の一つ一つがどれほど特別なものだったかを考えると、次の段階がどのようなものになるか、人間の想像力で思い浮かべることは可能なのだろうか。あの福音主義者たちはどうだろう？　人類は手押し車で地獄へ行こうとしているとか、世界の終わりは近いとか信じ込んでいる彼らは？　彼らの予想によれば、イエスが再び地上に現れるとき、アルマゲドンが起こって罪びとと不信心者は兎《うさぎ》穴に落ちて消え、その底にはヒエロニムス・ボスの絵さながらの悪夢が広がっているという。

イスラム改革派は自らの命を犠牲にする。天国で七二人の処女に出迎えられると信じているからだ。正統派ユダヤ教徒の一部は、正統派が中世に纏っていたのと同じ衣服で正装することを望む。

何世紀も前、シェークスピアはハムレットに親友をこう諭させている。

「ホレイショ、この世には、おまえの哲学では夢にも思わないようなことがあるのだ」

このとき、シェークスピアは不確実性を正説に持ち込んだのだ。

現代の世論調査屋が、十四世紀末のヨーロッパの人々が新世紀をどう予想するかを調査したと仮定してみよう。十四世紀は西洋文明において最も恐ろしい世紀の一つだった。ヨーロッパは百年戦争で荒廃し、立て続けに襲った三回の腺ペストの流行で、人口の三分の一以上を失った。社会、政治、宗教、科学のいずれにおいても、目立った進歩はほとんど見られなかった。

当時のヨーロッパの景観に散在するのは、略奪され、火を放たれた村々で、そこから立ちのぼる黒い煙のように、悲観主義が重く垂れ込めた。当時の物書きが将来をどう値踏みしていたかを読むと、一つのことが明らかになる。年代記作者や歴史家、廷臣、貴族、哲学者、芸術家の誰一人として、ルネサンスがまさに花開こうとしていることを知らなかった。社会を一変させてしまうことを知らなかったのだ。

同じように、一七九〇年代にヨーロッパは初めてのエネルギー危機に直面していた。当時の主な燃料は薪だったが、手近にある大きな森はすでに伐採し尽され、木こりは危険を冒して集落から遠く離れた森に分け入って、十分な薪の採れる場所を探さなければならなかった。そのため、薪の値段が高騰した。

啓蒙主義の偉大な思想家も誰一人予想しなかったことだが、革命的な社会変化が始まろうとしていた。何千年も前の狩猟・採集生活から農耕生活への転換以来、人間社会における最も大きな変化だった。石炭がベッセマー転炉で燃やされ、工場の燃料となろうとしており、やがてそれがヨーロッパの景観を変えることになる。農場から都市への大規模な人口移動が始まったが、一七九〇年代に生きていた人は誰も、産業革命が始まろうとしているとは思いもしなかった。

世紀末の物理学者は、自分たちがしなければならないのは物理学の主要な問題二つを解くことだと確信していた。どちらも光の性質に関係があった。マイケル・ファラデーが一八二〇年代に電磁気を発見し、一八七六年にクラーク・マクスウェルの方程式が電気と磁気の関係を数学的に明らかにした。この間は最高に創造的な時代で、ヨーロッパのあらゆる国の物理学者が業績を競い、また大西洋を越えたアメリカでも多くの物理学者が研究を行った。アルバート・A・マイケルソンが十九世紀末近くに高らかにこう宣言した。「物理科学の最も重要で基本的な法則および事実はすべて発見され、いまや強固に打ち立てられたので、新たな発見の結果、それらが補足される可能性は、誠に微々たるものである」。

しかし、光に関する厄介な問題二つはまだ解決されていなかった。著名なケルヴィン卿は十九世紀末に行った講演で、この二つの些細な問題についてはまもなく答えが得られるだろうと述べた。そうすれば物理学者は、解剖学者が数百年前にしたように、誇りをもって物理学の本を閉じることができるだろう。あれほどの創造的な時代の後とあって、物理学者は新たな発見をもっと小綺麗に整えるのに使える「処理」戦略の構想を練った。

当時活動していた美術批評家や物理学者は誰も、それぞれの世界が大混乱に陥ろうとしているとは、夢にも思わなかった。ところが、二十世紀初頭にはキュービズム、フォービズム、未来派、ダダ、シュールレアリズム、表現主義などの新しい芸術運動が起こり、創造力の源が干上がるといった会話は影を潜めた。物理学者は、物理学の全く新しい部門二つ、相対性物理学と量子物理学が、自分たちの分野に革命をもたらそうとしていることを発見して仰天した。どちらもあの答えの出ていない疑問から生まれた部門だった。論理の趨勢は組み合わせ思考へと移りつつあった。遥か昔にアリストテレスは、やがて合理的信念の指針となるものを明らかにしていた。すなわち、もしAがAであるならば、それはBではありえない。

まあ、そうかもしれないが、と量子物理学者と相対論物理学者は言った。ひょっとすると、AとBは組み合わさって、二者択一ではなく、両方を包含する存在を形成するかもしれない。物理学者のフレッド・アラン・ウルフは事の本質を見事に捉え、シェークスピアをもじって、「〝トゥービー・オア・ノット・トゥービー〟は問題ではない。答えなのだ」と述べている。

人類が昇ってきた十六段の梯子

わたしたちはいま、二一世紀の初めにおり、未来はやはり、望遠鏡越しにぼんやりとしか見ることができない。次に何が来るかを心得顔で予想できると考えるなんて、厚かましいにも程がある。まずはゆったり座って、物語が展開するさまを楽しむべきだと思う。結末がどうなるか、わたしたちには何の手がかりもないけれど。

思いがけず梯子を昇ることになった、十六の段を振り返ってみよう。

1. ビッグ・バン――無から何かが生まれた
2. 原子――混沌から安定が生まれた
3. 星々――無数の微細な塵が集まって巨大な存在が形成された
4. 銀河――星が組織された
5. 水素融合――暗闇に光が生まれた
6. 周期律表の始まり――星内部の水素融合による熱のなかで、炭素、窒素などの元素が創られた
7. 超新星――爆発する星が鉄より重い元素を創った
8. 分子――他の原子との結合に都合がいいように原子が配置された
9. 水――水素と酸素という、起こりそうもない結合が起こった
10. 自己複製分子――生命の基礎的要素であるＤＮＡができた
11. 細胞――分子が高度に組織化され、分業を行うように配置された
12. 生命体――細胞が集まり、協力して、さらに複雑な有機体を作った
13. 性と死――進化の過程に革命をもたらした
14. 生命から思いがけなくメタ資質――知覚力、即応力、意識、自意識――が現れた
15. 言語――炭素骨格のベンゼン環を必要としない最初の存在――が誕生した

16．人間の脳が機能別の領域に分割され、心の最初の例——それ自身の意味を熟考する能力——が生まれた

ここに、畏敬の念を引き起こし続けている重要な疑問が二つある。命のないところから、どのようにして生命が現れたのか。こうした疑問を熟考する意識がどのようにして現れたのか。この二つである。最新の複雑性理論（以前はカオス理論と呼ばれていた）は、どのようにして無秩序から秩序が現れ得るのか、どのようにして「不可能」が可能となるのかを説明する。

長い目で見れば、脳の分業も右脳に対する左脳の優位も、思考の発達の一段階に過ぎないとも考えられる。ひょっとするとこれは、通り抜けなければならない過渡的な段階なのかもしれない。言語や、複雑な連続行動を完了させるスキルの発達に必要な段階なのだろう。それでも謎は残る。わたしたちの脳は、わたしたちくらいの体格の霊長類に予想される大きさの三倍もある。

デイヴィッド・プレマックは「ミッシングリンク（生物の進化の課程がわからない期間）」を訝《いぶか》しんで、次のように述べている。「自然界に中間の言語はない。単純な叫び声のシステムと人間の非常に優れた言語との間には何もないのだ」。

ソフォクレスはかつて、「呪いを伴わずに人間の生活に入ってくる巨大なものはない」と警告した。適者生存の観点からして、人間の言語が生命の進化において起こった最も重要な出来事である

ことに、ほとんど異論はないだろう……これまでのところは。ほかの生命形態で、言語を使って、その言語が獲得した適応の起源を調べるものはいない。昆虫は合図を送れるし、動物の一部は情報を伝えることができる。しかし人間だけが言語のおかげで、質問をすることができ、そのうえ答えに反論することができる。

しかし、この巨大な発展に伴う呪いとは何だろう？

相対する脳の領域が同格のもの――空間（右脳）と時間（左脳）――にそれぞれ専念し、それがいまや時空認識の獲得を阻む要因となっていることだろうか。左半球が誇る言語の流暢さが、異なる意識形態に近づく障害となっていることだろうか。

アルフレッド・ノース・ホワイトヘッドはその考え方を支持している。

何世紀にもわたって哲学文献に取り憑いてきた誤解は、独立の存在という考え方である。そのような存在様式はない。あらゆる存在は、宇宙のそれ以外のものと織り合わされているという観点からのみ、理解される。

言語と宇宙

というわけで、ここに言語の威光と専制の両方があるわけだ。現実を描写する能力が、この図式における弱点を曝け出す。それは客観化するという性癖である。脳の全領域を直線状の言語の処理用に配線したことでわたしたちは軽率にも、自らを自然という母体から引き裂いて自由にしてしまった。人間はこの母体から十分な距離を獲得し、それを振り返って眺め、もはやその一部でないと決めた。単一性が壊れ、二重性が現れた。わたしたちは「ここ」にいて、自然は「そこ」にある。ところが新しい情報によって、「そこ」というものがあるという考え方は引っくり返されてしまった。

量子力学の発見に当たって、物理学者のジョン・ホイーラーが、人類の理解すべきことをまとめている。「向こうには向うというものはない」。わたしたちは客観性を獲得したが、宇宙とつながっているという感覚を失った。そして現在、自然の大規模な破壊に乗り出している。そのなかでの自分たちの役割を思い描くことができないからだ。ウェルナー・ハイゼンベルクが問題を次のように断定している。

古典物理学では、我々が世界を、あるいは世界のほんの一部を、我々自身とは無関係に記述することができるという信念――あるいは幻想と言うべきか――から、科学が出発した。

客観的な姿勢は名前をつける力に現れる。

聖書では、神はまずアダムに名前をつけることを教えた。火の起こし方を教えようとはしなかった。それはもっと日常的な行為だったのだろう（ギリシャ人はプロメテウスの神話が示すように火を選んだ)。神はアダムにあらゆる動物の名前をつけさせ、それによって、それらを支配する力を得させた。つまり支配権を授けることが、命名の意味なのだ。

宇宙はそれ自体が驚くべきものだが、宇宙に気づくことのできる意識を持つことも、まさに驚くべきことである。生命の究極の目的は宇宙を見ることのできる生命体を開発することだったのだろうか。そんなことがありうるだろうか?

ホイーラーによれば、心と宇宙は切っても切れないほどに統合されている。

ユダヤ教の律法であるタルムードは、この捉えにくい関係を、神とアブラハムとの会話という作り話めいた物語で表している。まず、神がアダムを嗜《たしな》めてこう言う。「もしわたしがいなければ、おまえは存在しないだろう」。一瞬考えた後で、アブラハムがうやうやしく応える。「そうです、主よ。そのことはよく承知していますし、大変感謝しております。しかしながら、もしわたくしがいなければ、あなたが知られることはないでしょう」

しかし、この偉業を成し遂げる能力は、もしわたしたちの脳が二つに分かれず、拡張可能な宇宙と直線状の時間という概念を構築することができなければ、明日にも消えてしまうだろう。前者は、あらゆる「もの」がそれ相応の場所を占め、ユークリッドが断言したように、二つの地点が同時に同じ空間を占めることはできないという幻想を創り出す。しかし微細な粒子はこの一般通念の例外なのだ。ウェルナー・ハイゼンベルクが量子物理学固有の不思議さをわたしたちに思い出させてくれる。

［原子］は、もはや古典物理学で言うような意味での物ではない。場所や速度、エネルギー、大きさといった概念で明白に記述できる物ではないのだ。原子のレベルまで下がっていくと、空間と時間における客観的世界はもはや存在しない。

直線状の時間は、動いているベルトコンベヤーに沿って出来事が進行するという、相補的な幻想を創り出す。ベルトコンベヤーは過去に始まり、束の間の現在に一瞬現れ、まだ起こっていない未来の見通せない霧のなかへと続いている。

これら二つの精神的なフィクションは、左右の脳がそれぞれ専門化しているという、人間の脳に特有の配置の直接の結果である。この配置は、長い氷河時代には非常に役に立ったが、いまやわたしたちを惑わせている。自分たちは劇場に閉じ込められて劇を見ているのだと信じ込ませているのだ。座席でそわそわと身じろぎしながら、わたしたちの多くは、何かとても大きいけれども不明瞭なものが視界から隠されているという思いに悩まされている。それでも、役者は自信たっぷりで、わたしたちの目の前にある物体にも説得力がある。そこで大半の唯物論的科学者は、劇は現実をすべて盛り込んであると主張する。しかしいくら高度で論理的な議論を聞かされようと、かなりの数の人々が疑いを拭いきれないでいる。目に見える舞台の背後にもっと大きな舞台が存在するという、心穏やかならぬ確信を持ち続けているのだ。

アルベルト・アインシュタインが次のような見解を述べている。

この［宇宙に対する信仰心のような］感情を、全くそれを持たない人に説明するのはきわめて難しい……あらゆる時代の敬虔な天才は、教義を持たない種類の信仰心によって、それと認められる……わたしの考えでは、この感情を目覚めさせ、それを受け入れる力のある人のなかに生かし続けることが、芸術と科学の最も大事な役割である。

右脳が左脳から分かれたことは大きな恩恵だった。

その分離が、初期の人類の心に空間という軸と時間という横座標を創り出した。わたしたちはこのグラフ上に「現実」世界の輪郭を描く。地球には、イルカやイヌ、クジラ、チンパンジーなど、非常に知能の高い動物がたくさん住んでいるにもかかわらず、そのどれ一つとして、人間ほどには時間という次元を巧みに扱えない。

脳が空間と時間を分け、右と左を分けたことが、因果律に基づく論理的思考が現れる条件を整えた。そして、この思考は言語に依存する。読み書きが加わったことで、この過程はさらに強化された。人類にとってこれは非常に大きな利点となったので、理性と言語コミュニケーションの座である左脳が、より原始的で神秘的な右脳に対してかなりの力を振るうようになった。エゴ（自我）の玉座の間は左脳に置かれ、そこではエゴが、出来事をコントロールしているという傲慢な確信を持ち続ける。右脳という従属的な立場に置かれ、それ自体を表現する言語を持たず、器用なほうの手ではなく不器用な手を制御するイド（原我、本能的衝動の源泉）は、当然受けるべき尊敬を得るのが難しい。とは言え、これは単に進化の一段階に過ぎないかもしれない。

変化はどこからやってくるのか

高等な種が絶滅、または新しい種への移行を経験する前に過ごす生存期間は百万年から百二十万年である。ホモ・サピエンスは十五万歳で、種としての寿命からすれば、わたしたちはおよそ十二歳から十五歳に当たる。これはほぼ正しい。わたしたちはより強くなりつつあり、より致命的なやり方で互いに傷つけ合うことが可能になっている。それでも、自らの強さと、それを抑えたいという願望にもっとよく気づくようになっている。これはまた思春期が始まる年齢でもあり、わたしたちには生理機能の急速な変化が起こる。

わたしたちは変化を体験する時期に入りつつあるのだろうか。未熟な状態で生まれ、桁外れに長い養育期間を必要とするわたしたちは、多くの誤った考えや信念を心に植えつけられやすい。創造力のあるなしが、わたしたちが何を信じるかを決める。あなたが心に描くものを教えてほしい。そうすれば、あなたがどんな人であるかを告げよう。何を思い描くべきかを告げさせてほしい。そして、あなたが徐々に、何になっていくかを告げよう。多くの人は、論理的な大人として世界に近づくのではない。求めるのはグループの一員となって仲間意識を持つことだ。そうしたグループは、間違いだとか邪悪だとさえ言って、他人の信念体系を中傷する。自分が間違っているとは思いもしない。彼らの体系が欠陥のある前提に基づく多くの体系の一つに過ぎないとは、思いもしないのだ。アブラハムの宗教三つ（ユダヤ教、キリスト教、イスラム教）は兄弟愛で結ばれているべきだ。彼らは同じ神を崇めている。それなのに、些細なイデオロギーの違いでバラバラに引き裂かれている。東洋では、神道を信じながら仏教の教義を支持し、道教を実践してもかまわない。しかし西洋では、同時にユダヤ人で、キリスト教徒で、ムスリムであることはできない。当惑か軽蔑の目で見られる。

部族や共同体、国家の間の戦争は、常に人類の突出した特徴だった。国粋主義者、ファシスト、共産主義者、帝国主義者――何と呼ぼうと関係ない。武力に訴える権利があるという意識は人類のゲノムにしっかり組み込まれている。これは呪いとしか言いようがない。同じ種の動物はめったに殺し合わない。支配権をめぐる闘いは非常に多く、当事者は怪我を負うが、高等な種の構成員間の大規模な戦争は、きわめて稀である。[*1]

＊1：遺伝学的に人間に最も近いチンパンジーは、別のチンパンジーの群れを襲うことがある。

一定の地域の生息数が多くなりすぎたことを種の構成員に知らせるシグナルを持たないのも、人間だけである。

利用できる資源ではこれ以上の個体数を支えられなくなると、兎、鹿を始めあらゆる動物が、繁殖を控えなければならないと本能的に悟る。しかしわたしたちは赤ん坊を産み続け、世界を人口過剰にしている。二十世紀半ばに、世界の人口は三〇億人付近を上下していた。悲惨な戦争で何百万人もが失われたにもかかわらず、いまでは七二億人近くに膨れ上がっている。

地球の混雑ぶりは、脳の左側に宿る自我と超自我の不安を掻き立てている。右半球に対する左半球の優位は、サバイバリストモードの持続を確実にする。

人口過剰にこの二つの特質、すなわち武力に訴えたがる傾向と自然破壊が加わると、思ったより早く人類の絶滅が起こりかねない。わたしたちが変わらない限り、そうなってしまうだろう。では、変化はどこから来るのだろう？　レオナルドが遺伝子プールに現れたことが、希望を与えてくれる。彼は戦争が是認されていた時代に生きた。それでも晩年には戦争を認めず、真実と美の追求に集中した。自分は自然の一部であると信じ、自然を支配するのではなく、理解し、描くことを望んだ。

いま、二一世紀前半に入ったわたしたちは、テクノロジーと生命体の改良に没頭している。次に何が来るか、誰に予測できるだろうか？　歴史上や先史時代の驚くべき発展を予測できなったように、この先何がわたしたちを待っているか、わたしたちにはわからない。ひょっとすると、権力にそれほど関心を持たず、心の問題にもっと関心を持つ人が増えるにつれ、ホモ・サピエンスの改良版に進化するのかもしれない。

わたしたち人類は全面的な変態を遂げて、全く新しい種に移行しつつある。そんなことは起こっていないと嗤う人は思い出してほしい。何百万年もの間、犬は獰猛な肉食獣として群れで移動する生活を送っていた。殺戮本能がすぐに顔を出した。その後、人間が犬のゲノムに介入したのは、わずか六千年前のことである。先史時代の犬は予想もしなかったことだろう。群れに忠実で、歯を剥いて威嚇する巨大な仲間が、膝に座るチワワやプードルに進化するとは、思いもよらないことだったに違いない。

あらゆる生命体の基礎である炭素は、地球上で最もありふれた元素の一つである。

もう一つ豊富にあるのがケイ素（シリコン）だ。酸素と結合して二酸化ケイ素の形になると、砂や泥となる。ケイ素原子は人間の健康に常にささやかな役割を果たしており、ホメオスタシスを維持するのに必要な微量元素の一つである。そして二十世紀前半、賢い人類は二酸化ケイ素が電流を通す性質を持つことを発見した。人々は映画館に群がって、シリコン電球で映写される初期の映画に見入った。次いで、ガラスの真空管に入った二酸化ケイ素が、世界中にメッセージを届け始めた。しかし二酸化ケイ素が近代のトランジスタの基礎となったのは二十世紀の半ばになってからだった。トランジスタはあらゆる電気製品にどんどん使われるようになった。ラジオ、テレビ、携帯電話と、あらゆる電化製品が小型化された。

ケイ素化合物にはさらに、わたしたちの肉体と相性がいいという性質がある。絶えず警戒を怠らない免疫系を興奮させない唯一の原子なのだ。実に珍しい！　一方で、免疫反応を起こさせないということは、実はケイ素と一緒にならないかという誘いなのかもしれない。シリコンスリーブに封入された二酸化ケイ素トランジスタのおかげで、高度な微小機械を人体に入れることができるようになった。心臓ペースメーカー、インスリンポンプやモルヒネポンプ、盲人に視力を与えたり聾者に聴力を与えたりするトランジスタアレイが、どんどん日常的に使われるようになっている。

体内で炭素の量に対してケイ素の量が増え、人間がいわゆる「サイボーグ」(cybernetics + organic) になるにつれ、ダーウィンの自然選択説は再び見直しを迫られる可能性がある。一部は無生物、一部は生物となった人類は、すでに全く新しい生命体となり始めているのだ。

コンピュータの性能が向上し、どこにでも見られるようになったのも、二酸化ケイ素のおかげである。新たな進歩が起こるスピードには目を見張るものがある。携帯電話やコンピュータ、インターネットのおかげで、人類はますます生産的な人生を送れるようになっている。

ケイ素と炭素の相互関係が、炭素とケイ素の両方を組み込んだ生命体も含めるよう、ダーウィンの理論を修正している。コンピュータとインターネットがもたらし始めた変化は、まだ終わっていない。

脳は人体で最もエネルギーを消費する構成要素である。補強物資を要求し、さまざまな分子の出入りを必要とする。脳を構成する物質は常に流動状態にある。アメリカの物理学者リチャード・ファインマンがそれを次のように表現している。

脳のなかにある原子は置き換わっている。以前そこにあった原子はもう行ってしまった。それ

なら、わたしたちの心とは一体何なのか？　意識とかかわりがあるこれらの原子は何なのか？　先週のジャガイモだ！　それがいま、一年前にわたしの心で起こっていたことを思い出すことができる。

原子のおかげで、わたしたちは宇宙を探る装置や、通信したり、測定したり、探査したりする衛星を作ることができる。わたしたちは炭素でできているが、「機械」はケイ素に依存している。ケイ素と炭素を結合させた結果得られた興味深い副次的効果の一つが、左脳の重要度の低下と右脳の台頭である。

非常に長い期間、人間は話すことと聞くことを意思疎通の唯一の手段としてきた。脳の両側が活性化され、関与していた。五千年前頃に起こった読み書きの導入が、脳の両半球を完全に再設定し、話すことと聞くことという伝達様式のときにはなかった優位性を左側に与えた。話すことと聞くことには両方の大脳半球が必要だった。ボディランゲージの豊かな表現力と声の抑揚は、それほど目立たなくなった。その場所には切り離された書き言葉が割り当てられた。マーシャル・マクルーハンがその衝撃について論評を加えている。

エネルギーと変化のすさまじい放出を生むあらゆる大規模な異種交配結合のなかでも、文字文化と口承文化の出会いをしのぐものはない。表音文字によって人間に耳の代わりとなる目を与え

たことは、どのような社会構造においてであろうと、社会的にも政治的にも、起こり得る恐らく最も過激な爆発だろう。

世界や自分以外の人々を客観化することが、読み書きが発展し、書籍の数が劇的に増加するにつれ、大幅に拡大した。こうしたことの学習を重視する風潮が教育現場を支配した。物理学でノーベル賞を受賞したマレー・ゲル＝マンはそのありさまをこう見ている。

教育は脳の働きに影響を与えてこそ効果があるので、読み・書き・計算に狭く制限された小学校の教科では、主に片方の半球が教育され、高度の潜在能力を持つもう半分は教育されずに終わるだろう。わたしたちの社会は、分析的な態度あるいは論理的推理さえ、過度に重視するようになっているのではないだろうか？

ケイ素が加わったことで、こうした傾向からの転換がついに起こった。十九世紀から二十世紀への変わり目には、もし映画が見たければ、うす暗い映画館の座席に体をねじ込まなければならなかった。二十世紀中頃には、ガラスでできた真空管がテレビの性能を向上させていた。テレビは多くの過酷な映像を紹介し、それは脳の両側に語りかけた。テレビ映像になったベトナム戦争は激しい怒りを巻き起こしたが、活字で描写されるだけだったなら、反応ははるかに遅かったことだろう。

いま、シリコン革命が進行し、わたしたちは電話やコンピュータをポケットやハンドバッグに入れて持ち運ぶ。オバマ大統領が公衆の前でスピーチをすると、その様子を録画しようと多くのスマホが掲げられる。ちょうどいい高さや距離やアングルを探して動くさまは、風になびく草原のようだ。

出版業界は落ち目だ。新聞の定期購読者数は崖下に転落してしまった。しかし、グラフィックデザインや映画作りを宣伝する教室は盛況だ。インターネットとそのさまざまなプラットフォームは、グラフィックの容量を大幅に増やしている。映像がテキストに取って代わりつつあるのだ。

組織化された宗教は衰退の道をたどっている。信仰の多様性が認められるようになって、自らの信仰を問い直す人が増えたからだ。不可知論者や無神論者の発言の数が増加している。サム・ハリスやリチャード・ドーキンスが、以前なら考えられなかったような高い評価を得ている。

ケイ素が右脳の重要性を高めている。全体論的な考え方――「わたし」対「彼ら」というような思考様式の放棄――を知る人が増えるにつれ、地球を征服するのではなく尊重したいという思いが広がっている。イメージ情報を扱う右半球に回帰するにつれ、わたしたちは画像革命とも呼ぶべきものを体験する。地球上のより多くの人々が、画像モードでつながっている。

『最後の晩餐』のイエスの右脳

レオナルドの『最後の晩餐』において、遠近法の始点はイエスの額の中心にあるのではないか。

そう思うかもしれないが、違う。レオナルドはイエスの右脳の上にある一点に遠近法の中心を置くことを選んだ。彼はわたしたちに何かを告げようとしていたのだろうか。

それともただの偶然だろうか。しかし、この絵には「偶然」など一つも含まれていない。この非凡な天才、この並外れたホモ・サピエンスは、一体何をわたしたちに告げようとしていたのだろう。

書かれた言葉より、右脳によって処理されるイメージ・ゲシュタルトのほうが優れていることを、レオナルドは直観的に悟っていた。「君の舌は麻痺するだろう……画家が一瞬で示すものを言葉で表現する前に」と彼は書いている。ほかの多くの事柄同様に、この発言についても、彼は先見の明があった。この新しい時代では画像が優位を占める。多くの言葉を費やしても描写できないことを、画像は一瞬で、はっきり示すことができる。

いまの時代を、彼は歓迎したに違いない。世界がついに自分の洞察力に追いついたと知って、たいそう喜んだことだろう。

謝辞

父はいつもなら、この本の完成に手を貸してくださった方々全員を網羅した、詳細で詩的な、心のこもったリストを書いてここに載せたことでしょう。しかし、父にはとうとうその時間がありませんでした。ですから、何らかの形で父を助けてくださった方がこの本を読まれているなら、あなたの名前がここに記されていたはずだと、どうかわかっていただきたいと思います。

この本の誕生を助けてくださった献身的なチームに感謝いたします。新しいエージェントのアンディ・ロスを紹介してくださったロバート・ストリッカー、編集者のアン・パティ、ライアンズ・プレスの偉大な編集長ジョン・スターンフェルドといった方々は、わたしたち同様にこの本の誕生に尽力してくださいました。

キンバリー、ジョーダン、ティファニー

York: William Morrow, 1991), p. 23.

- Werner Heisenberg, *Physics and Beyond* (New York: Harper & Row, 1971), p. 113.
- *Phantoms in the Brain: Probing the Mysteries of the Human Mind*『脳のなかの幽霊』（V・S・ラマチャンドラン、サンドラ・ブレイクスリー著、山下篤子訳、角川文庫、2011年）
- *The Right Mind: Making Sense of the Hemispheres*『右脳は天才？　それとも野獣？』（ロバート・オーンスタイン著、藤井留美訳、朝日新聞社、2002年）
- Steinberg, p. 53.

- Marshall McLuhan and Bruce R. Powers, *The Global Village: Transformations in World Life and Media in the 21st Century* (Oxford: Oxford University Press, 1989), p. 4.

17章

- José Argüelles, *The Transformative Vision: Reflections on the Nature and History of Human Expression* (Boston: Shambala, 1975), p. 21.
- Andre Malraux, *Man's Fate*, 50th Anniversary Edition (New York: Random House, 1984), p. [72].
- Richter, p. 264.
- Zubov, p. 232.
- Rupert Sheldrake, *The Sense of Being Stared At and Other Aspects of the Extended Mind* (New York: Crown, 2003).
- Eliot Hearst and John Knott, *Blindfold Chess: History Psychology, Techniques, Champions, World Records, and Important Games* (Jefferson, NC: McFarland, 2008).
- *Extraordinary People: Understanding Savant Syndrome*『なぜかれらは天才的能力を示すのか』(ダロルド・A・トレッファート著、高橋健次訳、草思社、1990年)

18章

- Zubov, p. 206.
- ブレーズ・パスカル『パンセ』
- Argüelles, p. 167.
- *The Fourth Dimension*『四次元の冒険』(ルディ・ラッカー著、竹沢攻一訳・金子務監訳、工作舎、1989年)
- Corey S. Powell, *God in the Equation* (New York: The Free Press, 2002), p. 51.
- *Taking the Quantum Leap*『量子の謎をとく』(フレッド・アラン・ウルフ著、中村誠太郎訳、講談社、1990年)
- P. F. MacNeilage, M. G. Studdert-Kennedy, and B. Lindblom, "Primate Handedness Reconsidered," *Behavioral and Brain Sciences* (1987), pp. 247-303.
- *Coming of Age in the Milky Way*『銀河の時代』(ティモシー・フェリス著、野本陽代訳、工作舎、1992年)
- Robert Hughes, *The Shock of the New* (New York: Alfred A. Knopf, 1982), p. 32.
- Nørretranders, p. 354.
- *Physics and Philosophy: The Revolution In Modern Science*『現代物理学の思想』(ヴェルナー・ハイゼンベルク著、河野伊三郎訳、みすず書房、2008年)
- Leonard Shlain, *Art & Physics: Parallel Visions in Space, Time, and Light* (New

Institute," *Journal of Scientific Exploration,* Vol. 10, No. 1, Spring 1996 (http://www.biomindsuperpowers.com/Pages/CIA-InitiatedRV.html).
・Targ, p. 31.
・MacCurdy, p. 189.

16章

・H. Steinmetz, L. Jancke, A. Kleinschmidt, G. Schlaug, J. Volkmann, and Y. Huang, "Sex But No Hand Difference in the Isthmus of the Corpus Callosum," *Neurology,* Vol. 42 (1992), pp. 749-52.
・Sassoon, p. 116.
・Olive Schreiner, *Women and Labour* (London: Virago, 1978), p. 176.
・Stanley Corwin, *The Left-Hander Syndrome: The Causes & Consequences of Left-Handedness* (New York: Vintage Books, 1993), p. 102.
・*Looking for Spinoza: Joy, Sorrow and the Feeling Brain*『感じる脳』(アントニオ・ダマシオ著、田中三彦訳、ダイヤモンド社、2005年)
・Leslie C. Aiello and Robin I. M. Dunbar, "Neocortex Size, Group Size, and the Evolution of Language," *Current Anthropology,* Vol. 34 (2), (1993), pp. 184-93.
・Csikszentmihalyi, pp. 70-71.
・Dean H. S. Hamer, V. L. Hu, N. Magnuson, and M. L. Pattatucci, "A Linkage between DNA Markers and the X Chromosomes and Male Sexual Orientation," *Science* (1993), pp. 1405-09.
・Frank Kruijver, Jiang-Ning Zhu, Chris Pool, et al., "Male to Female Transsexual Individuals Have Female Neuron Numbers in the Central Subdivision of the Bed Nucleus of the Stria Terminalis," *Journal of Clinical Endocrinology and Metabolism,* Vol. 85 (5) (2000), pp. 2034-41.
・Simon LeVay, "A Difference in Hypothalamic Structure between Heterosexual and Homosexual Men," *Science,* Vol. 253 (1991), pp. 1034-37.
・Ernst F. Winter, *Discourses on Free Will,* translated and edited by D. Erasmus and M. Luther (New York: Frederick Ungar, 1961), pp. 88-90.
・MacCurdy, p. 23.
・Freud, p. 16.
・MacCurdy, p. 196.
・S. Witelson, "The Brain Connection: The Corpus Callosum Is Larger in Left-Handers," *Science* 229 (4714) (1985), pp. 665-68.
・Marilyn Jean Schlitz and Charles Honorton, "Ganzfeld Psi Performance within an Artistically Gifted Population," *The Journal of the American Society for Psychical Research,* Vol. 86, No. 2 (April 1992).

- *Cerebral Lateralization: Biological Mechanisms, Associations, and Pathology*『右脳と左脳』（ノーマン・ゲシュウィント著、品川嘉也訳、東京化学同人、1990年）
- Rainer Maria Rilke, *Letters on Cezanne*, translated by Joel Agee (New York: Fromm International, 1985), p. ix.
- Camille Paglia, *Sexual Personae: Art and Decadence from Nefertiti to Emily Dickinson* (New York: Vintage Books, 1991), p. 121.
- M. W. Humphrey and O. L. Zangwill, "Cessation of Dreaming after Brain Injury," *Journal of Neurology, Neurosurgery and Psychiatry*, Vol. 14 (1951), pp. 322-25.
- Robert E. Ornstein, *The Nature of Human Consciousness* (San Francisco: W. H. Freeman, 1968), p. 106.
- A. R. Luria, L. S. Tsvetkova, and D. S. Futer, "Aphasia in a Composer" (V. G. Shebalin), *Journal of Neurological Science*, Vol. 2 (3) (May-June 1965), pp. 288-92.
- Ornstein, *The Nature of Human Consciousness*, p. 106.
- *The Gutenberg Galaxy*『グーテンベルクの銀河系』（マーシャル・マクルーハン著、森常治訳、みすず書房、1986年）
- Doreen Kimura, "Left-Right Differences in the Perception of Melodies," *Quarterly Journal of Experimental Psychology*, Vol. 16 (1964), pp. 355-58.

14章

- Zubov, p. 221.
- R. Fischer, ed., *Interdisciplinary Perspectives on Time* (New York: New York Academy of Science, 1967), p.16.
- *Concepts of Space*『空間の概念』（マックス・ヤンマー著、高橋毅・大槻義彦訳、講談社、1980年）
- Nancy Touchette, "How Sea Slugs Make Memories," Genome News Network, January 9, 2004 (http://wvvw.genomenewsnetwork.org/articles/2004/01/09/memories.php).
- J. R. Newman, *The World of Mathematics* (New York: Simon & Schuster, 1956).
- *October the First Is Too Late*『10月1日では遅すぎる』（フレッド・ホイル著、伊藤典夫訳、早川書房、1976年）

15章

- Richter, p. 288.
- マクルーハン、『メディア論』
- Russell Targ, *Limitless Mind: A Guide to Remote Viewing and Transformation of Consciousness* (Novato, CA: New World Library, 2004), p. 77.
- Harold Puthoff, "CIA-Initiated Remote Viewing Program at Stanford Research

・*Eurekas and Euphorias: The Oxford Book of Scientific Anecdotes*『ヘウレーカ！　ひらめきの瞬間』（ウォルター・グラットザー著、安藤喬志・井山弘幸訳、化学同人、2006年）

12章

・ケンプ *Leonardo on Painting*
・Donald Sassoon, *Becoming Mona Lisa: The Making of a Global Icon* (Boston: Houghton Mifflin Harcourt, 2001), p. 5.
・Will and Ariel Durant, *The Age of Reason* (New York: Simon & Schuster, 1961), p. 612.
・Vallentin, p. 300.
・クロアチアの砦で発見された三重砲身の大砲はダ・ヴィンチが設計したもので、機関銃の前身である。（デイリーメールオンライン、2011年6月10日）(http://www.dailymail.co.uk/sciencetech/article-2002102/Leonardo-Da-Vincis-forerunner-machine-gun-confirmed.html).
・Vernard Foley, Steven Rowley, David F. Cassidy, and F. Charles Logan, "Leonardo, the Wheel Lock, and the Milling Process," *Technology and Culture,* Vol. 24 (3), (July 1983), pp. 399-427.
・Zubov, p. 27.
・Capra, *The Science of Leonardo.*
・Alessandro Vezzosi, *Leonardo and the Sport* (Athens, Greece: Cultural Centre, 2004), p. 41.
・Zubov, p. 60.
・Richter, pp. 110-11.
・Charles O'Malley and J. B. Saunders, *Leonardo da Vinci on the Human Body* (New York: Henry Schuman, 1952), p. 484.
・Zubov, p. 72.

13章

・Zubov, p. 260.
・James S. Grotstein, MD, "The 'Siamese Twinship' of the Cerebral Hemispheres and of the Brain-Mind Continuum in Hemispheric Specialization," *The Psychiatric Clinics of NorthAmerica* (September 1988), p. 401.
・*How the Mind Works*『心の仕組み』（スティーブン・ピンカー著、椋田直子訳、筑摩書房、2013年）
・Blaise Pascal, *The Thoughts, Letters, and Opuscules of Blaise Pascal,* translated by 0. W. Wight (New York: Hurd and Houghton, 1864), p. 236.

・Robert S. Woodworth, *Experimental Psychology* (New York: Holt, 1938), p. 173.
・"F. Scott Fitzgerald," *Encyclopedia Britannica.*
・リール大学でのルイ・パスツールの講義（1854年12月7日）

10章

・MacCurdy, p. 175.
・*Leonardo da Vinci*『レオナルド・ダ・ヴィンチ』（シャーウィン・B・ヌーランド著、菱川英一訳、岩波書店、2003年）
・*The Chimpanzees of Gombe: Patterns of Behavior*『野生のチンパンジーの世界』（ジェーン・グドール著、杉山幸丸・松沢哲郎訳、ミネルヴァ書房、1990年）
・*The Naked Ape*『裸のサル』（デズモンド・モリス著、日高敏夫訳、角川文庫、1999年）

11章

・Zubov, p. 147.
・*Orality and Literacy: The Technologizing of the Word*『声の文化と文字の文化』（ウォルター・J・オング著、桜井直文・林正寛・糟谷啓介訳、藤原書店、1991年）
・MacCurdy, p. 199.
・Fritjof Capra, *The Science of Leonardo* (New York: Doubleday, 2007), p. 53.
・Barbara Witteman, *Leonardo da Vinci* (Masterpieces, Artists, and Their Works) (Mankato, MN: Capstone Press, 2003), p. 17.
・I. B. Hart *The Mechanical Investigation of Leonardo da Vinci* (London: Chapman and Hall, 1925).
・Mark A. Runco and Steven R. Pritzker, eds. *Encyclopedia of Creativity, Vol. 1* (San Diego, CA: Academic Press, 1999), p. 501.
・Capra, *The Science of Leonardo,* p. 18.
・Richter, p. 161.
・Michael White, *Leonardo: The First Scientist* (New York: St. Martin's Press, 2000), p. 52.
・Zubov, p. 153.
・Fritjof Capra, *The Web ofLife: A New Scientific Understanding of Living Systems* (New York: Anchor Books/Doubleday, 1996), p. 126.
・Capra, *The Web of Life,* p. 127.
・MacCurdy, pp. 69-70.
・Capra, *The Web of Life,* p. 225.
・MacCurdy, p. 701.
・Zubov, p. 149.

・*Math and the Mona Lisa: The Art and Science of Leonardo da Vinci*『モナ・リザと数学』（ビューレント・アータレイ著、高木隆司・佐柳信男訳、化学同人、2006年）
・Leo Steinberg, *Leonardo's Incessant Last Supper* (New York: Zone Books, 2001), p. 26.

6章

・Zubov, p. 68.
・Sigmund Freud, *Leonardo da Vinci and a Memory of his Childhood* (New York: Dodd Mead, 1932), p. 138.
・John Russell, *The Meanings of Modern Art* (New York: Harper & Row, 1974), p. 271 .
・*Manet*『沈黙の絵画——マネ論』（ジョルジュ・バタイユ著、宮川淳訳、二見書房、1972年）
・*The User Illusion: Cutting Consciousness Down to Size,*『ユーザーイリュージョン』（トール・ノーレットランダーシュ著、柴田裕之訳、紀伊國屋書店、2002年）
・*Art and Illusion,*『芸術と幻影』（E・H・ゴンブリッチ著、瀬戸慶久訳、岩崎美術社、1979年）

7章

・Antonia Vallentin, *Leonardo Da Vinci* (New York: Viking Press, 1938), p. 394.
・Calvin Tompkins, *Duchamp: A Biography* (New York: Henry Holt, 1996), p. 38.
・John Russell, *The Meanings of Modern Art* (New York: Harper & Row, 1974), p. 371.
・Steinberg, p. 137.
・Calvin Tomkins, *The Bride and the Bachelors: Five Masters of the Avant-Garde* (Middlesex, England: Penguin Books, 1983), p. 18.

8章

・Mihaly Csikszentmihalyi, *Creativity: Flow and the Psychology of Discovery and Invention* (New York: Harper-Collins, 1996), p. 326.
・*The Lives of the Most Excellent Painters, Sculptors, and Architects*『芸術家列伝』（ジョルジョ・ヴァザーリ著、田中英道・森雅彦訳、白水社、2011年）

9章

・Marilee Zdenek, "Right Brain Techniques: A Catalyst for Creative Thinking and Internal Focusing in Hemispheric Specialization," *The Psychiatric Clinics ofNorth America* (September 1988), p. 430.

亜・巌谷睦月・田代有甚訳、白水社、2009年）
- *Stories of the Italian Artists from Vasari,*『芸術家列伝』（ジョルジョ・ヴァザーリ著、田中英道・森雅彦訳、白水社、2011年）
- *Leonardo: Revised Edition*『レオナルド・ダ・ヴィンチ：芸術と科学を越境する旅人』（マーティン・ケンプ著、藤原えりみ訳、大月書店、2006年）
- Edward McCurdy, *The Mind of Leonardo da Vinci* (1928) in *Leonardo da Vinci's Ethical Vegetarianism.*

3章

- Robert Zwijnenberg, *The Writings and Drawings of Leonardo da Vinci* (Cambridge: Cambridge University Press, 1999), p. 71.
- Giorgio de Santillana and Hertha Von Dechand, *Hamlet's Milk An Essay Investigating the Origins of Human Knowledge and Its Transmission through Myth* (Boston: David R. Godine, 1969), p. 10.
- *The Essential McLuhan*『エッセンシャル・マクルーハン』（エリック・マクルーハンおよびフランク・ジングローン著、有馬哲男訳、ＮＴＴ出版、2007年）
- *Inventing Leonardo*『レオナルド神話を創る』（Ａ・リチャード・ターナー著、友利修・下野隆生訳、白揚社、1997年）
- V. P. Zubov, *Leonardo da Vinci* (New York: MetroBooks, 2002), p. 35.
- MacCurdy, p. 148.

4章

- MacCurdy, p. 205.
- Stuart J. Dimond and David A. Blizard, eds., "Evolution and Lateralization of the Brain," in *Annals of the New York Academy of Sciences,* Vol. 299 (1977), p. 397.
- William Blake, *The Complete Writings of William Blake,* Geoffrey Keynes, ed. (Oxford: Oxford University Press, 1966), p. 614.
- *Right Hand, Left Hand: The Origins of Asymmetry in Brains, Bodies, Atoms, and Cultures*『非対称の起原』（クリス・マクナマス著、大貫昌子訳、講談社、2006年）

5章

- レオナルドの観察の正しさが証明された（疑問の余地はあるが）のは、毎秒2900枚の写真が撮れる高速撮影技術が開発されてからだった。Jean Paul Richter, *The Notebooks of Leonardo da Vinci,* Vols. 1 and 2 (New York: Dover Publications, 1970), p. 103.
- *Leonardo Da Vinci,*『レオナルド・ダ・ヴィンチ：芸術家としての発展の物語』（ケネス・クラーク著、丸山修吉訳、法政大学出版局、2013年）

参考文献：引用一覧

まえがき

・T・Sエリオット『ダンテ』より。ジョージ・シュタイナーがＰＢＳシリーズのビル・モイヤーズとの対談で言い換えたもの。 *Bill Moyers Journal,* January 1981.
・*On Creativity*『創造性について』（デヴィッド・ボーム、リー・ニコル著、大槻葉子訳、大野純一監訳、渡辺充監修、コスモスライブラリー、2013年）
・*Understanding Media: The Extensions of Man*『メディア論』（マーシャル・マクルーハン著、栗原裕・河本仲聖訳、みすず書房、1987年）

1章

・Martin Kemp, *Leonardo on Painting* (New Haven: Yale University Press, 2001), p. 144.
・Arthur Koestler, *The Act of Creation* (New York: Macmillan, 1964), p. 402.
・*Physics and Philosophy: The Revolution in Modern Science*『現代物理学の思想』（ヴェルナー・ハイゼンベルク著、河野伊三郎訳、みすず書房、2008年）
・Alexander Pope, "An Essay on Criticism," in *The Complete Poetical Works of Alexander Pope,* Aubrey Williams, ed. (Boston: Houghton Mifflin, 1969), p. 39.
・Candace B. Pert, PhD, *Molecules of Emotion: Why You Feel the Way You Feel* (New York: Simon & Schuster / Touchstone, 1999), p. 286.
・*A Mathematician's Apology*『ある数学者の生涯と弁明』（G・H・ハーディ著、柳生孝昭訳、丸善出版、2014年）
・Laura Allsop, "Are There More Lost Leonardo Paintings Out There?," CNN Living, November 11, 2011 (http://www.cnn.com/2011/11/11/living/hunting-lost-leonardo-paintings/).

2章

・Edward McCurdy, ed., T*he Notebooks of Leonardo da Vinci* (London, 1904), p. 66.
・*La Psychologie de l'Art,*『東西美術論』（アンドレ・マルロー著、小松清訳、新潮社、1957年）.
・Thomas Lewis, MD, Fari Amini, MD, and Richard Lannon, MD, *A General Theory of Love* (New York: Random House, 2000), p. 165.
・Paul Biryukov, *Leo Tolstoy*: *His Life and Work* (St. Petersburg, 1911), p. 47.
・*Leonardo: The Artist and the Man,*『レオナルド・ダ・ヴィンチ』（セルジュ・ブランリ著、五十嵐見鳥訳、平凡社、1996年）
・*Leonardo da Vinci: Flights of the Mind*『レオナルド・ダ・ヴィンチの生涯：飛翔する精神の軌跡』（チャールズ・ニコル著、越川倫明・松浦弘明・阿部毅・深田麻里

著者紹介

Leonard Shlain

レナード・シュレインはサンフランシスコの外科医であると同時にベストセラー作家であり、発明家でもあった。芸術家、科学者、哲学者、人類学者、教育者の間で高い評価を得ており、ベストセラーとなった三冊の著書、『Art & Physics（芸術と物理学）』、『The Alphabet Versus The Goddess（アルファベット対女神たち）』、『Sex, Time, and Power（性と時間と権力）』がある。著書を下敷きに、マルチメディアを駆使した見事なプレゼンテーションをハーヴァード、ニューヨーク近代美術館、ＣＥＲＮ、ロス・アラモス、フィレンツェ芸術アカデミー、欧州閣僚理事会など世界各所で行った。彼のファンには元副大統領のアル・ゴア、脚本家のノーマン・リア、歌手のビョークなどがいる。ビョークは、彼女のシングル『Wanderlust』とアルバム『Volta』のクレジットに『The Alphabet Versus The Goddess（アルファベット対女神たち）』を加えている。

シュレイン博士は、腹腔鏡手術部門を率い、カリフォルニア大学サンフランシスコ校の薬科臨床教授のメンバーとして、38 年間、カリフォルニア太平洋医療センターで外科医として勤務した。ニューヨークのベルヴュー病院でそのキャリアをスタートさせ、1969 年にカリフォルニア太平洋医療センターで一般外科医として登録されるまで訓練を続けた。1973 年には、第四次中東戦争の外傷外科医としてイスラエルでボランティア勤務した。胆嚢とヘルニアの腹腔鏡手術のパイオニアとして、1990 年にはいくつかの手術器具の特許を取得。胆嚢やヘルニア手術の操作に特化した新技術を使う医師たちを養成するため、世界中を飛び回った。

アル・ゴアは語る。「レナード・シュレインは、わたしや多くの人々に個人的なインスピレーションをくれた。かけ離れた多くの分野を縦横に行き来して、情報はもちろん、真の英知をもまとめ上げるシュレインの手腕は見事だ。彼が発見したものをわたしたちに伝える能力は天才的だ」。シュレイン博士は、2009 年 5 月に脳腫瘍のため死去。71 歳だった。

訳者紹介

日向《ひむかい》やよい

会津若松市出身。東北大学医学部薬学科卒業。おもな訳書に『異常気象は家庭から始まる』（日本教文社）、『女性のためのランニング学』（ガイアブックス）、『死体捜索犬ソロが見た驚くべき世界』（エクスナレッジ）、『勝者の社内政治』（アルファポリス）などがある。

ダ・ヴィンチの右脳と左脳を科学する

2016年4月11日　初版第一刷発行

著者　レナード・シュレイン

〈日本語版スタッフ〉
翻訳　日向やよい
カバーデザイン　片岡忠彦
本文デザイン　谷敦（アーティザンカンパニー）
協力　株式会社タトル・モリ エイジェンシー
株式会社トランネット
Special thanks　近谷浩二

編集　小宮亜里　黒澤麻子

発行者　木谷仁哉
発行所　株式会社ブックマン社
〒101-0065　千代田区西神田3-3-5
TEL 03-3237-7777　FAX 03-5226-9599
http://bookman.co.jp

ISBN 978-4-89308-857-4
印刷・製本：図書印刷株式会社